देवकीनन्दन खत्री

देवकीनन्दन खत्री का जन्म 18 जून, 1861 को मुजफ्फरपुर, बिहार (ननिहाल) में हुआ था। हिन्दी और संस्कृत की प्रारम्भिक शिक्षा ननिहाल में ही हुई। फारसी से स्वाभाविक लगाव था लेकिन पिता की अनिच्छावश शुरू में उसे नहीं पढ़ सके। इसके बाद 18 वर्ष की अवस्था में, जब गया स्थित टिकरी राज्य से सम्बद्ध अपने पिता के व्यवसाय में स्वतंत्र रूप से हाथ बँटाने लगे तब फारसी और अंग्रेजी का भी अध्ययन किया। सितम्बर 1898 में लहरी प्रेस की स्थापना की। 'सुदर्शन' नामक मासिक पत्र भी निकाला। 'चन्द्रकान्ता' और 'चन्द्रकान्ता सन्तति' (छह भाग) के अतिरिक्त उनकी अन्य रचनाएँ हैं—'नरेन्द्र-मोहिनी', 'कुसुमकुमारी', 'वीरेन्द्र वीर या कटोरा-भर खून', 'काजर की कोठरी', 'गुप्त गोदना' तथा 'भूतनाथ' (प्रथम छह भाग)।

1 अगस्त, 1931 को उनका निधन हुआ।

नरेन्द्र-मोहिनी

देवकीनन्दन खत्री

रेमाधव पब्लिकेशन्स

पहला संस्करण 1893 में प्रकाशित

रेमाधव पेपरबैक्स में
पहला संस्करण : 2025

रेमाधव पेपरबैक्स : उत्कृष्ट साहित्य के जनसुलभ संस्करण

रेमाधव पब्लिकेशन्स प्रा. लि.
जी-17, जगतपुरी
दिल्ली-110 051
द्वारा प्रकाशित

शाखाएँ : अशोक राजपथ, साइंस कॉलेज के सामने, पटना-800 006
पहली मंजिल, दरबारी बिल्डिंग, महात्मा गांधी मार्ग, प्रयागराज-211 001
1, अनमोल सोराबजी सन्तुक लेन, धोबी तलाव, मरीन लाइंस, मुम्बई-400 002
वेबसाइट : www.remadhav.com
ई-मेल : contact@remadhav.com

विकास कंप्यूटर एंड प्रिंटर्स
ट्रॉनिका सिटी-201 102
द्वारा मुद्रित

मूल्य : ₹250

NARENDRA-MOHINI
Novel by Devkinandan Khatri

ISBN : 978-93-95328-30-2

नरेन्द्र-मोहिनी

पहिला बयान

"इस वक्त यह जंगल कैसा भयानक मालूम पड़ रहा है! इस चाँदनी ने तो और भी रंग जमाया है। पेड़ों में से छन कर जमीन पर पड़ती हुई दूर तक दिखाई देती है। बीच-बीच में कटे हुए पेड़ों की थुन्नियाँ निगाहों के सामने पड़कर मेरे दिल के साथ क्या काम करती हैं इसे मैं ही जानता हूँ!!"

धीरे-धीरे यह कहता हुआ बीस-बाईस वर्ष के सिन का एक युवा बड़े भारी और डरावने जंगल में इधर से उधर घूम रहा है। गोरा रंग, हर एक अंग साफ और सुडौल, चेहरे से जवाँमर्दी और बहादुरी बरस रही है, मगर साथ ही इसके फिक्र और उदासी भी इसके खूबसूरत चेहरे से मालूम पड़ रही है।

घूमते-घूमते इस नौजवान बहादुर के कान में एक रोने की दर्दनाक आवाज आई, जिसे सुनते ही वह चौंक उठा और इधर-उधर ध्यान लगा कर देखने लगा, मगर दूसरी बार वह आवाज सुनाई न पड़ी।

यह दर्दनाक आवाज ऐसी न थी जिसे सुनकर कोई भी अपने दिल को सम्हाल सकता। हमारा यह बहादुर नौजवान तो एकदम ही परेशान हो गया, क्योंकि वह जितना दिलेर और ताकतवर था उतना ही नेक और रहमदिल भी था, आवाज कान में पड़ते ही मालूम हो गया था कि यह किसी कमसिन औरत की आवाज है जिस पर जरूर कोई जुल्म हो रहा है।

आखिर इससे रहा न गया और यह आवाज की सीध पर पश्चिम की तरफ चल निकला।

थोड़ी ही दूर जाने पर फिर वैसी ही दर्दनाक आवाज इस बहादुर के बाईं तरफ से आई जिसे सुनकर यह बाईं तरफ को मुड़ा और थोड़ी ही देर में उस जगह आ पहुँचा, जहाँ से पत्थर जैसे कलेजे को भी गला कर बहा देने वाली यह आवाज आ रही थी।

वहाँ पहुँचने पर इसकी तबीयत और घबराई, खौफ ताज्जुब और गुस्से से अजब हालत हो गई और कलेजा धक-धक करने लगा क्योंकि उस जगह पर ऐसा ही दृश्य नजर आया।

जिस जगह यह जवान पहुँचकर खड़ा हुआ उसके सामने ही एक बड़ा सा पीपल का पेड़ था। आधी रात के इस सन्नाटे में हवा लगने से उस पेड़ की पत्तियाँ खड़खड़ा रही थीं। उसी पेड़ की एक मोटी डाल के साथ एक लाश लटक रही थी, जिसके पैर में रस्सी बँधी हुई थी और सिर नीचे की तरफ था। इसी लाश को देखकर हमारे नौजवान बहादुर की वह दशा हुई थी जैसा कि हम ऊपर लिख चुके हैं।

उस लाश को देखकर नौजवान ने म्यान से तलवार खैंच ली जो उसके कमर में बँधी हुई थी और आगे बढ़ा। पास जाने पर यह मालूम हुआ कि यह लाश एक औरत की है। साड़ी उसकी जमीन पर लटक रही थी और कई जगह से बदन नंगा हो रहा था, दोनों हाथ भी नीचे की तरफ लटक रहे थे।

वह बहुत गौर से उस लाश को देखने लगा। इतने ही में हवा का एक तेज झटका आया जिसके सबब से पेड़ की तमाम छोटी-छोटी डालियाँ हिल-हिल कर झोंका खाने लगीं। वह डाली भी जो चन्द्रमा की रोशनी को उस लाश तक पहुँचने नहीं देती थी जोर से एक तरफ को हट गई और चन्द्रमा की रोशनी बहुत थोड़ी देर के लिए उस लाश के ऊपर पड़ी। साथ ही नौजवान के बिलकुल रोंगटे खड़े हो गए क्योंकि उस औरत का चेहरा जो पेड़ के साथ

बेहोश उल्टी लटक रही थी उस चाँद से किसी भी तरह कम न था, जिसकी रोशनी ने क्षण भर के लिए उसके बदन पर पड़कर उसकी हालत नौजवान को दिखला दी थी।

नौजवान को चाँद की इस रोशनी में एक बात और भी ताज्जुब की दिखलाई पड़ी। वह उल्टी लटकी हुई औरत बिलकुल जड़ाऊ जेवरों से लदी हुई थी और इस बात को देखकर नौजवान के खयाल कई तरफ दौड़ने लगे।

जल्दी से उस लाश के पास जाकर देखने लगा कि इसमें कुछ दम है या नहीं। नाक पर हाथ रक्खा, साँस चल रही थी जिससे मालूम हुआ कि यह नाजुक औरत अभी तक जी रही है। अब इसकी तबीयत कुछ खुश हुई और इसने इस बात पर कमर बाँधी कि जिस तरह भी हो सकेगा इसे उतार कर इसकी जान बचाऊँगा और उस शैतान के बच्चे को पूरी सजा दूँगा जिसने इसके साथ ऐसी बुराई की है।

यह सोचकर वह बहादुर नौजवान पेड़ पर चढ़ गया और बहुत होशियारी के साथ उस रस्से को खोला जिससे वह औरत लटक रही थी। उसे धीरे-धीरे जमीन पर छोड़ा और तब आप भी नीचे उतर आया और उसके पैर से रस्सी खोल उसे सीधा कर पेड़ के साथ खड़ा कर दिया, मगर हाथ से थामे रहा जिसमें उसके बदन का तमाम खून जो बहुत देर तक उल्टे रहने के सबब से सिर की तरफ उतर आया था लौटकर तमाम बदन में फैल जाए।

कुछ देर बाद उस औरत ने आँख खोली और बैठना चाहा। बहादुर नौजवान ने धीरे से पेड़ के सहारे उसे बैठा दिया और पूछा, "अब मिजाज कैसा है?" जिसके जवाब में वह कुछ न बोली, हाँ आँख उठाकर चन्द्रमा की तरफ देखा फिर सिर नीचे करके बहुत धीरे-धीरे बोलने लगी—

औरत—आपने मेरी जान बचाई! इसका बदला मैं किसी तरह पर नहीं दे सकती! अगर जन्म भर मैं आपके जूठे बर्तन माँजूँ तो भी पूरा नहीं हो सकता।

नौजवान—इसके कहने की कोई जरूरत नहीं, मैंने तुम्हारे साथ कोई नेकी नहीं की बल्कि मैंने अपनी भलाई की कि अपने को पाप का भागी होने से बचाया। मैंने अपनी जान लड़ा कर तुम्हारी जान बचाई, राह चलते इस

जगह आ पहुँचा और तुमको इस हालत में देखकर जो कुछ हो सका किया। मैं तो क्या कोई पत्थर के कलेजे वाला भी इस जगह आकर तुम्हारी सी औरत को ऐसी दशा में देखता तो बिना बचाए भला कहीं जा सकता था? तिस पर जो जरा भी जानता होगा कि ईश्वर कोई चीज है उससे तो स्वप्न में भी कभी ऐसा न होगा, इसलिए मैंने अपनी ही भलाई की कि अपने को राक्षस कहलाने से बचाया।

इस बीच में कई दफे हवा के झोंके आए जिन्होंने उन पीपल की डालियों को हटाकर चन्द्रमा की रोशनी को उन दोनों तक पहुँचने दिया जिससे एक को दूसरे ने कुछ अच्छी तरह देखा। हर दफे उस नाजुक औरत ने मीठी-मीठी बातें कहते उस नौजवान की सूरत को देखा मगर देख सिर नीचा कर लिया तथा बात खत्म होने पर यह जवाब दिया—

औरत—मुझे इतनी बुद्धि नहीं है कि आपकी इन बातों का जवाब दूँ क्योंकि आखिर तो औरत हूँ, हाँ मैं इतना जरूर कह सकती हूँ कि आपने मेरे साथ जो कुछ किया है उसे मैं ही जानती हूँ कहने की सामर्थ्य नहीं और बहुत बातें करने का यह मौका भी नहीं, क्योंकि अगर हम लोग यहाँ देर तक रहेंगे तो जरूर हम तीनों ही की जान बुरी तरह जाएगी।

नौजवान—(ताज्जुब से) यहाँ पर तो सिवाय हमारे और तुम्हारे तीसरा कोई भी नहीं है! तब तुमने यह कैसे कहा कि हम तीनों की जान जाएगी?

औरत—(ऊँची साँस लेकर) हाय! मेरी बहन भी इसी जगह है।

नौजवान—(चौंक कर) है, यहाँ पर तुम्हारी बहन भी है! कहाँ है? जल्दी बताओ जिससे उसके भी बचाने की फिक्र की जाए।

औरत—(हाथ से बतला कर) इसी जगह गड़ी है।

नौजवान—अगर जमीन में गड़ी है तो वह कब की मर गई होगी!

औरत—(चन्द्रमा की तरफ देखकर) नहीं-नहीं, उसे गड़े बहुत देर नहीं हुई है, मुझको लटकाने के बाद बदमाशों ने उसे गाड़ा है। सिवाय इसके वह एक बहुत लम्बे-चौड़े सन्दूक में रखकर गाड़ी गई है अस्तु जरूर अभी तक जीती होगी।

इतना सुनते ही वह नौजवान उठ खड़ा हुआ और उस औरत की बताई हुई जमीन को खंजर से खोदने लगा, वह नाजुक औरत अपने हाथों से वहाँ की मिट्टी हटाने लगी।

सन्दूक बहुत नीचे नहीं गाड़ा गया था इसलिए उसके ऊपर वाला तख्ता बहुत जल्द निकल आया।

सन्दूक में ताला नहीं लगा था। नौजवान ने आसानी से उसका पल्ला उठाकर किनारे किया और तब दोनों ने मिलकर उस औरत को सन्दूक से बाहर निकाला जो उसके अन्दर बेहोश पड़ी हुई थी। इसके बदन के भी कुल गहने जड़ाऊ थे और साड़ी भी बेशकीमती थी। चेहरा साफ नजर नहीं आता था तो भी कुछ-कुछ पड़ती हुई चन्द्रमा की रोशनी उसकी खूबसूरती को छिपा रहने नहीं देती थी।

सन्दूक के बाहर निकलने और ठंडी हवा लगने पर दो घड़ी के बाद कहीं जाकर उसे होश आया। तब तक वह नौजवान और वह नाजुक औरत अपने रूमाल और आंचल से उसके मुँह पर हवा करते रहे।

होश में आते ही उस औरत ने चौंक कर उस नौजवान तथा उस नाजुक औरत की तरफ देखा और धीरे से बोली, "बहिन, मेरी यह दशा कैसे हुई?" उसने जवाब दिया, "यह वक्त इन सब बातों के पूछने का नहीं है। इस समय हम लोगों को यही चाहिए कि सिवाय भागने के और कुछ न करें बल्कि जब तक दूर न निकल जाएँ बात तक न करें, हाँ जब ईश्वर हम लोगों को किसी हिफाजत की जगह पर पहुँचा देगा तब सब कुछ कह सुन लेंगे।"

इतना सुनते ही वह उठकर बैठ गई और इधर-उधर देखकर फिर बोली—

"बहिन, क्या हम लोग ऐसी जगह आ फँसे हैं कि सिवाय भागने के और कुछ भी नहीं कर सकते? अगर ऐसा हो तो मैं भागने को तैयार हूँ मगर कम से कम इतना तो बता दो कि यह नौजवान जो तुम्हारे पास बैठा है कौन है और मेरी बगल में गड़हा कैसा है जिसमें सन्दूक सा दिखाई पड़ता है?"

औरत—मैं आप ही नहीं जानती कि यह बहादुर जिसने हम लोगों की जान बचाई कौन है, हाँ इस गड़हे और इस सन्दूक का हाल जानती हूँ मगर

इस समय सिवाय भागने के मुझे कुछ नहीं सूझता। अगर तुम्हारे में भागने की ताकत न हो तो बोलो उठाकर तुम्हारे यहाँ से निकाल ले जाने की फिक्र की जाए।

दूसरी औरत—नहीं-नहीं, अब मैं बखूबी तुम लोगों के साथ चल सकती हूँ, लो चलो मैं तैयार हूँ।

यह कहकर वह उठ खड़ी हुई और चलने को तैयार हो गई।

दूसरा बयान

तीनों उस जगह से धीरे-धीरे रवाना हुए। उस नौजवान औरत ने जो पेड़ पर से उतारी गई थी कहा, "मुझे आगे चलने दो क्योंकि मैं बहुत जल्द यहाँ से निकल चलने का रास्ता जानती हूँ, और तुम दोनों चुपचाप मेरे पीछे-पीछे आओ।" नौजवान औरत आगे हुई और सीधे पश्चिम की तरफ चल निकली, ये दोनों भी चुपचाप उसके पीछे-पीछे जाने लगे।

लगभग घड़ी-भर के चलने के बाद ये तीनों एक नदी के किनारे पहुँचे, जिसका पाट बहुत चौड़ा न था मगर इतना कम भी न था कि किसी का फेंका हुआ पत्थर या ढेला उस पार पहुँच सकता।

छोटी-छोटी दो खूबसूरत किश्तियाँ किनारे पर खूँटे से बँधी हुई दिखाई पड़ीं जिन पर हलके-हलके डाँड़े भी खेने के लिए पड़े थे। वह नाजुक औरत उसी जगह खड़ी हो गई और अपने पीछे आने वाले दोनों से बोली, "जल्दी इनमें से किसी एक किश्ती पर सवार हो लो, देर मत करो।" यह सुन नौजवान ने कहा, "पहिले तुम दोनों सवार हो लो फिर मैं सवार हो जाऊँगा।" यह कह अपने हाथ का सहारा दे दोनों औरतों को किश्ती पर सवार कराया मगर जब खुद चढ़ने लगा तब उस नाजुक औरत ने रोका और कहा, "पहिले उस दूसरी किश्ती को किनारे से खोल कर इस किश्ती के साथ बाँध लो, तब तुम सवार हो क्योंकि उस किश्ती को भी मैं अपने साथ लेती चलूँगी।"

नौजवान—दूसरी किश्ती को इसके साथ बाँध कर ले चलना बेफायदे है और हमारी किश्ती उसके साथ बँधने से उतनी तेज न चल सकेगी जितनी अकेली।

औरत—नहीं, जो मैं कहती हूँ उसे करो, इसका सबब तुम्हें मालूम नहीं। बस अब बहुत देर करने में हर्ज होगा। जल्दी उस किश्ती को भी इसके साथ बाँधकर तुम सवार हो जाओ।

नौजवान ने यह सोचकर कि शायद इसमें कोई भेद हो उस दूसरी किश्ती को किनारे से खोलकर अपनी किश्ती के साथ बाँधा और खुद सवार होकर किश्ती किनारे से हटाने के बाद डाँड़ लेकर खेने लगा।

औरत—अब मेरा जी ठिकाने हुआ और जान बचने की उम्मीद हुई। यह सब आप ही की बदौलत है। अब आप इस तरफ आकर बैठिए मैं किश्ती खेकर ले चलती हूँ।

नौजवान—वाह, मैं बैठूँ और तुम किश्ती खेओ! यह भी खूब कही! बस तुम दोनों चुपचाप बैठी रहो देखो मैं कितनी तेज इसे ले चलता हूँ। तुम लोगों के तो अभी तक होश भी ठिकाने नहीं हुए होंगे। हाँ यह तो बताओ कि अभी तक तो मुझसे तुम कहकर पुकारती रही मगर जब से किश्ती पर सवार हुई हो आप कह के पुकारने लगीं। इसका क्या सबब है? तुम्हारी बातचीत से साफ मालूम होता है कि तुम पढ़ी-लिखी हो। अगर ऐसा न होता तो मैं इस बात का ख्याल न करता और कभी तुमसे यह सवाल भी न करता।

उन दोनों औरतों ने इसका जवाब कुछ न दिया बल्कि मुस्करा कर सिर नीचा कर लिया।

नौजवान—भला किसी तरह तुम दोनों के चेहरे पर हँसी तो दिखाई दी।

औरत—हम लोग काफी दूर निकल आए हैं। अब अगर यह किश्ती जो हमारी किश्ती के साथ बँधी हुई चली आ रही है डुबा दी जाए तो हम लोग पूरे तौर पर निश्चिन्त हो जाएँ।

नौजवान—इस दूसरी किश्ती को अपने साथ लाने का सबब अब मैं बखूबी समझ गया, जहाँ तक हो सके इसे जल्द ही डुबो देना चाहिए और सो

भी ऐसी तरकीब से कि हमारी किश्ती को कोई नुकसान न पहुँचे।

यह जान कर नौजवान ने डाँड़ खेना बन्द कर दिया और अपनी किश्ती से उतर कर उस किश्ती पर आ गया जो पीछे बँधी हुई थी। इसने अपनी कमर से खंजर निकाल एक हाथ जोर से उसकी पेंदी में मारा जिससे सूराख होकर उसमें पानी आने लगा, इसके बाद नौजवान ने अपनी किश्ती में आकर उसे खोल दिया और धीरे से खेकर अपनी किश्ती कुछ आगे बढ़ा ले गया।

देखते-देखते उस दूसरी किश्ती में जल भर आया और वह डूब गई। अब नौजवान ने अपनी किश्ती खूब तेजी से आगे बढ़ाई।

नदी का जल बिलकुल ठहरा हुआ मालूम होता था जैसे किसी ने फर्श बिछा दिया हो। चन्द्रमा भी अपनी पूर्ण किरणों से साफ आसमान में उठा हुआ था। ये तीनों किश्ती पर बैठे चले आ रहे थे। तीनों नौजवान, तीनों खूबसूरत, तीनों नाजुक बदन, आपस में देख-देख कर खुश होते मुस्कुराते और डाँड़ चलाए चले जाते थे।

नाजुक औरत ने हँसकर हमारे नौजवान बहादुर से कहा, "बस अब हम लोगों को किसी का डर और खौफ नहीं है, किश्ती को धीरे-धीरे बहने दीजिए और मेरे पास आकर बैठिए।"

नौजवान भी यही चाहता था कि इन दोनों के पास बैठ कर बातचीत से मालूम करे कि ये दोनों कौन हैं, क्योंकि अब बात करने का मौका बहुत अच्छा है, अस्तु उसने डाँड़ खेना बन्द कर दिया बल्कि उन्हें उठाकर किश्ती में डाल लिया और खुशी-खुशी उस जगह आकर बैठ गया जहाँ वे दोनों औरतें बैठी हुई थीं।

तीसरा बयान

किश्ती धीरे-धीरे बहने लगी। नौजवान ने दोनों औरतों की तरफ देखकर कहा, "अब हम बिलकुल बेखौफ हैं, मुझे तो किसी का डर न था मगर तुम लोगों के सबब से डरना पड़ा। अब तुम दोनों का हाल जाने बिना जी बहुत बेचैन हो रहा है और इससे अच्छा समय भी बातचीत करने का न मिलेगा।"

नाजुक औरत—पहिले आप कहिए कि आपका क्या नाम है, कहाँ के रहने वाले हैं, और उस जंगल में—(काँप कर) ओफ याद करते कलेजा दहलता है—आप कैसे पहुँचे?

नौजवान—पहिले तुमको अपना हाल कहना चाहिए क्योंकि तुम्हारे पूछने के पहिले ही मैं यह सवाल कर चुका हूँ, सिवाय इसके मेरा कोई विचित्र हाल भी नहीं है, हाँ तुम दोनों की हालत जब याद करता हूँ तो जरूर बदन के रोंगटे खड़े हो जाते हैं। हाय, उसका कैसा कलेजा था जिसने तुम दोनों के साथ ऐसा सलूक किया।

दूसरी औरत—(जो जमीन से निकाली गई थी) हाँ बहिन, पहिले तुम ही अपना हाल कहो क्योंकि मेरी तबीयत भी यह सुने बिना बहुत ही घबड़ा रही है कि मेरी यह दशा किसने की थी।

नाजुक औरत—अच्छा पहिले मैं ही अपनी रामकहानी कहती हूँ। (नौजवान की तरफ देखकर) आप और कुछ हाल न कहिए तो कम से कम अपना नाम

तो बता दीजिए जिसमें बात करने या पुकारने का सुबीता हो।

नौजवान—इसमें कोई मुजायका नहीं, सुनो मेरा नाम 'नरेन्द्र' है। बस अब जब तक तुम दोनों का पूरा हाल न मालूम होगा मैं और कुछ न कहूँगा।

नाजुक औरत—हाँ-हाँ, अब आप दिल लगा कर मेरा हाल सुनिये, मैं कहती हूँ।

इन लोगों ने किश्ती खेना बन्द कर दिया था और एक दूसरे की बात में इतना लीन हो रहे थे कि इन्हें किश्ती की चाल और बहाव का कुछ खयाल न रहा था जिससे वह बहती हुई कुछ किनारे की तरफ हो गई।

अभी नाजुक औरत ने अपना किस्सा कहना शुरू नहीं किया था कि इन लोगों की किश्ती एक घने पीपल के पेड़ के नीचे पहुँची जो नदी के किनारे ही पर था।

इन लोगों की किश्ती उस पेड़ के नीचे पहुँची ही थी कि ऊपर से आवाज आई, "भला नरेन्द्र, ले जा भगा के! अब यारों की फिक्र क्यों होगी! मगर हम भी तुम्हारे उस्ताद ही निकले, रास्ता ही आकर बन्द कर दिया! भला अब आगे बढ़ो तो सही, देखें कितना हौसला रखते हो।"

इस आवाज के सुनते ही वे दोनों औरतें डरी मगर हमारा बहादुर नौजवान एकदम हँस पड़ा, जिससे दोनों औरतों को बड़ा ताज्जुब हुआ क्योंकि इस आवाज को सुनकर वे घबड़ा गई थीं। उनको पूरा विश्वास हो गया था कि कोई हम लोगों का दुश्मन आ पहुँचा, और डर के मारे उनका बदन काँपने लगा था, मगर हमारे बहादुर नौजवान नरेन्द्र को हँसते देख उन दोनों की विचित्र हालत हो गई और वे उनके मुँह की तरफ देखने लगीं। नरेन्द्र ने हँसकर कहा—

"घबड़ाओ मत, देखो मैं इसे अपनी किश्ती पर बुलाता हूँ।" इतना कह उस पेड़ की तरफ देखा और बोला—

"अबे भूतने! अब पेड़ से उतरेगा भी कि ऊपर ही बैठा रहेगा? आ किनारे पर!!"

आवाज—नहीं, अब मैं नीचे नहीं आने का, जाओ अपनी किश्ती ले जाओ! हि: हि: हि:, किश्ती ले जाना क्या हँसी-ठट्ठा है! छू, लो ऐसा

मंत्र पढ़ दिया कि सिवाय किनारे लगाने के इस किश्ती को तुम आगे ले जा ही नहीं सकते। बचाजी, तुम तो खूब जान बचा के भागे थे पर अब कहाँ जाओगे? तीन दिन का भूखा-प्यासा मैं आज तुम तीनों को खाये बिना थोड़े ही छोड़ूँगा!

नरेन्द्र—(किश्ती किनारे लगा कर) अबे उतरेगा कि दूँ मिर्चे की धूनी!!

आवाज—अगर मिर्च के खेत में भी आग लगा दो तो कुछ नहीं होगा।

नरेन्द्र—अच्छा मेरे भाई अब तो उतरो।

आवाज—जी हाँ, मैं ऐसा-वैसा भूत नहीं हूँ कि जल्दी उतर जाऊँ।

नरेन्द्र—अबे उतरता है कि नहीं!

आवाज—जाता है कि नहीं!

नरेन्द्र—राम राम, इसने तो दिक कर डाला! भला यह तो बताओ तुम उतरते क्यों नहीं?

आवाज—भाई जान, तुम रंज क्यों हो गए हो? जानते ही हो कि मैं कितना फूँक-फूँक कर पैर रखता हूँ।

नरेन्द्र—तो इस वक्त तुम्हें किस बात का डर है?

आवाज—यही कि कहीं नजर न लग जाए।

नरेन्द्र—किसकी नजर?

आवाज—ये दोनों औरतें मेरी जवानी और पहलवानी पर नजर लगा देंगी।

इतना सुनते ही नरेन्द्र एकदम खिलखिला कर हँस पड़ा बल्कि वे दोनों औरतें भी जो अभी तक डर के मारे काँप रही थीं हँस पड़ी, मगर फिर सोचने लगीं—

"यह कौन है? क्या सचमुच कोई भूत है! अगर यह भूत है तो नरेन्द्र भी कोई पिशाच ही होंगे! नहीं, नहीं! ऐसा नहीं सोचना चाहिए। नरेन्द्र बहादुर और लासानी आदमी है, और फिर अगर भूत-प्रेत या पिशाच होते तो इनकी परछाहीं जो चन्द्रमा की रोशनी से इस किश्ती में पड़ रही है न पड़ती होती और इनके आँखों की पलकें भी नीचे न गिरतीं! खैर यह सब

तो ठीक है मगर वह कौन है जो पेड़ पर चढ़ा हुआ बोल रहा है और नीचे नहीं उतरता!"

नरेन्द्र ने बहुत कुछ कहा मगर वह शैतान पेड़ से नीचे न उतरा। आखिर नरेन्द्र हँसते हुए किश्ती से नीचे उतरे और पेड़ के पास जाकर बोले, "उतरता है या काट डालूँ पेड़ को?" यह कहकर एक हाथ तलवार का उस पेड़ पर लगाया साथ ही इसके पेड़ के ऊपर वाला शैतान चिल्लाया, "हाँ-हाँ-हाँ-हाँ! ऐसा काम कभी मत करना! पेड़ मत काटना नहीं तो मैं गिर कर मर जाऊँगा! लो मैं आप ही उतरता हूँ तुम दिक मत करो!!

नरेन्द्र—अच्छा तो फिर उतर जल्दी!

आवाज—उतरता हूँ, घबड़ाते क्यों हो? क्या जल्दी में गिर कर जान दे दूँ?

आखिर धीरे-धीरे वह शैतान नीचे उतरा और नरेन्द्र ने उसका हाथ पकड़ के किश्ती पर ला बैठाया, इसके बाद किश्ती को किनारे से हटा गहरे जल में ले जा कर बहाव पर छोड़ दिया।

नरेन्द्र ने जब उस शैतान को किश्ती में लाकर बैठाया तभी से उसकी शक्ल देख दोनों औरतों की अजब हालत हो रही थी। मारे हँसी के लोटी जा रही थीं, क्योंकि पेड़ पर से वह जिस दिलावरी और डरावनी आवाज से बोलता था नीचे उतरने पर वह वैसा न पाया गया बल्कि उसकी सूरत ऐसी थी कि जो कोई देखे जरूर हँसने लगे।

पचीस-तीस वर्ष का सिन, नाटा कद, छोटे-छोटे हाथ-पैर, सीतला-मुँह दाग, एक आँख गायब, लाल रंग की धोती, लाल ही रंग का कुरता और टोपी जिसमें गोटा टंका हुआ था, काँधे पर एक अंगोछा, बगल में एक बटुआ, हाथ में भाँग घोंटने का डंडा, भाँग पीसने की कूंडी टोपी के नीचे।

ऐसी सूरत देख के भला किसे हँसी न आवेगी? दोनों औरतों ने मुश्किल से हँसी रोककर नरेन्द्र को हाथ के इशारे से अपने पास बुलाया और धीरे से पूछा—

"यह कौन है, जिसे बड़ी चाह से तुम इस किश्ती पर लाये हो?"

नरेन्द्र—यह हमारा लड़कपन का साथी है।

औरत—क्या तुम्हारा ऐसे ही लोगों से साथ रहता है?

नरेन्द्र—नहीं-नहीं, हम तो दिल बहलाने के लिए इसे अपने साथ रखते हैं, बड़ा खैरखाह है और जान से ज्यादे हमको मानता है, कुछ थोड़ा सा बेवकूफ तो है, मगर बाजे दफे इसे दूर की सूझती है। अब तो यह साथ ही है, इसका बाकी हाल तुमको रास्ते में मालूम हो जाएगा।

औरत—इसका और तुम्हारा साथ कब छूटा?

नरेन्द्र—मैं तो घर से अकेला निकला था, यह शायद मुझे ढूँढ़ता हुआ आ पहुँचा। देखो मैं इससे हाल पूछता हूँ, आप ही सब मालूम हो जाएगा।

औरत—इसका नाम क्या है?

नरेन्द्र—इसका नाम सभों ने बहादुरसिंह रक्खा है।

बहादुरसिंह का नाम सुनकर फिर उन दोनों को हँसी आ गई।

बहादुर—क्यों जी नरेन्द्र, यह दोनों औरतें घड़ी-घड़ी मुझको देख-देखकर हँसती क्यों हैं? कहीं मुझे भी गुस्सा आ जाए तो क्या हो?

नरेन्द्र—भला इसमें रंज होने की कौन सी बात है! जो कोई तुम्हें देखकर खुश हो उससे रंज होना क्या मुनासिब है?

बहादुर—नहीं मैंने कहा कि शायद अगर इन दोनों को किसी बात की शेखी हो तो मैं अभी तैयार हूँ, आवें कुश्ती लड़के जी का हौसला मिटा लें।

नरेन्द्र—वाह, औरतों से कुश्ती लड़कर पहलवानी दिखाओगे?

बहादुर—जी हाँ, कल के लड़के हो, कभी औरतों से पाला नहीं पड़ा है। सुनो और मेरी नसीहत याद रक्खो, दस मर्दों से लड़ जाना कोई मुश्किल नहीं मगर एक भी औरत का मुकाबिला करना टेढ़ी खीर होता है।

नरेन्द्र—सच है, सच है, लेकिन भला यह तो कहो कि तुम इस जंगल में कहाँ से पैदा हो गए?

बहादुर—तुम तो चुपचाप घर से निकल भागे, समझे कि बस हो चुका अब पता कौन लगाता है। मगर इसको भूल ही गए कि मैं चालीस कम दो कोस से तुम्हारी बू पा लेता हूँ। खोजता-खोजता आखिर आ ही न पहुँचा। मैं तो डरा (रुक कर) राम राम, डरा काहे को, मैं तो किसी से कभी डरता ही नहीं, कहने की कुछ मुँह से निकलता है कुछ।

दोनों औरतें—(हँसकर) क्या डींग की लेते हैं, शेखी किये बिना न मालूम क्या बिगड़ा जाता है! अजी ऐसे जंगल बियाबान में जहाँ हजारों डाकू घूमते रहते हैं बड़े-बड़े डर जाते हैं अगर तुम डरे तो कौन सी बात है।

बहादुर—सच तो कहा, मगर मैं...तो...कहीं डरता ही नहीं, हाँ यह तो कहो क्या सचमुच इस जंगल में डाकू घूमा करते हैं?

नरेन्द्र—बेशक, अभी हमीं से डाकुओं की मुठभेड़ हो गई थी, बारे किसी तरह बच गए।

बहादुर—अफसोस हम न हुए नहीं तो एक को भी जीता न छोड़ते, हाँ यह बताओ कै डाकू थे?

नरेन्द्र—यही कोई चालीस-पचास!

बहादुर—बस, इतने ही! इतनों से भला क्या डरना? अच्छा इन सब बातों को जाने दो और मेरी सुनो। अब सवेरा हुआ चाहता है, यह किनारे वाला जंगल भी बड़ा ही रमणीक है, चलो किश्ती किनारे लगाओ, मैं भंग पीसता हूँ तुम भी पीयो और इन दोनों को भी पिलाओ। यह भी क्या याद करेंगे कि किसी के हाथ की भंग पी थी। बस इसी जगह दिशा फरागत स्नान-पूजा से छुट्टी पाकर फिर जहाँ चाहे चलना।

"अच्छा चलो," कहकर नरेन्द्र ने डाँड़ उठाया और किश्ती का मुँह किनारे की तरफ फेरा ही था कि किनारे से गीदड़ के चिल्लाने की आवाज आई।

बहादुर—बस-बस, नहीं-नहीं, इधर नहीं, और आगे चलो। यह जंगल किसी काम का नहीं, बेपर्द है, आगे घने जंगल में ठीक रहेगा!

इतना सुनते ही दोनों औरतें खिलखिला कर हँस पड़ीं और नरेन्द्र ने भी मुस्कुरा दिया।

बहादुर—बस बात तो सोचा नहीं और हँस दिया। क्या तुम लोगों ने समझ लिया कि बहादुरसिंह गीदड़ की आवाज सुनकर डर गए? ऐसा ही डरते तो तुमको खोजने क्या निकलते? मुझको आज रास्ते में ऐसे-ऐसे जंगल पड़े है जहाँ पचासों पेड़ इकट्ठे एक से एक सटे और चिपके दिखाई पड़ते थे।

बहादुर सिंह की इस बात ने तीनों को और भी हँसाया, नरेन्द्र तो जानते ही थे कि बहादुरसिंह बड़ा ही डरपोक है मगर बात बनाने से नहीं चूकता, यह तो उनकी मुहब्बत में घर से निकल पड़ा नहीं तो कभी अकेला दूर जाने वाला थोड़े ही था।

नरेन्द्र—बस जो असल बात थी तुमने खुद कह दी। यह भी मालूम हो गया कि तुम बड़े-बड़े घने जंगलों को पार करते हुए मुझसे मिले हो, उस छोटे जंगल में नहीं पहुँचे जहाँ मैं फँसा था।

बहादुर—जी हाँ इसमें भी कोई झूठ है। अरे अरे, फिर तुम किनारे ही पर किश्ती लिए जा रहे हो! सुनते नहीं मैं क्या कहता हूँ!!

नरेन्द्र—(झुँझला कर) अजब उल्लू है! क्या सैकड़ों कोस तक जंगल ही मिलता जाएगा? जंगल कब का पीछे छूट गया, यह भी कोई जंगल है? दस-बीस बेरी के पेड़ देखे और कह दिया जंगल है! अब कौन सा घना जंगल मिलेगा? देखता नहीं आगे बालू ही बालू दिखाई देता है!!

बहादुर—वाह, मुझी को उल्लू बनाने लगे, मैं तो खुद ही कहता हूँ कि आगे किसी जंगल के किनारे नाव लगाओ यहाँ मैदान है।

नरेन्द्र—बस-बस, आगे यह भी नहीं मिलेगा।

नरेन्द्र ने बहादुरसिंह की बकवाद पर ध्यान न दिया और किश्ती किनारे पर लगा कर बहादुरसिंह से उतरने के लिए कहा मगर वह न उतरा, कहने लगा, "मैं इसी किश्ती पर भंग बना लूँगा तब उतरूँगा, और तुम भी बैठो जल्दी क्या है, अभी तो अच्छी तरह सवेरा भी नहीं हुआ।"

औरत—अच्छा इनको यहाँ बैठने दो चलो हम लोग नीचे उतरें।

नरेन्द्र—अच्छा चलो।

नरेन्द्र ने लग्गी गाड़ के किश्ती बाँध दी, तब हाथ का सहारा दे दोनों औरतों को किनारे पर उतारा और उनके बैठने के लिए अपनी कमर से चादर खोल जमीन पर बिछा दिया।

जब से नरेन्द्र ने दोनों औरतों को फाँसी और कब्र से बचाया और किश्ती पर सवार होकर पूरे चन्द्रमा में इनकी सूरत देखी तभी से इन पर जी जान से

आशिक हो गए थे। उधर वे दोनों औरतें भी पूरी मुहब्बत की निगाह से उनको देखने लगीं बल्कि इनको पाकर अपनी बिलकुल तकलीफ भूल गईं और सोच लिया कि अब जन्म भर इनका साथ कभी न छोड़ेंगी।

तीनों किनारे पर बैठे, नरेन्द्र ने कहा, "उस भंगेड़ी मसखरे की बातचीत में तुम दोनों का हाल भी न सुना।"

एक औरत—क्या हर्ज है लौंडी तो साथ में हई है, जब चाहे इसकी राम कहानी सुन लेना, पर अब तो हाल कहने का मौका है नहीं।

नरेन्द्र—अच्छा, हाल तो किसी दूसरे वक्त सुन लेंगे मगर अपना नाम तो इस वक्त बता दो।

एक औरत—(जो पेड़ पर से उतारी गई थी) जी मेरा नाम तो मोहिनी है और इसका नाम गुलाब है जिसे आपने जमीन से निकाल कर बचाया।

नरेन्द्र—मोहिनी! अहा, क्या सुन्दर नाम है!!

इतने में दूर से कुत्ते के भूँकने की आवाज आई जिसे सुन नरेन्द्र ने मोहिनी की तरफ देख के कहा, "मालूम होता है यहाँ पास ही कोई गाँव है, क्योंकि कुत्ते सिवाय आदमी के पड़ोस के और कहीं नहीं रहते। अच्छी बात हो अगर हम लोग आज का दिन इसी गाँव में काटें क्योंकि दिन की धूप इस खुली हुई छोटी किश्ती में नहीं बर्दाश्त होगी।

मोहिनी—आपका कहना सच है मगर हम लोगों को किसी छोटे गाँव में रहना उचित नहीं, इससे तो दिन-भर की धूप सह कर भी इसी किश्ती पर सफर करते रहना ठीक होगा।

गुलाब—(इधर-उधर देखकर) देखो वह एक नाव का मस्तूल दिखाई देता है। (उठ के और गौर से देखकर) वाह वाह, यह तो बड़ी भारी छप्परदार नाव है, अगर इसे किराए कर लिया जाए तो बहुत अच्छा हो। इसी पर सफर करते हुए हम लोग किसी शहर में बड़े आराम के साथ पहुँच जाएँगे।

नरेन्द्र—(खड़े होकर और उस नाव को देखकर) हाँ ठीक तो है।

मोहिनी—बस तो फिर देर क्यों, उसी नाव को ठीक कीजिए, चलिए इसी किश्ती पर बैठकर वहाँ चले चलें।

नरेन्द्र—अभी तुम लोगों को वहाँ ले जाना ठीक न होगा। कौन ठिकाना वह नाव खाली है या किसी का माल लदा है, अगर दूसरे के किराए में होगी तो मुझे कैसे मिल सकेगी। तुम दोनों अच्छे कपड़े और गहने पहिरे हो, कोई देखेगा तो क्या समझेगा? कोई ऐसी तरकीब भी नहीं हो सकती कि तुम दोनों को छिपाकर वहाँ तक ले चलूँ और अगर नाव भरी न हो तो उसी जगह किराए कर लूँ। इस तरह बहुत आदमियों के बीच में तुम दोनों को कैसे ले चलूँ।

गुलाब—चलिए नाव खाली हुई तो सवार हो लेंगे नहीं तो आगे चलकर कहीं ठहरेंगे और आज का दिन डोंगी में ही बिता देंगे।

नरेन्द्र—आगे दूर तक बालू ही बालू दिखाई पड़ता है, कहीं पेड़ का नाम निशान तक नहीं है, कहाँ ठहरेंगे?

मोहिनी—तो फिर आपकी क्या राय है?

नरेन्द्र—मैं चाहता हूँ कि तुम दोनों यहाँ ठहरो, बहादुरसिंह भी तुम्हारे पास है, बहुत जल्द जाकर उस नाव को देख आता हूँ। अगर खाली होगी तो तुम लोगों को ले जाकर सवार कराऊँगा नहीं तो इसी जगह लौटकर हम लोग दिन बितावेंगे और रात को फिर चलेंगे।

मोहिनी—नहीं-नहीं, अब मैं तुम्हारा साथ न छोडूँगी, क्या जाने तुम कहीं...

नरेन्द्र—वाह, मैं कहाँ चला जाऊँगा? बात की बात में तो लौट के आता हूँ!

मोहिनी—(आँख डबडबा कर) मैं क्या...

नरेन्द्र ने मोहिनी की आँखों में आँसू डबडबाते हुए देखा। जी बेचैन हो गया, हाथ थाम कर बोला, "हैं यह क्या? यह आँसू कैसा?"

मोहिनी का जी पूरे तौर से उमड़ आया, आँसुओं की तार बन्ध गई, हिचकी लेकर बोली, "न मालूम क्यों मेरा कलेजा काँप रहा है, खुद-ब-खुद रोने को जी चाहता है, बस तुम मत जाओ इसी जगह दिन काटो जो कुछ होगा देखा जाएगा।"

खैर किसी तरह नरेन्द्र ने बहुत तरह से मोहिनी को समझा-बुझाकर इस बात पर राजी किया कि वे जा कर नाव का हाल दर्याफ्त कर आवें।

हमारे बहादुरसिंह अभी तक भंग घोट रहे हैं। दीन दुनिया की कुछ खबर नहीं, यह भी नहीं मालूम कि नरेन्द्र मोहिनी और गुलाब में क्या-क्या बातचीत हुई। दोनों पैरों से भंग पीसने की कूंडी पकड़े हुए नीचे के होंठ को दाँतों से दबाये कभी बाईं तरफ कभी दाहिनी तरफ सोंटा घुमा-घुमा कर भंग पीस रहे हैं।

नरेन्द्र ने पुकार कर कहा, "अजी ओ बहादुर भंगी! अभी तक तुम्हारी भंग तैयार नहीं हुई? देखो इधर खयाल रखो, हम जाते हैं।"

बहादुरसिंह ने गुस्से की निगाह से नरेन्द्र की तरफ देखकर कहा, "बस खबरदार! हमको भंगी का कहना इतना बुरा मालूम न हुआ जितना तुम्हारे इस कहने का रंज हुआ कि हम जाते हैं। क्या मजाल जो तुम कहीं जा सको! एक क्या दस करोड़ नरेन्द्र बनकर आओ तब तो जाने ही नहीं दूँ! एक दफे तुम्हें अकेले छोड़कर फल पा लिया, अब क्या मैं उल्लू हूँ जो घड़ी-घड़ी ऐसा ही करूँ?"

नरेन्द्र—अबे कुछ सुनता-समझता भी है कि अपनी ही टाँय-टाँय किये जाता है!

बहादुर—बस बस, मैं सब सुन चुका और समझ गया, बैठो सीधे होकर!

नरेन्द्र—अजी मैं नाव किराए करने जाता हूँ और कहीं नहीं जाता।

बहादुर—नाव! नाव! कैसी नाव? यह क्या छकड़ा है?

नरेन्द्र—(हँसकर) यह भी नाव है मगर मैं बड़ी नाव छप्पर वाली किराए करने जाता हूँ।

बहादुर—कहाँ है छप्पर वाली नाव?

नरेन्द्र—(हाथ से इशारा करके) वह देखो।

बहादुर—हाँ है तो, (सोंटा रखकर) मैं भी तुम्हारे साथ चलता हूँ।

नरेन्द्र—(मोहिनी और गुलाब को बता कर) तो इनके पास कौन रहेगा?

बहादुर—तुम।

नरेन्द्र—और तुम किसके साथ जाओगे?

बहादुर—नरेन्द्र के साथ।

बहादुरसिंह की इस बात ने सबको हँसा दिया। मोहिनी जो उदास बैठी थी वह भी हँस पड़ी।

बहादुर—हँसने की कौन बात है! (कुछ सोचकर) हाँ-हाँ ठीक है, मुझसे गलती हुई, मैं भूल गया, अच्छा जाओ सीधे उस नाव की तरफ चले जाओ। मैं देख रहा हूँ, इधर-उधर हटे नहीं कि मैंने डंडा फेंक कर मारा।

"अच्छा यही सही!" यह कहकर नरेन्द्र उस बड़ी नाव की तरफ रवाना हुए। मोहिनी और बहादुरसिंह की निगाह बराबर नरेन्द्र की तरफ थी।

चौथा बयान

हमारा बहादुर नौजवान इन तीनों को उसी जगह छोड़ उस नाव की तरफ चला और यह इरादा कर लिया कि उसे किराए करके आराम से अपना सफर तमाम करेगा। पाठक, इतना तो मालूम ही हो गया कि उसका नाम नरेन्द्रसिंह है, अस्तु अब हमको भी इसी नाम से इस उपन्यास में लिखना ठीक होगा।

देखने में वह नाव बहुत पास मालूम देती थी मगर नरेन्द्रसिंह के वहाँ पहुँचते-पहुँचते पहर भर से ज्यादे दिन चढ़ आया। पास पहुँचकर उन्होंने किसी आदमी को उस नाव के ऊपर न देखा! इस सबब से नाव के पास जाकर अन्दर की तरफ झाँका।

यह नाव बहुत बड़ी थी और इस लायक थी कि हजार मन से ज्यादे बोझ लाद सके। फूस का छप्पर उसके ऊपर था और चारों तरफ टट्टियों से घेरा हुआ था। दो-चार खिड़कियाँ भी दोनों तरफ इस लायक थीं कि भीतर बैठा हुआ आदमी बाहर की तरफ देख सके। नरेन्द्रसिंह को झाँकते देख एक आदमी अन्दर से बाहर निकल आया जिसकी सूरत देखने से मालूम होता था कि यह मल्लाह है। उसने इनसे पूछा, "आप क्या चाहते हैं?"

नरेन्द्र—क्या यह नाव किराए पर हो सकती है?

मल्लाह—हाँ हाँ, आप जरूर इसे किराए पर ले सकते हैं।

नरेन्द्र—इसका मालिक कौन है?

यह सुनकर मल्लाह ने अन्दर की तरफ मुँह कर "बिहारी, बिहारी" करके आवाज दी। आवाज के साथ ही एक दूसरे मल्लाह ने बाहर निकल कर पूछा, "क्या है?"

पहिला मल्लाह—सरकार नाव किराए किया चाहते हैं।

दूसरा—(नरेन्द्र की तरफ देखकर) कुछ माल लादा जाएगा?

नरेन्द्र—नहीं हम दो-तीन आदमी हैं जो इस पर सवार होकर सफर किया चाहते हैं।

मल्लाह—कहाँ तक जाइएगा?

नरेन्द्र—हम लोग पटने तक जाएँगे।

मल्लाह—तो आपके और साथी सब कहाँ हैं?

नरेन्द्र—(हाथ का इशारा करके) उस तरफ थोड़ी दूर पर हैं, तुम बातचीत कर लो तो बुला लावें।

मल्लाह—सवारी जनानी भी है या सब मर्दाने ही हैं?

नरेन्द्र—हाँ जनानी भी है।

मल्लाह—अच्छा आइए यहाँ आकर भीतर से नाव को देख लीजिए। जनानी सवारी के सुबीते की भी जगह इसमें बनी हुई है।

यह कह मल्लाह ने एक काठ की सीढ़ी नीचे गिरा दी और नरेन्द्रसिंह का हाथ पकड़कर ऊपर चढ़ा लिया तब अपने साथ छप्पर के अन्दर ले गया। नरेन्द्रसिंह ने अन्दर लगभग पन्द्रह बीस मल्लाहों को बैठे पाया जिनमें पाँच-छः तो बड़ी भयानक सूरत के थे। उनकी काली-काली सूरत और बड़ी-बड़ी आँखें देखने से ही डर मालूम होता था। एक तरफ कुछ थोड़ी सी कुल्हाड़ियाँ गड़ाँसे, नेजे और तलवारों का ढेर लगा हुआ था और दस-बीस गठरियाँ भी ऐसी पड़ी थीं कि जो देखने से किसी सौदागर की मालूम होती थीं। इन चीजों को देख नरेन्द्रसिंह के जी में कई तरह के खुटके पैदा हुए और इस नाव को किराए करने का मन न किया। मल्लाहों की तरफ देखकर बोले, "हम लोग सिर्फ चार आदमी हैं। नाव बहुत बड़ी है और सफर भी बहुत दूर तक का है। यह नाव मेरे काम की नहीं है।" बिहारी ने कहा, "एक नाव बहुत छोटी और

पटी हुई हमारे पास और भी है। अगर उस पर आप सफर करें तो सिर्फ एक ही मल्लाह आपको पटने तक पहुँचा सकेगा क्योंकि वह नाव चलने में बहुत सुबुक है। अगर जरा सा आप यहाँ ठहरें तो उस नाव को यहाँ लाकर दिखला दूँ।

नरेन्द्र—वह नाव कहाँ पर है?

बिहारी—पास ही है, बस वहीं जहाँ इस नदी का मोड़ घूमा है।

नरेन्द्रसिंह को इस बात का शक तो जरूर हुआ कि ये लोग डाकू हैं मगर बिहारी की यह बात सुनकर कि एक नाव और भी है और एक ही आदमी उस पर पटने पहुँचा देगा सोचने लगे कि इसमें हमारा कोई हर्ज नहीं अगर एक आदमी डाकू भी होगा तो हमारा कुछ न कर सकेगा। बिहारी से कहा, "जाओ उस नाव को ले आओ मगर जल्द आना।"

बिहारी ने अपने साथियों की ओर देखकर कहा—"तुम लोग भी आओ तो उस नाव को जल्दी खैंच लावें।"

अपने कुछ साथियों को लेकर बिहारी नाव के नीचे उतरा और थोड़ी दूर तक दरिया के किनारे-किनारे जाकर पास के जंगल में गायब हो गया।

बिहारी को गए घंटे भर से ज्यादे हो गया। नरेन्द्रसिंह बैठे-बैठे घबड़ा उठे और दूसरे मल्लाहों से जो उस नाव में थे बोले, "तुम्हारा बिहारी नाव लेकर अभी तक न आया, हमारे साथी घबड़ा रहे होंगे, हम तो जाते हैं।"

इसके जवाब में एक मल्लाह ने कहा, "चढ़ाव की तरफ नाव लाने में देर लगती है, आप जरा और ठहर जाएँ आता ही होगा।"

घंटे भर तक नरेन्द्रसिंह और ठहरे मगर नाव न आई। घबड़ा उठे। मोहिनी की तरफ जी लगा हुआ था। मल्लाहों की बात पर ध्यान न दिया। नाव से नीचे उतर आए और उस तरफ चले जहाँ अपने साथियों को छोड़ा था।

आते वक्त भी उतनी ही देर लगी यहाँ तक कि दोपहर हो गया जब उस ठिकाने पहुँचे। मगर अफसोस, बेचारी मोहिनी और उसकी बहिन गुलाब को वहाँ न पाया और न अपने लड़कपन के दोस्त बहादुरसिंह को ही वहाँ देखा जिसे भंग घोटते छोड़ गए थे, हाँ किश्ती ज्यों की त्यों वहाँ ही बँधी थी।

पाँचवाँ बयान

मोहिनी, गुलाब और अपने दोस्त बहादुरसिंह को न देखने से नरेन्द्रसिंह को कितना ताज्जुब-अफसोस-तरद्दुद-फिक्र, गम और सदमा हुआ यह वही जानते होंगे। घबड़ा कर चारों तरफ देखने लगे, जब किसी को न देखा तो बोले, "हाय मैं उसे अकेला क्यों छोड़ गया! मेरे सिर कैसी कम्बख्ती सवार थी जो दूसरी नाव किराए करने गया! हाय जिस किश्ती ने बेचारी मोहिनी और गुलाब की जान बचाई और जिस किश्ती पर बैठ कर हम लोग हँसते-खेलते यहाँ तक पहुँचे, उसी को छोड़ना चाहा! परमेश्वर ने इसी की सजा दी। हाय कम्बख्त दिल! उस वक्त धूप सूझी! बेचारी मोहिनी धूप का कुछ खयाल न करके इसी किश्ती पर सफर करने को तैयार थी मगर तुझे गर्मी सताने लगी! अब उसकी जुदाई की आग में न जाने कब तक तुझे जलना पड़ेगा। हाय, वह कहाँ चली गई! क्या मौका पाकर भाग तो नहीं गई! नहीं-नहीं, उसे छिपकर भागने की जरूरत ही क्या थी! मैं तो उसे उसके घर तक पहुँचा देने ही वाला था, मैंने उसका क्या बिगाड़ा था कि छिप कर भागती! फिर बहादुरसिंह कहाँ चला गया? वह तो मेरा साथ छोड़ने वाला न था! क्या कोई दुश्मन पहुँचा जिसके सबब से बेचारी मोहिनी और गुलाब को फिर दुःख भोगना पड़ा? कहीं उन नाव वाले मल्लाहों की तो बदमाशी नहीं! सूरत से वे लोग बड़े दुष्ट और डाकू मालूम पड़ते थे। वे किश्ती लेने नहीं गए, घूम फिर धोखा दे जरूर यहाँ

आए और तीनों को ले भागे, क्योंकि पहिले ही उन लोगों को मुझसे मालूम हो चुका था कि हमारे साथ औरतें हैं और उन्होंने पूछा भी था कि कहाँ हैं? हाय! मैंने क्यों इशारे से बता दिया कि इस तरफ हैं! जरूर उन्हीं लोगों की शैतानी है! खैर अब मोहिनी ही नहीं तो अब मैं जी कर क्या करूँगा? इससे तो अब यही बेहतर है कि उन लोगों से लड़कर ही अपनी जान दे दूँ, और कुछ नहीं तो दो-चार की जान जरूर ही ले लूँगा।"

यह सोचते-सोचते हमारे बहादुर नरेन्द्रसिंह को बेहिसाब गुस्सा चढ़ आया। बड़ी-बड़ी आँखें सुर्ख हो गईं, बदन काँपने लगा, घड़ी-घड़ी तलवार के कब्जे पर हाथ जाने लगा। थोड़ी देर तक इसी हालत में खड़े रहकर कुछ सोचते रहे, इसके बाद तेजी के साथ उस नाव की तरफ चले।

पहिले दफे नरेन्द्रसिंह जब उस किश्ती की तरफ गए थे तब इनको रास्ते में बहुत देर हो गई थी, मगर अब की दफे घंटे ही भर में ये उस नाव के पास जा पहुँचे।

अबकी मर्तबे नाव के ऊपर जाने के लिए काठ की सीढ़ी ही नहीं लगी थी, मगर बहादुर नरेन्द्रसिंह ने इसका कुछ खयाल न किया, झट म्यान से तलवार निकाल ली और उछल कर नाव के ऊपर चढ़ गए, मगर वहाँ किसी को न पाया। उन शैतानों में से एक भी वहाँ न था जिन्हें पहली मर्तबे देखा था, हाँ कुछ गठड़ियाँ और दस-पाँच कुल्हाड़ियाँ इधर-उधर जरूर पड़ी थीं।

बहादुर नरेन्द्र इस गम को बर्दाश्त न कर सके। उनका सिर घूमने लगा और नंगी तलवार हाथ में लिये हुए ही बदहवास हो कर उसी नाव पर धम्म से गिर पड़े।

छठवाँ बयान

एक छोटी सी कोठरी में आले पर चिराग जल रहा है, तीन तरफ दीवार है और एक तरफ लोहे के मोटे-मोटे छड़ लगे हुए हैं जिनमें एक छोटा सा दरवाजा लोहे की सीखों का बना हुआ लगा है, जो इस समय बन्द है और उसमें बाहर से ताला बन्द है और जिसके पास ही एक आदमी बैठा हुआ है, शायद पहरे वाला हो। यह मकान हर तरफ से बन्द है, कहीं से आस्मान दिखाई नहीं देता। आजकल शुक्ल पक्ष है मगर चन्द्रमा की रोशनी भी कहीं नहीं दिखाई देती जिससे मालूम होता है कि शायद यह जमीन के अन्दर कोई तहखाना है जहाँ दिन और रात का भेद कुछ नहीं जाना जाता। इसी कोठरी के अन्दर बहादुरसिंह बैठा हुआ धीरे-धीरे कुछ बोल रहा है।

"हाँ, कहते थे नालायक से कि मुझे मत सता! मैं ब्राह्मण हूँ, मेरी आह पड़ेगी तो जल कर भस्म हो जाएगा। मगर सुनता कौन है? अपनी बहादुरी के नशे में वह मानता किसकी है? दौलत के घमंड में वह किसी को समझता ही क्या है! खूबसूरत पाँच औरतें क्या मिल गई कि दिमाग आसमान पर चढ़ गया! रहो बचा, दो औरतें तो छिन ही गई बाकी की तीनों भी छिन जाती हैं! और जंगल में गड़ी हुई तेरी दौलत भी तेरे हाथ से निकल जाए तब मेरा कलेजा ठंडा हो! नालायक, मैंने तेरा क्या बिगाड़ा था कि मुझे राह चलते पकड़ लिया और साल भर से मुफ्त में अपनी खिदमत करा रहा है, जान भी नहीं छोड़ता।

हाय! मेरे माँ, बाप, लड़के वाले जोरू जाने क्या कहते होंगे, मुझे कहाँ-कहाँ ढूँढ़ते होंगे! खैर उनकी तो कुछ परवाह नहीं, मेरा तो शरीर ही संकट में पड़ गया था, दिन में बीस-बीस मर्तबे गदहे को भंग पीस-पीस के पिलानी पड़ती थी। चलो उससे तो छुट्टी हुई! मेरा क्या? वहाँ भी खाने को मिलता था, यहाँ भी मिलेगा, घोड़े को कोई ले जाए खाने को घास तो देगा ही। मेहनत से जान बची, अब इसी कोठड़ी में बैठे डंड पेलेंगे। वाह रे बहादुरसिंह तू भी किस्मत का बड़ा ही जबरदस्त है!!

कोठड़ी के बाहर बैठा हुआ पहरेवाला अपनी गर्दन नीचे किये हुए बहादुरसिंह की यह भनभनाहट सुन रहा था। जब बहादुरसिंह अपनी बात तमाम कर चुका तब उसने इनकी तरफ सिर उठाकर देखा और कहा—"मालूम होता है आपका नाम बहादुरसिंह है!"

बहादुर—(चौंककर) हैं, यह आपने कैसे जाना?

पहरेदार—आपकी बातों से ही मालूम होता है!

बहादुर—हमारी कौन सी बातें!

पहरेदार—अजी अभी तो तुम कह रहे थे कि 'वाह बहादुरसिंह तू भी किस्मत का बड़ा जबरदस्त है!'

बहादुर—हाँ ठीक है, मेरा नाम बहादुरसिंह है!

पहरेदार—आप बड़े ही लापरवाह मालूम होते हैं!

बहादुर—हाँ भाई साहब लापरवाह तो हई हैं, और फिर आप ही सोचिए कि मेरे जैसा आदमी अगर लापरवाह न होगा तो और दुनिया में होगा कौन? जात का ब्राह्मण हूँ, कहीं रहूँ, कोई खाने को दे, मुझे ले लेने में कोई शर्म नहीं, कमा कर खाने की कोई फिक्र नहीं! जोरू के पास कुछ रुपये हैं, वही अपना सौदा सुलफ बाजार से लाती है पकाती है खिलाती है, महीनों तक पीने के लिए भंग भी वही बेचारी ला देती है, मैं मजे में घोटता हूँ और पीता हूँ! फिर मुझे फिक्र काहे की? हाँ, थोड़े दिन इस नालायक नरेन्द्र के साथ रहना पड़ा तो अलबत्ते कुछ फिक्र ने आ घेरा था, जब जरा आराम से बैठे बस झट हुक्म हुआ 'भंग पीसो' यहाँ तक कि दिन-रात भंग पीसते-पीसते जी घबड़ा

गया था, पर अब उससे भी बेफिक्र हूँ। यहाँ तो काम काज कुछ करना ही नहीं है, बैठे-बैठे खाना है, हाँ भंग की तकलीफ कहीं न हो जाए, सो खैर आपकी कृपा होगी तो भंग भी पीने को मिल ही जाएगी। आज मैं अपने हाथ की बूटी पिलाऊँगा। देखो तो उसके आगे स्वर्ग कुछ मालूम पड़ता है? और सब से भारी बात तो यह है कि मुझे कुछ लालच नहीं! लालच के नाम ही से मैं कोसों दूर भागता हूँ, नहीं तो नरेन्द्र की लाखों रुपये की सम्पत्ति जो मेरी आँखों के सामने रखी हुई है ले लेता और मजे में राजा बन के बैठता! मगर मैं सोचता हूँ कि राजा से हजार दर्जे बढ़कर खुशी से मैं अपनी जिन्दगी काट रहा हूँ तब कौन साला रुपये बटोर कर अपने ऊपर कम्बख्ती ले!!

पहरे—सच है सच है (मन में) यह कुछ पागल भी मालूम होता है! अगर नरेन्द्रसिंह का खजाना इसे मालूम है तो फुसला कर पता ले लेना कोई बड़ी बात नहीं है।

बहादुर—क्यों भाई, तुम भंग पीते हो कि नहीं?

पहरेदार—मुझे तो भंग पिये बिना किसी दिन चैन ही नहीं पड़ता!

बहादुर—(खुश होकर) वाह वाह वाह, बड़ी खुशी की बात तुमने सुनाई, तब तो हम तुम दोनों एक हैं, बस आज से हमारी तुम्हारी दोस्ती हो गई। मालूम होता है तुम भी ब्राह्मण या क्षत्री हो।

पहरेदार—हाँ, मैं क्षत्री हूँ।

बहादुर—आहा हा! फिर क्या कहना है आओ जरा गले तो मिल लें!!

पहरेदार—(मन में) अब क्या है, इससे नरेन्द्रसिंह की दौलत का पता लगाना बहुत सहज है, अगर वह दौलत मिल जाए तो मैं जन्म भर कमाने से छुट्टी पाऊँ और अपने साथियों को अँगूठा दिखा किनारे हो जाऊँ!

बहादुर—बस-बस सोचते क्या हो! आओ दोस्त, जल्दी गले मिलो, अब जी नहीं मानता!!

पहरेवाले ने ताला खोला, खुशी-खुशी अन्दर गया और बहादुरसिंह से खूब गले मिला।

बहादुर—(मन में) फाँसा साले को, अब क्या है!!

पहरेदार—भाई बहादुरसिंह, अब तो हमारे-तुम्हारे दोस्ती हो ही गई, मगर इस दोस्ती को छिपाए रखना चाहिए, क्योंकि हमारा सरदार जान गया कि इन दोनों में दोस्ती हो गई है तो झट मुझे यहाँ से हटा देगा और किसी दूसरे को यहाँ बैठा देगा।

बहादुर—उसकी ऐसी-तैसी! कभी मालूम तो होगा नहीं कि इन दोनों में दोस्ती है, जब वह आवेगा तो घड़ी भर तक तुमको गालियाँ ही दिया करूँगा तब कैसे समझेगा?

पहरेदार—हाँ ठीक है ऐसा ही करना, मैं भी ऊपर के मन से तुम पर सख्त पहरा रक्खूँगा। अब उसके आने का वक्त हुआ है, मैं फिर ताला बन्द करके बाहर जा बैठता हूँ।

बहादुर—जरूर-जरूर! बहुत जल्दी! पर भला यह तो बता दो कि तुम्हारा नाम क्या है?

पहरेदार—मेरा नाम भोलासिंह है।

बहादुर—वाह भाई भोलासिंह, हकीकत में तुम बड़े ही भोले हो! कुछ कपट जरा भी तुम्हारे चित्त में नहीं है!!

पहरेवाला भोलासिंह बहादुरसिंह से दुबारा गले गले मिलके बाहर बैठ गया, साथ ही बहादुरसिंह उससे धीरे-धीरे बातचीत भी करने लगा।

बहादुर—क्यों दोस्त भोलासिंह! क्या कभी सूरज या चन्द्रमा का दर्शन न कराओगे? इस अँधेरे में बैठे-बैठे तो कई दिन हो गए।

भोलासिंह—दोस्त घबराओ मत, बन पड़ा तो आज ही तुम्हें इस तहखाने के बाहर ले चलूँगा!

बहादुर—वाह-वाह, तब तो बड़ा मजा हो जाएगा!

भोलासिंह—क्यों दोस्त क्या ही अच्छी बात हो अगर नरेन्द्रसिंह की गाड़ी हुई दौलत हम तुम दोनों निकाल लें और जन्म भर खुशी से गुजारा करें!!

बहादुर—नहीं नहीं नहीं, ऐसा न होगा! मैं लालच को अपने पास भी कभी न आने दूँगा! हाँ तुमको अगर जरूरत हो तो चलो बता दूँ जितना मर्जी हो निकाल लो, मगर मैं एक पैसा न छूऊँगा।

भोलासिंह—अच्छा हमीं को बता दो।

बहादुर—आज ही चलो, भला यह कौन सी बड़ी बात है! और फिर वहाँ तो इतनी दौलत है कि कोई लाख दो लाख निकाल ले तो भी कुछ पता न लगे।

भोलासिंह—ओफ ओह! अच्छा तो फिर आज ही मौका पाकर हम तुम निकल चलेंगे।

बहादुर—तुम्हारा अफसर तो अभी तक नहीं आया।

भोलासिंह—हाँ आज देर हो गई, अब उसके आने की कोई उम्मीद भी नहीं है।

बहादुर—तो चलो फिर बाहर की हवा खाएँ।

भोलासिंह—घड़ी भर और ठहरो, तब तक अगर न आया तो फिर आज न आवेगा, हाँ यह तो कहो कि नरेन्द्र की दौलत गड़ी कहाँ है?

बहादुर—जहाँ उसका मकान है उसके दो कोस पूरब हटके, मगर मुश्किल तो यह है कि मैं कमजोर आदमी, न मालूम कै दिन में वहाँ पहुँचूँगा!

भोलासिंह—नहीं-नहीं, मैं जाकर दो घोड़े ले आऊँगा। हमारे सरदार के यहाँ जितने घोड़े हैं सभी तेज चलने वाले हैं, सभों में से चुनकर दो घोड़े ले आऊँगा। कोई अगर हम लोगों का पीछा करेगा तो भी पकड़ न सकेगा। मगर तुम घोड़े पर बैठ सकते हो कि नहीं?

बहादुर—हाँ-हाँ, भला घोड़े पर चढ़ना मुझे न आवेगा!

थोड़ी देर के बाद भोलासिंह उस तहखाने के बाहर निकला और आधी रात जाने के पहिले ही कसे कसाये दो उम्दे घोड़े लिए हुए आ पहुँचा। दोनों घोड़ों को तो बाहर एक दरख्त के साथ बाँधा और आप तहखाने में गया। बहादुरसिंह को कैद से निकाल कर बाहर ले आया और दोनों आदमी घोड़े पर सवार हो पश्चिम की तरफ रवाना हुए।

दो दिन तक दोनों जगह-जगह पर टिकते और दम लेते बराबर चले गए। तीसरे दिन ये दोनों एक छोटी सी नदी के किनारे पहुँचे, जिसके दोनों तरफ घना जंगल और किनारे पर बड़े-बड़े साखू के दरख्त थे। यहाँ पर बहादुरसिंह ने अपना घोड़ा रोका और भोलासिंह से कहा—

"बस अब हम लोगों को इससे आगे न बढ़ना चाहिए। नरेन्द्र की जमा पूँजी इसी जगह से हाथ लगेगी।"

भोलासिंह—कहाँ पर है?

बहादुर—पहिले यह बताओ कि जमीन कैसे खोदोगे? कोई फरसा या कुदाली है!

भोलासिंह—फरसा या कुदाली तो साथ लाये नहीं।

बहादुर—फिर आए क्या करने? यहाँ तो आठ-नौ पुरसा जमीन खोदनी पड़ेगी।

भोलासिंह—वहाँ कहते तो हम यह भी साथ ले लिए होते!

बहादुर—क्या मैंने नहीं कहा था कि जमीन खोद के दौलत निकालनी पड़ेगी?

भोलासिंह—हाँ-हाँ कहा तो था, खैर अब क्या किया जाए?

बहादुर—किया क्या जाए बस इस जगह (हाथ से बताकर) खोदो।

भोलासिंह—यहाँ से शहर भी तो पास ही मालूम होता है, कहो तो जाकर कुदाली ले आऊँ?

बहादुर—अच्छा जाओ ले आओ। मगर सुनो तो क्या मुझे अकेले छोड़ जाओगे?

भोलासिंह—जैसा कहो।

पाठक, बहादुरसिंह इस दुष्ट भोलासिंह को धोखा दे यहाँ तक तो ले आए। अब ये दोनों अपनी-अपनी चालाकी में लगे हैं। भोलासिंह सोचता है कि कहीं ऐसा न हो कि बहादुरसिंह घपला देकर चलता बने। पीछे हम किसी लायक न रहेंगे, हमारी मंडली वाले भी बेईमान समझकर अपने साथ न मिलावेंगे। मगर लालच ने उसे पूरे तौर से फँसा लिया था और वह कुछ बेवकूफ भी था। उधर बहादुरसिंह सोचते थे कि इस नालायक को यहाँ तक तो ले आए और हम हर तरह से भाग के जा भी सकते हैं, मगर असल काम तो उन दोनों औरतों को इन हरामजादों की कैद से छुड़ाना है। अगर यह लौटकर फिर वहाँ चला जाएगा जहाँ से आया है तो मुश्किल होगी, अपने साथियों से कह सुनकर उन

औरतों को किसी दूसरी जगह हटवा देगा तो बड़ा तरद्दुद होगा, जिस तरह हो इसे यहीं गिरफ्तार करना चाहिए।

लेकिन असल में बहादुरसिंह इसे अपने कब्जे में ले ही आए क्योंकि इस वक्त जहाँ दोनों खड़े हैं यह वह जगह है जहाँ नरेन्द्र के छोटे भाई घोड़े पर सवार होकर रोज आया करते हैं और यहाँ से नरेन्द्र का मकान भी बहुत करीब है।

बहादुरसिंह और भोलासिंह खड़े बातचीत कर ही रहे थे कि सामने से एक सवार हाथ में नेजा लिये आता हुआ दिखाई पड़ा जो बहादुरसिंह को देख तेजी के साथ लपक कर इनके पास पहुँचा और बोला, "बहादुर! तू कहाँ चला गया था? और यहाँ खड़ा क्या कर रहा है! कुछ भाई नरेन्द्र का पता भी लगा?"

यही नरेन्द्रसिंह के छोटे भाई जगजीतसिंह हैं। उम्र इनकी अभी अट्ठारह वर्ष की है। खूबसूरत और नाजुक होने पर भी यह अपने शरीर को बहुत मजबूत बनाए रहते हैं। घोड़े पर चढ़ने, हर्बा चलाने और शिकार खेलने का शौक लड़कपन ही से है। इसके सिवाय हर तरह की विद्या में अपने को निपुण बनाए रहने का भी बहुत ज्यादे ध्यान रहता है। यह शौकीन भी बहुत थे मगर जब से नरेन्द्रसिंह चले गए हैं तब से इनको अपने शरीर का ध्यान ही जाता रहा। अच्छे-अच्छे कपड़े पहिरने, शिकार खेलने, घूमने-फिरने बल्कि दुनिया से भी ये उदास हो गए। दिन-रात यही सोच है कि भाई नरेन्द्र मुझे क्यों छोड़ गए! क्योंकि इनकी और नरेन्द्र की मुहब्बत को जो कोई देखता वह यही कहता कि इससे बढ़ के भाइयों का प्रेम दुनिया में न होगा। इस समय वह घोड़े पर सवार हवा खाने या शिकार खेलने नहीं आए हैं। यहाँ से पास ही एक बनदेवी का स्थान है, उनके नित्य दर्शन का इन्होंने प्रण बाँधा हुआ है। कुछ दिन रहे घोड़े पर सवार हो अपने घर से दो कोस चलकर रोज बनदेवी का दर्शन करने आते हैं। जब तक घर रहेंगे नेम न टूटेगा, चाहे पानी बरसे, पत्थर पड़े आफत आवे मगर यह बिना दर्शन किये न रहेंगे। यही सबब है कि उनसे मुलाकात होने की उम्मीद में बहादुरसिंह उनके रास्ते पर आ जमा है।

बहादुरसिंह ने कहा, "हाँ-हाँ पता जानते हैं, (भोला की तरफ हाथ से इशारा करके) मगर पहिले इस दुष्ट को पकड़ो जिसकी बदौलत नरेन्द्रसिंह संकट में पड़े हैं!"

बहादुर की बात सुनते ही वह नया बहादुर भोलासिंह की ओर झुका।

अब भोलासिंह को मालूम हो गया कि बहादुरसिंह उसके साथ चालाकी खेल गए, धोखा देकर यहाँ तक ले आए और अब फँसाया चाहते हैं।

उनको अपनी तरफ लपकते देख भोलासिंह ने झट म्यान से तलवार खैंच ली और इस जोर से उनके ऊपर चलाई कि अगर वह चालाकी से पैंतरा बदल कर हट न जाते तो साफ दो टुकड़े नजर आते। मगर इसके बाद उन्होंने भी अपने नेजे को घुमा कर बड़ी खूबसूरती के साथ एक वार भोला सिंह की टाँग पर किया जिसके लगने से वह खड़ा न रह सका और फौरन जमीन पर गिर पड़ा। जमीन पर गिरते ही उसे कैद कर लिया और कमरबन्द खोल उसके हाथ-पैर कस कर एक पेड़ के साथ बाँध दिया। इसके बाद बहादुरसिंह से बोले, "हाँ अब कहो क्या हाल है! हमारे नरेन्द्र भैया कहाँ हैं और तुम उनसे कैसे मिले?"

बहादुरसिंह ने कहा, "नरेन्द्रसिंह के चले जाने के बाद उदास होकर बिना सरकार से कहे मैं भी उनकी खोज में निकला। कई दिन तक खोजता-फिरता एक नदी के किनारे पहुँचा। दूर से एक छोटी सी किश्ती आती दिखाई पड़ी, डर के मारे मैं एक घने पेड़ पर चढ़ गया जो उसी नदी के किनारे पर था। जब वह किश्ती पास आई तब मालूम हुआ कि हमारे बाँके नरेन्द्रसिंह दो खूबसूरत और जवान औरतों को जो सिर से पैर तक जड़ाऊ जेवरों से लदी हुई थीं साथ बैठाए हँसते-बोलते चले आ रहे हैं। देखते ही मेरी तबीयत खुश हो गई! मैंने पुकारा, जब वह किनारे पर आए मुलाकात हुई, मैं खुशी-खुशी उनके साथ हो लिया।"

"सवेरा होने पर किश्ती किनारे लगाई गई। मैं भंग पीसने लगा, उन दोनों औरतों को मेरे सपुर्द कर नरेन्द्रसिंह दूसरी नाव किराए पर करने चले गए जो बड़ी थी और वहाँ से दिखाई भी दे रही थी।"

"नरेन्द्रसिंह के आने में बहुत देर हुई, इधर कई डाकुओं ने आकर हम लोगों को गिरफ्तार कर लिया और हमारी आँखों पर पट्टी बाँध अपने घर ले गए। यह तो मालूम नहीं कि उन दोनों औरतों को कहाँ कैद किया और उन पर क्या गुजरी, हाँ मुझे एक जेलखाने में कैद कर दिया और पहरे पर इस नालायक को बैठा दिया। यह नरेन्द्रसिंह की दौलत लेने मेरे साथ आया है, पूछो इस हरामजादे से कि इससे मुझसे कब की मुहब्बत थी जो बेचारे नरेन्द्रसिंह की दौलत मैं इसे दे देता!!"

इसके बाद भोलासिंह को धोखा देने का हाल बहादुरसिंह ने सुनाया जिसे सुन जगजीतसिंह बहुत ही हँसे। भोलासिंह पेड़ के साथ बँधा हुआ सुन-सुनकर चिढ़ता और जी ही जी में गालियाँ देता था।

जगजीतसिंह ने भोलासिंह से पूछा, "तुम कौन हो, तुम्हारे संगी-साथी कहाँ रहते हैं, और उन दोनों औरतों को कहाँ कैद कर रक्खा है?" मगर सिवाय चुप रहने के भोलासिंह एक बात भी न बोला, एकदम गूँगा बन बैठा। पूछते-पूछते थक गए मगर अपनी बात का कुछ भी जवाब न पाया बल्कि गुस्से में आकर भोलासिंह को कई लात भी लगाए मगर उसका भी कोई नतीजा न निकला। आखिर लाचार होकर बहादुर से बोले—

"तुम इसी जगह ठहरो, मैं इस नालायक को ले जाकर कैदखाने में डाल आता हूँ और खाने-पीने के सामान के साथ दो-चार साथियों को भी ले आता हूँ तब नरेन्द्र भाई का पता लगाने और उन दोनों औरतों को डाकुओं की कैद से छुड़ाने के लिए चलूँगा।"

बहादुरसिंह ने कहा, "बहुत अच्छा।"

शाम होते-होते अपने दो-तीन साथियों के साथ कुछ खाने-पीने का सामान लिए और सफर की तैयारी किये हुए जगजीतसिंह फिर आ पहुँचे। बहादुरसिंह भी भूख से दुःखी हो रहा था। उसे भोजन कराया, इसके बाद उससे कहा, "तुम अब घर जाओ और हम लोग नरेन्द्रसिंह की खोज में जाते हैं, क्योंकि तुम न तो हम लोगों के साथ ही चल सकते हो और न लड़ने-भिड़ने में ही साथ दे सकते हो।"

बहादुरसिंह ने कहा, "इसमें कोई शक नहीं है कि मैं आपके बराबर नहीं चल सकता और लड़ाई से तो सौ कोस भागता हूँ मगर नरेन्द्रसिंह को खोकर मुझसे घर पर न बैठा जाएगा, तुम लोग अपना काम करो, मैं भी चुपचाप इधर-उधर घूम कर उन्हें खोजूँगा।"

उन्होंने जवाब दिया, "खैर जो मुनासिब मालूम हो करो मगर मुझे ठीक-ठीक पता दो कि उन्हें तुमने कहाँ छोड़ा और तुम कहाँ कैद रहे?"

बहादुरसिंह जगजीतसिंह को पूरा-पूरा पता बता कर वहाँ से दूसरी तरफ रवाना हो गया।

सातवाँ बयान

आधी रात का वक्त है। चाँदनी खूब खिली हुई है। इस खूबसूरत और ऊँचे मकान के पिछवाड़े वाली दीवार पर चाँदनी पड़ने से साफ मालूम होता है कि इसमें तीन बड़ी-बड़ी दरीचियाँ है और बीच वाली दरीची (खिड़की) में दो औरतें बैठी आपस में बातें कर रही हैं। नीचे की तरफ एक पाई बाग है, जिसमें कि खुशबूदार फूलों की महक ठंडी-ठंडी हवा के साथ मिलकर इस दरीची में आ रही है जहाँ वे औरतें बैठी बातें करती हुईं घड़ी-घड़ी उस बाग की तरफ देखतीं और ऊँची साँस लेती हैं।

इन दोनों में से एक की उम्र तेरह-चौदह वर्ष के लगभग होगी। चाँद सा गोरा मुख देखने से यही मालूम होता था कि उस मामूली चाँद के अलावे यह दूसरा चाँद इस मकान की दरीची से निकला चाहता है। दरवाजे के साथ ढासना लगाए अपना दाहिना हाथ दरीची के बाहर निकाले है जिसमें अनमोल हीरे की जड़ाऊ चूड़ियाँ और अँगूठियाँ पड़ी हुई हैं। बात-बात में ऊँची साँस लेती और आँसू टपका-टपका कर अपने ठीक सामने की तरफ बैठी हुई उस दूसरी औरत से बातें कर रही है। जो खूबसूरती और गहने कपड़े के लिहाज से इसकी प्यारी सखी मालूम होती है।

कुछ देर तक दोनों चुप रहीं, इसके बाद उस चन्द्रमुखी ने अपनी सखी की तरफ मुँह करके कहा—

"सखी तारा, अब मैं क्या करूँ?"

तारा—प्यारी रम्भा, तुम तो नाहक जिद्द करती हो! अगर अपने पिता का कहना मान लो तो कोई हर्ज नहीं है।

रम्भा—नहीं बहिन, ऐसा न होगा। धर्म तो बिगड़ेहीगा ऊपर से इसमें बदनामी भी बड़ी होगी। दुनिया क्या कहेगी कि रम्भा की शादी नरेन्द्रसिंह से लगी, तिलक चढ़ चुका था, बारात निकल चुकी थी, मगर नरेन्द्रसिंह ने ब्याह न किया, बारात में से भाग गए, तब रम्भा की दूसरी शादी की गई। क्या मैं दो शादी वाली न कहलाऊँगी?

तारा—सुनते हैं नरेन्द्र तुम्हारे लायक था भी नहीं, बड़ा ही बदसूरत और एक टाँग से लंगड़ा भी था, फिर क्यों उसके लिए जिद्द करती हो?

रम्भा—सखी जो हो, लँगड़ा, लूला, अन्धा, कोढ़ी चाहे जैसा भी हो, आखिर तो मेरा पति हो चुका है! अब मैं दूसरी जगह शादी न करने की। पंडित लोग लाख कसम खाएँ कि इसमें कोई दोष नहीं मगर मैं एक न सुनूँगी। ज्यादे जिद्द करेंगे तो बाप, माँ, भाई इत्यादि सभी को छोड़ कहीं चली जाऊँगी या अपनी जान ही दे दूँगी।

तारा—सखी सच पूछो तो बात सही है, जिसके हुए उसके हुए मगर अफसोस तो यह है कि नरेन्द्रसिंह कहते हैं कि मैं जन्म भर शादी ही न करूँगा चाहे जो हो।

रम्भा—अगर उनकी ऐसी ही मर्जी है तो क्या हर्ज है, मैं भी उनके नाम पर जोगिन बन जन्म गवाऊँगी। मगर मुझे निश्चय है कि अगर मेरा सामना नरेन्द्रसिंह से हो जावेगा और मैं हाथ बाँध अपने को उनके पैरों में डाल दूँगी तो वह मुझको कभी न त्यागेंगे। मगर क्या करूँ? कहाँ ढूढ़ूँ? मैं तो उन्हें पहिचानती तक नहीं!

तारा—बहिन, अब मुझे निश्चय हो गया कि तुम अपनी जिद्द न छोड़ोगी, अपने धर्म को न बिगाड़ोगी। खैर तो फिर मैं भी बाप-माँ को छोड़ तुम्हारे दुःख-सुख की साथी बनूँगी, क्योंकि अब यहाँ रहना ठीक नहीं है।

रम्भा—(रोकर) प्यारी सखी, तुम मेरे साथ क्यों अपनी जिन्दगी बिगाड़ती हो?

तारा—(रोकर और हाथ जोड़कर) बहिन, क्या तुम समझती हो कि तुमसे अलग हो कर मैं सुखी रहूँगी?

रम्भा—नहीं...मैं तो...खैर तुम्हारी जैसी मर्जी!!

तारा—मैं कभी तेरा साथ नहीं छोड़ सकती।

रम्भा—मैं तो आज इस शहर को छोड़ देना चाहती हूँ।

तारा—अच्छा है, तो चलो फिर, मैं भी तैयार बैठी हूँ।

रम्भा—भला यह तो बताओ मुझे किस भेष में यहाँ से निकलना चाहिए?

तारा—इन जेवरों और कपड़ों को उतार देना चाहिए जो हम लोग पहिरे हुए हैं और मैली धोती और एक चादर ले यहाँ से चल देना चाहिए।

रम्भा—मेरी समझ में एक-एक पोशाक मर्दानी भी साथ रख लेना मुनासिब होगा।

तारा—जरूर ऐसा करना चाहिए कुछ दूर जा कर हम लोग मर्दाने भेष में सफर करेंगे।

रम्भा—तो अब देर करना मुनासिब नहीं है चलो फिर।

तारा—मगर मेरी समझ में आज चलना ठीक नहीं होगा।

रम्भा—क्यों?

तारा—ईश्वर की कृपा से अगर नरेन्द्रसिंह कहीं मिले भी तो हम लोग उनको कैसे पहिचानेंगे? अगर न पहिचान सके और वह मिलकर भी फिर जुदा हो गए तो बिलकुल मेहनत बर्बाद हो जाएगी और दौड़धूप में ही जिन्दगी बीत जाएगी।

रम्भा—फिर क्या करना चाहिए?

तारा—तुम्हारी माँ के पास नरेन्द्रसिंह की तस्वीर है, किसी तरह उसे ले लेना चाहिए।

रम्भा—ऐसा! मगर मुझे कुछ मालूम नहीं कि वह तस्वीर कब आई और कहाँ है।

तारा—तुम्हारी शादी पक्की होने के पहिले ही वह तस्वीर तुम्हारे पिता लाये थे जो अभी तक माँ के पास है।

रम्भा—तो उसे किस तरह लोगी?

तारा—कल जिस तरह बनेगा उस तस्वीर को मैं जरूर गायब करूँगी, हाँ एक काम और भी करना चाहिए।

रम्भा—वह क्या!

तारा—एक नामी खानदान की लड़की का इस तरह यकायक अपने घर से बाहर निकलना ठीक नहीं है, इसमें बड़ी बदनामी होगी। चाहे तुम कितनी ही नेक और पतिव्रता क्यों न बनो मगर कोई भी तुम्हारी नेक चलनी को न मानेगा, यहाँ तक कि नरेन्द्रसिंह को भी ताना मारने की जगह मिल जाएगी, इससे जरूर किसी मर्द को साथ ले लेना चहिए।

रम्भा—ऐसा कौन है जो मेरे पिता से बरखिलाफ होकर ऐसे वक्त में हम लोगों का साथ देगा और जिसके साथ बाहर जाने में बदनामी भी न होगी?

तारा—तुम्हारा चचेरा भाई अर्जुनसिंह अगर साथ चले तो अच्छी बात है, उसके संग जाने में किसी तरह की बदनामी नहीं हो सकती। सिवाय इसके वह दिलेर और बहादुर भी है, दस-बीस दुश्मनों का मुकाबिला करना उसके लिए अदनी बात है, और वह साथ चलने पर राजी भी हो जाएगा क्योंकि तुम्हें बहुत मानता है और तुम्हारी इस दूसरी शादी की बातचीत से उसे भी रंज है, क्योंकि वह नहीं चाहता कि तुम्हें किसी तरह से दुःख हो।

रम्भा—बात तो बहुत ठीक कही, मुझे आशा है कि अर्जुनसिंह अवश्य मेरा साथ देगा, अच्छा कल सवेरे जब वह मामूली समय पर मुझसे मिलने आवेगा तब मैं उससे बातें करूँगी, वह नरेन्द्रसिंह को पहिचानता भी है, मगर तुम वह तस्वीर लेने से न चूकना और जिस तरह बने कल दिन भर में उसका बन्दोबस्त जरूर करना।

तारा—ऐसा ही होगा।

इसके बाद वे दोनों उसी कमरे में अपनी-अपनी चारपाई पर सो रहीं। तारा को तो नींद आ गई मगर रम्भा की आँख बिलकुल न लगी। रात भर घड़ियाल की आवाज गिना की और अपने जाने की तैयारी तथा दूसरी बातें सोचती रही।

सवेरा होते ही वह चारपाई से उठी, तारा को भी जगाया, हाथ-मुँह धो कर बैठी और अपने भाई अर्जुनसिंह के आने की राह देखने लगी।

थोड़ी ही देर बाद अर्जुनसिंह भी आ पहुँचे। रम्भा को रोज से ज्यादे उदास देख बोले—"बहिन, आज तुम बहुत ज्यादे उदास मालूम होती हो! इसका सबब तो मैं जानता ही हूँ क्यों पूछूँ—तो भी कहता हूँ कि सब्र करो और घबड़ाओ मत, देखो ईश्वर क्या करता है।"

रम्भा—क्या करूँ भैया, अब तो मैं अपनी जान देने को तैयार हो चुकी। पिता मानते नहीं, माँ कुछ सुनती नहीं, तुम कुछ मदद करते ही नहीं, फिर जी ही के क्या...(आँसू बहाती है)।

अर्जुन—(अपने रूमाल से रम्भा के आँसू पोंछ कर) बहिन मैं तो कई दफे मना कर चुका हूँ मगर लोभी पंडितों के फेर में पड़ के कोई सुनता ही नहीं तो क्या करूँ? अब जो तुम कहो मैं करने को तैयार हूँ। अपने जीते जी किसी तरह की तकलीफ तुमको न होने दूँगा?

रम्भा—क्या मेरा कहना तुम मानोगे?

अर्जुन—जरूर मानूँगा।

रम्भा—अच्छा मुझे इन सभों से चुपचाप काशी पहुँचा दो, मैं वहाँ विश्वनाथ के चरणों में अपना पतिव्रत निबाहूँगी और देखूँगी कि माई अन्नपूर्णा मेरी कुछ सुनती हैं या नहीं।

अर्जुन—क्या हर्ज है, चलो तुमको आज ही यहाँ से ले चलता हूँ, कहो तो किसी और को भी साथ लेता चलूँ?

रम्भा—तारा मेरे दुःख-सुख की साथी होकर चलेगी, और किसी को साथ लेना मुनासिब न होगा।

अर्जुन—(तारा की तरफ देखकर) क्यों क्या तुम चलोगी?

तारा—जरूर चलूँगी।

अर्जुन—अच्छा तो फिर सवारी का बन्दोबस्त किया जाए?

रम्भा—तुम जानते ही हो कि हम लोगों को घोड़े पर चढ़ने का खूब मोहावरा है, फिर भागने के लिए इससे बढ़कर और कौन सवारी होगी?

अर्जुन—अच्छा तो फिर घोड़े का ही बन्दोबस्त हो जाएगा। अब मैं जाता हूँ क्योंकि इसी वक्त से फिक्र करनी होगी।

तारा—तुम्हारे पास नरेन्द्रसिंह की तस्वीर भी तो होगी?

अर्जुन—हाँ है तो।

तारा—मुझे दो।

अर्जुन—अच्छा मेरे साथ आओ मैं तुम्हें दूँ।

तारा—(भौंहें मड़ोड़ कर) वाह! तुम्हारे साथ वहाँ मर्दों में चलूँ!!

अर्जुन—(हँसकर) अच्छा मैं अपने साथ लेता चलूँगा रास्ते में ले लेना।

तारा—सो हो सकता है।

अर्जुन—अच्छा तो मैं जाता हूँ, अब आधी रात को मुलाकात होगी।

अर्जुनसिंह वहाँ से रवाना हुए और अपने घर जाकर छिपे-छिपे सफर की तैयारी करने लगे।

आठवाँ बयान

शाम होते ही रम्भा और तारा ने भी अपनी तैयारी इस तरह पर कर डाली कि किसी लौंडी तक को मालूम न हुआ। इसके बाद कुछ खा-पीकर सोने के कमरे में जा अपने-अपने पलंग पर सो रहीं। पर नींद काहे को आती थी, यही सोच रही थीं कि अर्जुनसिंह आवें और हम लोग यहाँ से चलते बनें।

आधी रात के बाद बाहर से किसी के पैर की चाप मालूम हुई। दोनों उसी तरफ देखने लगीं। अर्जुनसिंह सामने आ खड़े हुए जिनको देखते ही दोनों उठ बैठीं और तारा ने पूछा, "क्या आप तैयार हो आए?" इसके जवाब में अर्जुनसिंह ने कहा, "हाँ सब दुरुस्त है, अब देर मत करो।"

रम्भा—यहाँ आती समय पहरे वालों ने तो जरूर टोका होगा और जाती समय भी टोकेंगे?

अर्जुन—क्या पहरे वालों की इतनी मजाल हो गई कि मुझे आते-जाते रोक टोक करें? हाँ जाने के बाद जिसका जी चाहे शिकायत करे। अच्छा अब देर मत करो जल्दी चलो।

रम्भा और तारा दोनों को साथ लेकर अर्जुनसिंह घर से बाहर निकले और पैदल ही मैदान की तरफ चले। थोड़ी दूर जा कर इन लोगों को एक पुराना बड़ का पेड़ मिला जिसके नीचे तीन साईस कसे कसाये घोड़े लिए अर्जुनसिंह के आने की राह देख रहे थे।

तीनों आदमी घोड़े पर सवार हुए। अर्जुनसिंह ने तीनों साईसों से कहा, "अब तुम लोग अपने-अपने घर जाओ, जब हम आवेंगे तब बुला लेंगे। घर बैठे तुम लोगों के खाने को पहुँचा करेगा।"

तीनों साईस सलाम कर बिदा हुए और इन लोगों ने पश्चिम का रास्ता पकड़ा।

जब तक रात रही तीनों घोड़ा फेंके चले गए। जब आस्मान पर सफेदी दिखाई देने लगी तब अर्जुनसिंह ने घोड़े की बाग रोकी और रम्भा की तरफ देखकर कहा, "बहिन, अब हम लोगों को यहाँ कुछ देर के लिए रुक जाना चाहिए। अन्दाज से मालूम होता है कि मुसाफिरों के टिकने का स्थान अर्थात् चट्टी (पड़ाव) अब बहुत करीब है, मगर हम लोग आगे चलकर किसी दूसरी चट्टी में डेरा डालेंगे यहाँ न ठहरेंगे, इसलिए इसी जगह रुक कर घोड़ों को ठंडा कर लेना चाहिए। तुम दोनों के बदन के लायक मर्दानी पोशाक भी मैं लेता आया हूँ जो तुम लोगों के घोड़ों की जीन के साथ असबाब मैं पीछे की तरफ बँधी हुई है, मुनासिब है कि तुम दोनों भी अपनी मर्दानी सूरत बना लो।"

अर्जुनसिंह की बात तारा और रम्भा ने भी पसन्द की और घोड़े से उतर पड़ीं। जीन खोल घोड़ों को ठंडा होने के लिए छोड़ा और खुद भी जनानी पोशाक उतार मर्दाने कपड़े पहिर कर तैयार हो गईं।

तीनों आदमी चारजामा बिछा कर पेड़ के नीचे बैठ गए। कुछ देर बाद रम्भा का इशारा पा तारा ने अर्जुनसिंह से कहा, "आपने वादा किया था कि नरेन्द्रसिंह की तस्वीर मुझे दिखावेंगे?"

अर्जुनसिंह ने कहा, "हाँ हाँ, मैं नरेन्द्रसिंह की तस्वीर लेता आया हूँ, लो देखो।" यह कह अपने जेब से तस्वीर निकाल तारा के हाथ में दे दी और आप घोड़ों को कसने लगे।

तारा ने रम्भा के हाथ में तस्वीर देकर कहा, "देखो बहिन, ऐसे खूबसूरत और दिलावर नरेन्द्रसिंह के बारे में लोगों ने कैसी-कैसी गप्पें उड़ाई है!!

तस्वीर देखते ही रम्भा की आँखें डबडबा आईं और जी बेचैन हो गया। अपने को बड़ी मुश्किल से सम्हाला और तस्वीर तारा के हाथ में देकर बोली,

"देखना चाहिए इनकी बदौलत मेरी क्या गति होती है!!

अर्जुनसिंह दो घोड़ों पर जीन कस चुके, जब अपनी सवारी का घोड़ा कसने लगे तो यकायक कुछ देखकर घोड़ा भड़का और अर्जुनसिंह के हाथ से छूट मैदान की तरफ भागा, वे भी उसके पीछे दौड़े।

रम्भा और तारा यह देख उठ खड़ी हुईं और उस तरफ देखने लगीं जिधर घोड़े के पीछे-पीछे अर्जुनसिंह दौड़ गए थे। घोड़ा चक्कर लगा-लगा कर दौड़ता और कभी खड़ा होकर पीछे की तरफ देखता, जब अर्जुनसिंह उसके पास पहुँचते तो फिर तेजी के साथ भागता था।

दिन बहुत चढ़ आया मगर वह घोड़ा अर्जुनसिंह के हाथ न लगा, यहाँ तक कि देखते-देखते वे इन दोनों की नजरों से गायब हो गए। आखिर घबड़ा कर रम्भा और तारा दोनों घोड़ों पर सवार हुईं और उसी तरफ चलीं जिधर घोड़े के पीछे अर्जुनसिंह गए थे, मगर इनका मतलब सिद्ध न हुआ, दिन भर भूखे-प्यासे दौड़ने पर भी अर्जुनसिंह से मुलाकात न हुई और दोनों एक बड़े भयानक मैदान में पहाड़ी के नीचे पहुँचकर रुक गईं।

लाचार दोनों औरतें घोड़ों से नीचे उतरीं। घोड़ों की पीठ खाली कर लम्बी बागडोर लगा पत्थर से अटका चरने के लिए छोड़ दिया। और खुद एक चिकने पत्थर पर बैठ रोने और अफसोस करने लगीं।

रम्भा—देखो बहिन, बुरी किस्मत इसे कहते हैं!

तारा—परमेश्वर की मरजी न मालूम कैसी है! इस वक्त हमलोग कैसी विवश हो रही हैं!

रम्भा—अर्जुनसिंह के हाथ अगर घोड़ा लग भी गया होगा तो वह उस ठिकाने जाकर हम लोगों को न देख कितना घबड़ाये होंगे।

तारा—लेकिन अब हम लोगों का वहाँ तक पहुँचना मुश्किल है।

रम्भा—मालूम ही नहीं कि घूमते-फिरते कहाँ आ गए! अब भूख के मारे जी बेचैन हो रहा है।

तारा—मुझे विश्वास है कि जीन की खुर्जी में थोड़ा बहुत मेवा अर्जुनसिंह ने जरूर रखवा दिया होगा।

रम्भा—देखो तो कुछ है कि नहीं?

तारा ने उठकर दोनों घोड़ों की जीन की तलाशी ली, लगभग दो सेर के मेवा दोनों में पाया जिससे वह बहुत खुश हुई और पुकार कर रम्भा से बोली—

"हम दोनों दुखियों के खाने लायक बल्कि चार-पाँच दिन तक जान बचाने लायक मेवा इसमें हैं।"

रम्भा—कहीं पानी मिले तो पहिले मुँह धो लेना चाहिए!

तारा—इस पहाड़ की सब्जी की तरफ देखकर मैं समझती हूँ कि इसके ऊपर पानी का चश्मा जरूर होगा।

रम्भा—अभी तो दिन भी बहुत है, चलो पहाड़ी के ऊपर चलें।

रम्भा और तारा दोनों ने मेवा साथ लिया और पहाड़ी के ऊपर चढ़ने लगीं। थोड़ी दूर ऊपर जाकर पानी के कई सोते इनको मिले। एक झरने के पास बैठ कर इन लोगों ने मुँह धोया और किफायत के साथ थोड़ा सा मेवा खा कर जी ठंडा किया जिसके बाद फिर पहाड़ के ऊपर चढ़ने लगीं यहाँ तक कि शाम होते-होते चोटी पर जा पहुँचीं।

पहाड़ के ऊपर एक खूबसूरत इमारत और उसके पास ही दाहिनी तरफ हटकर कोस भर की दूरी पर एक छोटा सा शहर भी दिखाई पड़ा।

रम्भा ने कहा, "तारा, हम लोग इस शहर में चल के नरेन्द्रसिंह को जरूर ढूँढ़ेंगे। देखो लोगों ने उनके बारे में क्या-क्या गप्पें उड़ाई थीं कि लँगड़े-लूले-काने और बड़े ही बदसूरत हैं। लेकिन अगर वैसे भी होते तो क्या था? मेरा सम्बन्ध तो उनसे हो चुका था, मेरे पति कहला चुके थे, अस्तु मेरे लिए परमेश्वर वही हैं, चाहे जैसे हों।

तारा—उन लोगों की जुबान में साँप डसे जिन्होंने नरेन्द्रसिंह के बारे में ऐसा कहा था। मैं तो कह सकती हूँ कि ऐसा खूबसूरत और बहादुर दुनिया भर में न होगा। तुम बड़ी किस्मतवर हो...

रम्भा—आज की रात इस पहाड़ पर काट कर कल उस शहर में जरूर चलना चाहिए।

तारा—ऐसा ही करेंगे।

रम्भा—मैं समझती हूँ कि इस मर्दानी सूरत के बदले हम लोग फकीरी हालत में रहकर अपने को इससे ज्यादे छिपा सकेंगे।

तारा—इसमें तो कोई शक नहीं, कल उस शहर में चलकर बाजार से कपड़े खरीद फकीरी ढंग की पोशाक दुरुस्त करा लूँगी।

ये दोनों बैठी बातें कर ही रही थीं कि आस्मान में काली-काली घटा घिर आई। चारों तरफ अँधेरा छा गया, पानी बरसने लगा, बिजली चमकने और गरजने लगी जिसकी डरावनी आवाज पहाड़ों से टक्कर खा कर दसगुनी हो इन दोनों बेचारियों के जी को दहलाने लगी। दोनों उठकर उस दालान में चली गई जिसका हाल ऊपर लिख चुके हैं।

रात भर पानी बरसता रहा और वे दोनों उसी दालान में बैठी अपनी-अपनी किस्मत की शिकायत करती रहीं। जब सवेरा हुआ पानी बरसना बन्द हुआ और धूप निकल आई। वे दोनों भी उठीं और सवेरे के जरूरी कामों से छुट्टी पा एक चश्मे में हाथ-मुँह धो कुछ मेवा खा कर शहर की तरफ चलने की तैयारी कर दी। तारा ने कहा, "कुछ मालूम नहीं हमारे दोनों घोड़ों पर क्या गुजरी, रात भर पानी में दुःख उठाकर मर गए या जीते हैं।"

रम्भा—वे घोड़े अब वहाँ न होंगे, किसी पेड़ से तो वे बँधे नहीं थे, जब बदन पर पानी पड़ा होगा किसी तरफ भाग गए होंगे। फिर हम लोगों को भी तो अब घोड़ों की जरूरत नहीं है पैदल चलना ठीक होगा, जहाँ मन में आया गए जहाँ चाहा पड़ रहे, मगर हाँ पहाड़ी के नीचे चलकर उन घोड़ों को एक बार देखना जरूर चाहिए। अगर अभी भी बँधे हों तो खोल देना ही उचित होगा।

तारा—मेरी भी यही राय है।

वे दोनों पहाड़ी के नीचे उतरीं मगर घोड़ों को वहाँ न पाया। रम्भा ने कहा, "सखी मैं कहती थी कि दोनों घोड़े भाग गए होंगे। चलो अच्छा ही हुआ बखेड़ा छूटा, अब यहाँ ठहरने की कोई जरूरत नहीं।"

इसके बाद वे दोनों शहर की तरफ रवाना हुईं।

हाय, आज तक जो बड़े लाड़ और प्यार से पली थीं उसको धर्म के

कठिन रास्ते का दुःख भोगना पड़ा। अभी तक जिसको जमाने की गर्म सर्द हवा छू नहीं गई थी उसको आँधी और लू के झपेटे बर्दाश्त करने पड़े। चन्द्रमा की कड़ी चाँदनी से जिसके सर में दर्द होता था उसे कड़ी धूप में मक्खन से भी कोमल अपने बदन को पिघलाना पड़ा। जो कभी दस कदम भी जबरदस्ती से नहीं चलाई गई थी आज वह कोसों मिट्टी फाँकने के लिए मजबूर की गई। जो भोजन करने के लिए दिन भर में दस दफे पूछी जाती थी उसे कोई मुट्ठी भर अन्न देने वाला भी न रहा! जिसकी आँख डबडबाई हुई देख लोगों का जी बेचैन हो जाता था उसके आँसू पोंछने वाला आज कोई नहीं! जो हो नरेन्द्रसिंह की बदौलत रम्भा को आज यह सब दुःख भोगने पड़े। मगर धन्य है बेचारी तारा को जो ऐसे समय में भी अपनी प्यारी सखी का साथ नहीं छोड़ती। यह सब प्रेम की बात है नहीं तो कौन किसे पूछता है।

थोड़ी-थोड़ी दूर पर धूप से घबड़ा कर किसी पेड़ के नीचे ठहरती, दम ले कर चलती, आँसुओं से अपने चेहरे को तर करती, दम-दम भर पर 'हाय' कह के जी के बुखार को निकालती हुई दिन ढलते-ढलते सखी-तारा को साथ लिए रम्भा उस शहर के पास जा पहुँची जिसे पहाड़ी के ऊपर से देखा था।

शहर की बाहरी हद्द पर एक सुन्दर पहाड़ी थी, जिसके नीचे हाथों में लट्ठ लिए बदमाशी ठाठ के कई आदमी दिखाई पड़े। तारा ने चाहा कि किसी से इस शहर का नाम पूछे मगर वे सब के सब बिना कहे इन दोनों के पास पहुँचे और इन दोनों से तरह-तरह की बातें पूछने लगे।

कोई कहता है, "क्यों साहब, आप किसके यहाँ जाएँगे? हम लोग गयावाल के नौकर हैं। यहाँ आपका पंडा कौन है?" कोई कहता है "लालाजी भैया के हम आदमी हैं, हमारे साथ चलिए।" कोई आपुस में चिल्लाकर कहता है—"अजी यह पुरबिये हैं, हमारे जजमान हैं, चलो हटो, तुम झूठे बखेड़ा मचाये हुए हो।" कोई इन दोनों के पास आ के कहता है कि "आप मेरे यहाँ चलिए, वहाँ टिकने का बड़ा आराम है और हम यात्रा पिंडा भी बहुत अच्छी तरह करा देंगे, आइए यह रामसिला है, पहिले इसी का दर्शन करना चाहिए नहीं तो यात्रा सफल न होगी। कोई कहता है, "अभी तो यह आप ही लड़के हैं, पिंडा क्या देंगे!

इसी तरह उन लोगों ने चारों तरफ से रम्भा और तारा को घेर लिया और अपनी-अपनी बकवाद करने लगे। तारा ने उन सभों से कहा कि 'हम लोग यात्री नहीं हैं सौदागर के लड़के हैं।' मगर वे लोग कब मानने वाले थे, इन दोनों को यहाँ तक तंग किया कि दोनों की आँखों में आँसू डबडबा आए और तारा ने झुँझला कर कहा, "तुम लोग बड़े शैतान हो, बात नहीं मानते और बेफायदे तंग कर रहे हो। हम लोग मुसलनान होकर पिंडा-सिंडा क्यों देने लगे?"

मुसलमान का नाम सुनकर वे लोग पीछे हटे और बेहूदी बातों के साथ आवाजें कसने लगे। ये दोनों आगे बढ़ीं, तब तारा ने कहा, "देखो बहिन, ये लोग यात्रियों को कितना दिक्क करते हैं। अगर हम लोग अपने को मुसलमान न बताते तो इन लोगों के हाथ से बहुत तंग होते, तिस पर भी देखो अब ये लोग गालियाँ देने पर उतारू हुए हैं।"

रम्भा ने कहा, "चुपचाप चली चलो, नालायकों को बकने दो। अब मालूम हुआ कि यह गयाजी है, ताज्जुब नहीं कि यहाँ नरेंद्रसिंह से मुलाकात हो जाए।" इतना कह रम्भा ने फिर कर देखा तो उन्हीं शैतानों में से दो आदमियों को पीछे-पीछे आते पाया। यह देख रम्भा बहुत घबड़ाई और तारा से बोली, "अभी दुष्ट लोग पीछा किये चले ही आ रहे हैं! बड़ी मुश्किल हुई। इन लोगों के मारे कहीं यह भेद न खुल जाए कि हम लोग औरत हैं और मर्दानी पोशाक केवल अपने को छिपाने के लिए पहिरे हैं। अगर ऐसा हुआ तो इज्जत पर आ बनूँगी और अपने हाथों अपना गला काटना पड़ेगा!!"

तारा बोली, "खैर कदम बढ़ाये चलो। राम करे सो होय! कहीं सराय में चलकर डेरा डालेंगे, फिर देखा जाएगा।"

पहर भर दिन बाकी था जब ये दोनों शहर में घुस कर खोजती-फिरती एक सराय के दरवाजे पर पहुँचीं। भठियारी आगे आकर इन लोगों को खातिरदारी के साथ सराय में ले गई, एक अच्छी साफ कोठरी इन दोनों को रहने के लिए दी और चारपाई तथा बिछौने का इन्तजाम करके पूछा, "अगर कुछ बाजार से लाने की जरूरत हो तो ले आऊँ?" तारा ने कहा, "नहीं इस वक्त किसी चीज की जरूरत नहीं है।" यह सुन भठियारी वहाँ से हट दूसरे

मुसाफिरों की टोह में सराय से बाहर चली गई मगर इन दोनों के पास कोई असबाब न देखकर हैरान थी।

गयावाल पंडे के दोनों आदमी जो रम्भा और तारा के पीछे-पीछे आ रहे थे इन दोनों को सराय के अन्दर जाते देख बाहर फाटक पर अटक गए। जब भठियारी इन दोनों को डेरा दिलवा कर फिर सराय के फाटक पर गई तब वे दोनों आदमी भठियारी से धीरे-धीरे कुछ बातचीत करने लगे, इसके बाद अपने कमर से कुछ निकाल कर भठियारी के हाथ में दे दिया जिसे लेकर उसने कहा, "आप बेपरवाह रहिए, मैं सब बन्दोबस्त कर दूँगी।"

नौवाँ बयान

रम्भा और तारा ने वह रात उदासी और तकलीफ के साथ बिताई। सवेरा होते ही बुढ़िया भठियारी उन दोनों के पास गई और सामने बैठ कर बातचीत करने लगी—

भठियारी—कहिए रात को किसी तरह की तकलीफ तो आप लोगों को नहीं हुई?

तारा—नहीं, हमलोग बड़े आराम से रहे।

भठियारी—यहाँ आराम तो हर तरह का है मगर आपको तकलीफ जरूर भई होगी, क्योंकि मर्द का भेष बना कर अपने को छिपाने के तरद्दुद में आप लोगों ने कुछ खाने पीने का भी इन्तजाम नहीं किया, न बाजार ही से जाकर कुछ सौदा लाये।

तारा—(ताज्जुब और घबराहट से रम्भा की तरफ देखकर) लो सुनो! बीबी भठियारी को हम लोगों पर कुछ और ही शक है!!

भठियारी—(हँसकर) अभी आप इस लायक नहीं हुईं कि मुझे धोखा दें। इसी शैतानी में मैंने जन्म बिताया, अपने लड़कपन और जवानी के समय में मैंने कैसे-कैसे ढंग रचे कि अच्छे-अच्छे चालाकों की नानी मर गई, अभी आप लोगों की उम्र ही क्या है?

तारा डरकर जी में सोचने लगी, 'यह बुढ़िया तो हम लोगों को पहिचान

गई, कहीं ऐसा न हो कि कोई आफत लावे!' यह खयाल करके अपनी कमर से एक अशर्फी निकाल उस भठियारी के हाथ में रखकर बोली, "माई, तुम्हें इन सब बातों से क्या मतलब है! हम लोग किसी तरह मुसीबत के दिन काट रहे हैं। दो-चार रोज इस शहर में भी रहकर और कहीं का रास्ता लेंगे। इज्जतदार हैं, आवारे और बदमाश नहीं हैं। तुमको चाहिए हर तरह से हमको छिपाओ और हमारी इज्जत का ध्यान रक्खो।"

बुढ़िया अशर्फी पाकर खुश हो गई और बोली, "नहीं-नहीं, भला यह कैसे हो सकता है कि हमारे सबब से आप लोगों को किसी तरह की तकलीफ हो। क्या मजाल है कि किसी को आपका भेद मालूम हो जाए!!"

इतनी बातें हो ही रही थीं कि सराय के अन्दर घोड़े पर चढ़ा हुआ एक लड़का बीस-बाईस वर्ष के सिन का खूबसूरत और बेशकीमत भड़कीली पोशाक पहिरे आता दिखाई पड़ा, जिसे देखते ही भठियारी उठ खड़ी हुई। रम्भा और तारा की निगाह भी उस पर पड़ी। देखा कि हाथ में लम्बे-लम्बे लट्ठ लिए कई आदमी भी उसके साथ हैं जिसमें वे दोनों आदमी भी हैं जो कल उन दोनों के पीछे-पीछे आए थे और भठियारी से बातचीत करके उसके हाथ में कुछ दे गए थे।

यह देखते ही रम्भा और तारा का माथा ठनका। तरह-तरह के शक उनके दिल में पैदा होने और डर के मारे कलेजा काँपने लगा। वह सवार बराबर वहाँ तक चला आया जहाँ रम्भा और तारा कोठरी के दरवाजे पर बैठी थीं।

वह सवार इन दोनों की तरफ गौर से देखकर भठियारी से बोला, "मुझे टिकने के लिए कोई जगह दो।"

भठियारी—आपके रहने लायक जगह इस सराय में कहाँ? चलिए कोई उम्दा निराला मकान आपके रहने के लिए दूँ।

भठियारी उनको साथ ले सराय के बाहर चली गई और घंटे भर तक न आई।

जब भठियारी फिर सराय में लौटी तो सीधे रम्भा और तारा के पास चली गई और बैठ कर कहने लगी, "यह बहुत बड़े आदमी हैं, साल में दो-तीन

दफे हमारे यहाँ आकर टिका करते हैं, अमीरों और रईसों के टिकने के लिए मैंने कई मकान भी बनवा रक्खे हैं जिनमें सजा हुआ कमरा और हर तरह का सामान भी दुरुस्त रहता है, उन्हीं मकानों में से किसी में इन्हें टिकाया करती हूँ। यह जब तक रहते हैं एक अशर्फी रोज देते हैं। तुम भी किसी आली खानदान की लड़की मालूम होती हो, अगर कहो तो तुम्हें भी एक अलग मकान टिकने के लिए दूँ और बाजार से सौदा वगैरह लाने के लिए किसी हिन्दू मजूरनी का भी बन्दोबस्त कर दूँ, क्योंकि इस जगह आप लोगों को हर तरह की तकलीफ होगी और भेद खुलने का खौफ भी बराबर बना रहेगा, आखिर सवेरे-सवेरे आपने मुझे एक अशर्फी दी है उसी की बदौलत एक और अमीर का डेरा मेरे यहाँ आया, सो मुझे भी चाहिए कि जहाँ तक बने आप लोगों के आराम के साथ रहने का बन्दोबस्त करूँ।"

तारा ने कहा, "इस साहब के पियादों में कई आदमी ऐसे हैं जिन्हें मैं पहिचानती हूँ, क्योंकि कल शहर के बाहर पहाड़ी से यहाँ तक वे लोग हमारे पीछे-पीछे आए थे।"

भठियारी—हाँ, वे गयावाल पंडों के नौकर हैं, उनका काम ही है कि शहर के बाहर की उस पहाड़ी के नीचे जिसका नाम रामसिला है बैठे रहते हैं, और जब कोई मुसाफिर आता है तब उसे अपने मालिक का जजमान बनाने के लिए कोशिश करते हैं। इन्हें अपना जजमान बना आज इन्हीं के साथ वे लोग आए होंगे जिन्हें कल आपने देखा था।

तारा—खैर अगर हम लोगों के लायक कोई उम्दा मकान हो तो दो।

यह सुनकर भठियारी वहाँ से उठ सराय के बाहर चली गई और घड़ी भर के बाद फिर लौटकर तारा से बोली, "चलिए सब दुरुस्त कर आई हूँ!"

तारा और रम्भा को साथ ले भठियारी सराय के बाहर हुई और थोड़ी दूर जाकर एक सुनसान गली में घुसी। कई मकान आगे बढ़ वह एक छोटे से मकान के बन्द दरवाजे पर खड़ी हो गई और चाभी से उसका ताला खोला जो उसके आँचल के साथ बँधी हुई थी।

दोनों को लिए हुए मकान के अन्दर घुस गई। यह मकान अन्दर से भी बहुत साफ और सुथरा था, कुल चीजें जरूरत की इसमें मौजूद थीं, एक कमरे में कई शीशे लगे हुए थे, जमीन पर फर्श, और उसके ऊपर दो चारपाइयाँ बिछी हुई थीं जिनके बिछौने की चादर सब्ज रेशम की डोरियों से खूब कसी हुई थीं।

रम्भा और तारा को ज्यादे चीजों की जरूरत न थी मगर इस मकान को देखकर खुश हो गईं। तारा ने भठियारी से कहा, "मकान तो तुमने बहुत अच्छा दिया, अब एक हिन्दू मजदूरनी का भी बन्दोबस्त कर दो तो पानी वगैरह का भी इन्तजाम हो जाए और वह दो-चार जरूरी बर्तन भी बाजार से खरीद कर ले आवें।"

भठियारी दौड़ी हुई गई और थोड़ी ही देर में एक हिन्दू मजदूरनी भी ले आई जो गले में तुलसी की कण्ठी पहिरे हुए थी।

भठियारी चली गई। जिन-जिन चीजों की जरूरत थी सब मजदूरनी की मार्फत बाजार से मँगवा ली गई। इस मकान में कुआँ न था इसलिए पानी भी बाहर ही से मँगवाना पड़ा।

दोनों ने स्नान किया, इसके बाद खाना बना कर भोजन करने के बाद मकान का दरवाजा बन्द कर पलंग पर जा लेटीं। नींद आ गई। जब थोड़ा दिन बाकी रह गया तब उठीं। रम्भा ने तारा से कहा, "बहिन, आज रात को मर्दाने भेष में घूम कर नरेन्द्रसिंह की टोह लगानी चाहिए।" तारा ने कहा, "जरूर आज रात को हम लोग घूमेंगे।"

हाथ-मुँह धोने के लिए पानी की जरूरत पड़ी, मजदूरनी को पुकारा, वह मौजूद न थी। तारा ने रम्भा से कहा, "देखो हमने उस नालायक से कह दिया था कि बिना पूछे बाहर न जाइयो मगर वह चली गई, मैं पहिले जा कर दरवाजा बन्द कर आऊँ।"

यह कह तारा नीचे उतरी। दरवाजा खुला हुआ था। दरवाजे के बाहर लट्ठ लिए हुए कई आदमी दिखाई पड़े जिनमें वे दोनों भी थे, जो रामसिला पहाड़ी से रम्भा और तारा के पीछे-पीछे आए थे और दूसरी दफे सवार के साथ सराय में दिखाई पड़े थे।

तारा इन सभों को दरवाजे पर देखकर घबड़ा गई और कई तरह की बातें सोचने लगी। अन्दर से दरवाजा बन्द करना चाहा, मगर न हो सका क्योंकि वह जंजीर टूटी हुई थी जिससे दरवाजा पहिली मर्तबे बन्द किया था। अब वह और घबड़ाई, इतने में दरवाजे के बाहर बैठे हुए कई आदमियों में से एक ने कुछ हँसकर कहा, "अब यह दरवाजा भीतर से बन्द नहीं हो सकता!!"

यह सुन तारा के होश जाते रहे। दौड़ी हुई ऊपर आई और रम्भा से बोली, "लो बहिन, गजब हो गया! इज्जत बचने की कोई सूरत नजर नहीं आती। हरामजादी भठियारी ने पूरा धोखा दिया। अब हम लोगों को चाहिए कि अपने को कैदी समझें और जान से हाथ धो बैठें।"

रम्भा ने घबड़ा कर पूछा, "क्यों क्यों, क्या हुआ?" इसके जवाब में घबड़ाई हुई तारा ने जल्दी से सब हाल कहा जिसे सुनकर रम्भा का कलेजा धक-धक काँपने लगा और दोनों आँखों से आँसुओं की बूँदें टपाटप गिरने लगीं। तारा ने इस पर कहा, "बहिन, अब रोने से कोई काम न चलेगा, जान बचाने की कोई फिक्र करनी चाहिए।"

रम्भा—जान बचाने की फिक्र क्या की जाए?

तारा—जहाँ तक हो खूब चिल्लाना चाहिए जिसमें इधर-उधर से आदमी इकट्ठे हो जाएँ और हम लोगों को अपना दुःख कहने का मौका मिले।

रम्भा—यह मकान ऐसी गली में है कि सड़क तक आवाज भी न जाएगी।

तारा—तो भी पड़ोस के कुछ आदमी तो इकट्ठे हो ही जाएँगे।

रम्भा—दरवाजा तो इस लायक उन्होंने नहीं रक्खा कि बन्द किया जाए मगर सीढ़ी की किवाड़ियों का क्या बिगड़ा है! उन्हें तो बन्द कर दो फिर रोने-चिल्लाने की सोचना।

"हाँ यह तो मुझे याद ही न रहा।" यह कहती हुई तारा दौड़ गई और सीढ़ी के किवाड़ खूब मजबूती से बन्द कर आई। इतने ही में धमधमाते हुए कई आदमी नीचे के चौक (आँगन) में आ पहुँचे। तारा ने झाँक कर देखा कि वही गयावाल पंडा जिसे सराय में देखा था कई और आदमियों को लिए जिनमें वे दोनों भी थे जिन्होंने रामसिला पहाड़ी से रम्भा और तारा का

पीछा किया था आ पहुँचा है और सभों को नीचे छोड़ आप ऊपर चला आ रहा है।

सीढ़ी के किवाड़ बन्द थे इसलिए वह यकायक इन लोगों के पास न पहुँच सका और जंजीर खोलने के लिए आरजू-मिन्नत करने लगा। यह देख रम्भा और तारा मकान की छत पर चढ़ गईं। इस मकान के साथ ही सटा हुआ एक दूसरा मकान देखा जिसकी छत इससे नीची थी। ये दोनों उसी मकान में कूद पड़ीं।

दसवाँ बयान

दोपहर का समय है। एक छोटे से जंगल में घने पेड़ के नीचे आठ-दस आदमी बैठे आपुस में कुछ बातचीत कर रहे हैं। ये सब कौन हैं इसके लिए साफ ही कह देना ठीक है कि ये लोग वे ही मल्लाह हैं जिनसे नरेन्द्रसिंह से उस समय बातचीत हुई थी जब वे मोहिनी, गुलाब और बहादुरसिंह को छोटी किश्ती के पास छोड़ बड़ी नाव किराए करने गए थे। इन लोगों में एक बहुत बुड्ढा है जिसे नरेन्द्रसिंह ने पहिले नहीं देखा था, शायद यह उन सभों का सरदार हो।

एक—बड़ी भूल तो यह हो गई कि नरेन्द्रसिंह को न पकड़ लिया।

दूसरा—हाँ, अगर उनको भी गिरफ्तार कर लेते तो बस चारों ही को ठिकाने पहुँचा देते, फिर कोई पूछने या पता लगाने वाला भी न रहता, अब तो एक चिन्ता सी लगी रह गई।

बूढ़ा—अजी ईश्वर ने अच्छा किया जो उस समय तुम लोगों को नरेन्द्रसिंह के पकड़ने का हौसला न दिया, नहीं तो ऐसी हालत में जब कि हमारे साथी को भुलावा देकर बहादुरसिंह ले गया है बड़ी मुश्किल होती। हम लोगों को खौफ तो इस समय भी बहुत कुछ है क्योंकि नरेन्द्रसिंह का बाप बड़ा ही जालिम है, भोला और बहादुरसिंह जरूर उससे जाकर सब हाल कहेंगे और हम लोगों का पता देंगे।

चौथा—इसमें तो कुछ भी शक नहीं। फिर क्या करना चाहिए?

पाँचवाँ—हम लोगों को तो जमा पूँजी से मतलब था, सो दोनों औरतों के गहने उतार ही लिए, इतनी भारी रकम जन्म से आज तक हाथ न लगी थी, अब उन दोनों को जमीन के अन्दर पहुँचाइए, बस हो गया।

बूढ़ा—न मालूम तुम लोगों की बुद्धि कहाँ चरने चली गई है! दोनों औरतों को मार कर क्या अपनी जान बचा लोगे? नरेन्द्रसिंह तुम लोगों को छोड़ देगा? नहीं जानते कि उसके यहाँ कैसे-कैसे बेढब पता लगाने वाले जासूस मौजूद हैं? नरेन्द्रसिंह को उतने गहनों की परवाह नहीं है जो हम लोगों ने उन दोनों औरतों के उतार लिए हैं, मगर उनकी जानों पर आफत आते ही हम लोगों की जड़ बुनियाद तक बाकी न रहेगी इसे खूब समझ लेना!

पहिला—तब फिर क्या किया जाए?

बूढ़ा—बस इस वक्त यही मुनासिब है कि वे दोनों औरतें छोड़ दी जाएँ घूमती-फिरती आप ही नरेन्द्रसिंह को मिल जाएँगी, उनके मिलने पर फिर वे हम लोगों की इतनी खोज भी न करेंगे। इसके साथ ही वह मकान भी हम लोगों को खाली कर देना चाहिए, उसे अब उजड़ा हुआ समझो।

तीसरा—हम लोग तो हुक्म के मुताबिक काम करेंगे, नफा-नुकसान आप समझ लीजिए।

बूढ़ा—हम खूब सोच चुके, इस काम में अब देर करना अच्छा नहीं है। इसके बाद सब उठकर एक तरफ को रवाना हुए।

ग्यारहवाँ बयान

मल्लाहों का पता न लगने से मोहिनी और गुलाब के गम में नरेन्द्रसिंह बेहोश होकर गिर पड़े। घंटे भर के बाद उन्हें होश आया। उठकर तलवार म्यान में की और नाव के नीचे उतरे। मोहिनी, गुलाब और बहादुरसिंह के लिए तबीयत बेचैन थी, वहाँ से धीरे-धीरे एक तरफ को रवाना हुए मगर यह नहीं जानते थे कि किस तरफ जा रहे हैं और आगे जंगल मिलेगा या शहर।

जंगली फलों पर गुजारा करते हुए कई दिनों के बाद वे एक घने जंगल के किनारे पहुँचे। बिना कुछ खयाल किये यह उस जंगल में घुसे। जैसे आगे जाते जंगल रमणीक और सुहावना मिलता जाता था, यहाँ तक कि शाम होते-होते वे एक ठिकाने जा पहुँचे जहाँ के जंगल को लम्बा-चौड़ा बाग ही कहना मुनासिब है। साखू आसन तेंद पारजात वगैरह खुदरी (आप से आप उगने वाले) दरख्तों के अलावे कायदे से हाथ के लगाए हुए खुशबूदार फूलों के पेड़ भी दिखाई पड़े और जमीन भी वहाँ की साफ और सुथरी नजर आई। दाहिनी तरफ कुछ दूर पर पेड़ों की झिलमिलाहट में एक सफेद इमारत भी दिखाई पड़ी।

इस जगह पहुँचकर हमारे नरेन्द्रसिंह अड़ गए और कुछ गौर करने लगे। इतने में ही इनकी निगाह बाईं तरफ जा पड़ी। देखा कि कुछ दूर पर कई कमसिन औरतें खूबसूरत लिबास पहिने अठखेलियाँ करती इधर-उधर टहल रही हैं। कभी धीरे-धीरे चलती हैं, कभी दौड़कर एक-दूसरे को पकड़ती या

धक्का देती है, कभी कोई सींटी या ताली बजा कर खूब जोर से हँस देती है।

ऐसे दु:ख की अवस्था में भी नरेन्द्रसिंह का जी उस तरफ जा फँसा। गौर के साथ देखने लगे, चाहा कि उधर न जाएँ मगर जी न माना, धीरे-धीरे उसी तरफ बढ़े। जब उन लोगों के पास पहुँचे तो रुक गए। इतने में उसमें से कई औरतों की निगाह नरेन्द्रसिंह पर जा पड़ी। सकपका कर इनकी तरफ देखने लगीं यहाँ तक कि कुछ औरतों ने इन्हें ताज्जुब की निगाह से देखा और आपस में इशारे से बातचीत करने लगीं जिससे नरेन्द्रसिंह को भी मालूम हो गया कि उनके आने पर सभों को आश्चर्य है।

इन सभों में से एक औरत चाल-ढाल, पोशाक-जेवर और खूबसूरती के हिसाब से सभों में सरदार मालूम होती थी। यों तो सभी चंचल और खूबसूरत थीं मगर उसके मुकाबिले की एक न थी जिसने उदास और गमगीन नरेन्द्रसिंह का दिल भी अपनी तरफ खैंच लिया क्योंकि नरेन्द्रसिंह को यह धोखा हुआ कि यह मोहिनी है।

मोहिनी का ख्याल बँधते ही नरेन्द्रसिंह उसकी तरफ लपके जिससे उन औरतों को और भी आश्चर्य हुआ? इन्होंने जल्दी से पास पहुँचकर पूछा, "क्यों मोहिनी, तुम यहाँ कैसे पहुँचीं? मैं कब से तुम्हारी खोज में परेशान हो रहा हूँ!"

उस औरत ने इनकी बात का कोई जवाब न दिया और अपनी हमजोलियों की तरफ देखकर सिर नीचा कर लिया। नरेन्द्रसिंह ने फिर पूछा, 'क्यों चुप क्यों हो?'

वह फिर भी कुछ न बोली पर आँखों से आँसू की बूँदें टपाटप गिराने लगीं।

ऐसी दशा देख नरेन्द्रसिंह और भी बेचैन हो गए और बोले, "क्या सबब है जो तुम अपना हाल कुछ नहीं कहतीं और रो रही हो! तुम्हारी वह सूरत नहीं रही, चेहरे में भी फर्क पड़ गया, मालूम होता है वर्षों बाद मुलाकात हुई हो, मारे गम के तुम्हारी जवानी भी तुमसे रंज होने लगी। मैं तो समझता था मुझसे मिलकर तुम खुश होगी मगर तुम्हें रोते देख जी और बेचैन हो रहा है। कहो गुलाब तो अच्छी तरह है, वह तुम लोगों के साथ दिखाई नहीं देती, कहाँ है?"

गुलाब का नाम सुनकर वह और भी रोने लगी बल्कि उसकी सहेलियों की भी आँखें डबडबा आईं, जिसे देख नरेन्द्रसिंह को विश्वास हो गया कि जरूर गुलाब किसी आफत में फँस गई या जान ही से गुजर गई।

नरेन्द्रसिंह के कई मर्तबे पूछने और जिद्द करने पर वह अपने आँचल से आँसू पोंछ कर बोली—

"सब कुशल है, गुलाब भी अच्छी तरह से है, बाकी हाल मैं इस समय न कहूँगी। जल्दी क्या है, आप भी थके-माँदे आए हैं, चलिए मकान में आराम कीजिए, जो कुछ कहना है निश्चिन्ती में कहूँगी, लेकिन पहिले आप जरा देर इसी जगह ठहरिए मैं अपनी सखियों को एक काम सौंप लूँ तब आपके साथ चलूँ।"

इतना कह नरेन्द्रसिंह को उसी जगह छोड़ इशारे से अपनी सखियों को बुलाकर एक किनारे चली गई और आधी घड़ी तक आपस में कुछ बातें करती रहीं, इसके बाद फिर नरेन्द्रसिंह के पास आई और बोली, "चलिए मकान में क्योंकि अब अन्धेरा हो गया और यहाँ ठहरने का मौका नहीं रहा।"

नरेन्द्रसिंह को साथ लिए हुए उसी मकान में गई जिसे उन्होंने कुछ दूर पेड़ों की आड़ में चमकता हुआ देखा था।

इस मकान के दरवाजे पर कई सिपाही नंगी तलवार लिए पहरा दे रहे थे जो एक नये आदमी के साथ अपने मालिक को आते देख उठ खड़े हुए। नरेन्द्रसिंह का हाथ पकड़े हुए मोहिनी मकान के अन्दर गई, पीछे उसकी सखियाँ भी पहुँचीं।

फाटक के अन्दर जाकर एक लम्बे-चौड़े बाग में पहुँचे जिसकी रविशें निहायत खूबसूरती के साथ बनाई हुई थीं। पहाड़ी और जंगली फल-पत्तियों के अलावे खुशबूदार फूलों के पेड़ भी बेशुमार लगे हुए थे जिनकी खुशबू से तमाम बाग गमक रहा था। सामने ही एक लम्बा-चौड़ा दोमंजिला मकान बना हुआ नजर आया।

नरेन्द्रसिंह का हाथ पकड़े हुए उस मकान के ऊपर वाले खंड में ले गई और सजे हुए कमरे में ले जाकर बैठाया।

नरेन्द्रसिंह को इस वक्त बड़ी ही खुशी थी मगर साथ ही इसके गुलाब को देखे बिना जी बेचैन था। बैठते ही पूछा, "क्यों मोहिनी, गुलाब कहाँ है? उसे जल्द बुलाओ मैं देखूँगा।"

मोहिनी—आज आप उसे नहीं देख सकते।

नरेन्द्रसिंह—क्यों?

मोहिनी—इसका सबब फिर आपसे कहूँगी।

नरेन्द्रसिंह—अच्छा यह तो बताओ कि तुम्हारी सूरत ऐसी क्यों हो गई? मालूम होता है कि सात-आठ वर्ष बाद तुम्हें देख रहा होऊँ!

मोहिनी—(ऊँची साँस लेकर) एक तो तुम्हारी जुदाई, दूसरे बहिन के गम ने मेरी यह हालत कर दी!

नरेन्द्र—क्या गुलाब के सिवाय और भी तुम्हारी कोई बहिन थी?

मोहिनी—जी नहीं।

नरेन्द्र—फिर किसका गम हुआ?

मोहिनी—उसी गुलाब का।

नरेन्द्र—(चौंक कर) गुलाब को क्या हुआ? वह कहाँ गई?

मोहिनी—(आँसू गिरा कर) बैकुण्ठ चली गई!

गुलाब के मरने का हाल सुन नरेन्द्रसिंह की अजीब हालत हो गई, बहुत देर तक रोते रहे।

नरेन्द्रसिंह—अफसोस, अभी तक तुम्हारा कोई हाल भी नहीं मालूम हुआ कि तुम कौन हो और किस सबब से तुम्हारी वह दशा हुई थी।

मोहिनी—क्या इतने दिन अलग रहकर भी आपको मेरा हाल कुछ मालूम न हुआ?

नरेन्द्र—कुछ भी नहीं।

मोहिनी—अच्छा तो मैं जरूर अपना हाल कहूँगी।

नरेन्द्र—भला इतना तो बता दो कि उस किश्ती पर से तुम लोग कहाँ गायब हो गईं और बहादुरसिंह कहाँ चला गया?

मोहिनी—इसका हाल भी अपने हाल के साथ ही कहूँगी, इस समय

कुछ भोजन करके आराम कीजिए क्योंकि आपके चेहरे से थकावट और सुस्ती बहुत मालूम होती हैं।

नरेन्द्र—तुम्हारे मिलने ही से थकावट और सुस्ती बिलकुल जाती रही, मगर अफसोस, बेचारी गुलाब..!

इतना कहते-कहते फिर आँखों में आँसू आ गए। मोहिनी ने बहुत कुछ समझाया और कुछ खाने के लिए जिद्द की मगर नरेन्द्रसिंह ने कुछ न सुना। लाचार उनको चारपाई पर लिटा और उनसे बिदा हो वह नीचे उतर आई और एक दूसरे कमरे में गई जहाँ उसकी सखियाँ बैठी उसकी राह देख रही थीं और शराब से भरी हुई कई बोतलें भी उस जगह रक्खी हुई थीं जिनमें से थोड़ा-थोड़ा गिलास में डाल कर वे सब पी रही थीं। मोहिनी को आते देख वे सब उठ खड़ी हुईं और हँसकर बोलीं, "मुबारक हो, ईश्वर ने तेरे लिए क्या खूबसूरत जवान भेज दिया!"

मोहिनी—(हँसकर) देखिए जब रह जाए तब तो!

एक—तेरे पंजे में फँसा हुआ कब निकल सकता है, हाँ तू खुद निकाल बाहर करे तो बात दूसरी है!

मोहिनी—नहीं-नहीं, इसके साथ कभी वैसा न करूँगी जैसा दूसरों के साथ किया है क्योंकि ऐसा खूबसूरत और बहादुर जवान अभी तक मुझे कोई भी नहीं मिला था। मुझे तो मालूम होता है यह जरूर किसी राजा का लड़का है।

एक—इसमें कोई शक नहीं! आओ बैठो, कहो क्या-क्या बातचीत हुई?

मोहिनी—इस वक्त कोई विशेष बातचीत तो नहीं हुई, सिर्फ गुलाब का हाल पूछा सो मैंने कह दिया कि मर गई। यह सुन बहुत रोए-पीटे, फिर पूछा की तुम अपना हाल बताओ कि तुम्हारी वह दशा कैसे भई थी, किश्ती पर से कहाँ चली गई, और बहादुरसिंह कहाँ गया। इसका जवाब भला क्या देती? मुझे कुछ मालूम तो था नहीं, और न मैं बहादुरसिंह को ही जानती थी कि वह कौन बला है, आखिर यह कह के टाल दिया कि कल कहूँगी।

दूसरी—उनको यह पूरा विश्वास हो गया कि मोहिनी तुम ही हो।

तीसरी—इनकी शक्ल-सूरत भी मोहिनी की सी है, फर्क इतना ही है कि उससे यह उम्र में सात वर्ष बड़ी है।

मोहिनी—अब मुझे यह फिक्र है कि कल अपना हाल क्या कहूँगी?

एक—पेड़ से लटकी हुई मोहिनी और जमीन में गड़ी हुई गुलाब की जान जरूर इन्होंने बचाई है या इनसे उन दोनों की किसी तरह मुलाकात हो गई है।

दूसरी—जरूर ऐसा ही हुआ है लेकिन उससे क्या, जो जी में आवे बनाकर अपना हाल कह देना।

तीसरी—अगर मोहिनी पहले अपना हाल कुछ कह चुकी हो तब?

मोहिनी—नहीं मोहिनी ने अपना हाल कुछ नहीं कहा, क्योंकि बात ही बात में यही दरियाफ्त करने के लिए मैंने पूछा था कि मुझसे जुदा होकर भी मेरा हाल तुम को मालूम नहीं हुआ? जिसके जवाब में वे बोले कि 'कुछ भी नहीं।' इसके अलावे पहिले ही उन्होंने कहा था कि 'मुझे अभी तक यह नहीं मालूम हुआ कि तुम कौन हो' इन सब बातों का ख्याल करके मैं समझती हूँ कि मोहिनी अपना हाल कुछ कहने न पाई और फिर इनसे अलग हो गई।

एक—तुम्हारा सोचना बहुत ठीक है!

मोहिनी—मुझे तो इनका नाम भी नहीं मालूम!

दूसरी—कल तुम उन से कहना कि तुमने भी तो अपना ठीक-ठीक नाम और हाल अभी तक नहीं बताया, तब वे खुद ही कहेंगे कि मेरा नाम ठीक फलाना ही है और अपना हाल भी कुछ कहेंगे।

इतने में एक सखी ने शराब का गिलास भरकर मोहिनी के हाथ में दे दिया और कहा, "लो आज बड़ी खुशी का दिन है, रोज से दूनी पीनी चाहिए, पीयो और हमलोगों का भी कुछ ख्याल रक्खो। ईश्वर ने इनको यहाँ भेज दिया है तो ऐसा न हो कि इनके आने का सुख अकेली तुम ही लूटो।"

इसके जवाब में मोहिनी ने हँसकर कहा, "क्या मैं तुम लोगों को रोकती हूँ? इसमें मेरा बस है या उनका?"

थोड़ी देर तक हँसी खुशी की शैतानी दिल्लगी रही, इसके बाद लौंडियाँ खाने-पीने का सामान उस जगह ले आईं, सब मिलकर खाने और शराब पीने

लगीं, यहाँ तक कि नशे में मस्त होकर जमीन पर लेट गई और किसी को तनोबदन की सुध न रह गई।

मोहिनी की इन सखियों में दो ऐसी थीं जो शराब को हाथ से भी नहीं छूती थीं और हर तरह से नेक और दयालु थीं। दिन-रात का ज्यादे हिस्सा ईश्वर के भजन और ध्यान ही में गँवाती थीं। यह शैतान मंडली उन्हें भली नहीं मालूम होती थी मगर क्या करें लाचार होकर साथ रहना पड़ा था। इनका नाम श्यामा और भामा था।

मोहिनी तो अपनी सखियों के साथ शराब के नशे में ऐसी बेहोश पड़ी कि पहर दिन चढ़े तक तनोबदन की सुध न रही मगर बेचारी श्यामा और भामा कुछ रात रहते ही उठीं और जरूरी कामों से छुट्टी पा नहा-धो साफ कपड़े पहिर नरेन्द्रसिंह के पास पहुँचीं और दिलोजान से उनकी खिदमत करने लगीं।

मोहिनी की सूरत में फर्क क्यों पड़ गया! सूरत ही नहीं बल्कि चालचलन, निगाह, चितवन, बातचीत सभी दूसरे ही ढंग की नजर आती हैं। आँखों में उतनी हया भी नहीं है। सिवाय इसके शहर छोड़ जंगल में रहना इसने क्यों पसन्द किया? और अन्दाज से यह भी मालूम होता है कि मुझसे जुदा होकर इसने मेरी खोज बिलकुल नहीं की! नरेन्द्रसिंह ने इसी सोच और ख्याल में वह पूरी रात बिता दी और घड़ी-घड़ी उठकर देखते रहे कि सवेरा हुआ या नहीं।

अभी अच्छी तरह आसमान पर सफेदी नहीं फैली थी यद्यपि एक तरह सवेरा हो चुका था। नरेन्द्रसिंह पलंग पर लेटे-लेटे दरवाजे की तरफ देख रहे थे कि हाथों में जल का लोटा लिये श्यामा और भामा वहाँ पहुँचीं। उसी रास्ते से होकर दूसरे कमरे में चली गईं और लोटा रखकर लौट गईं। थोड़ी देर बाद मुँह धोने के लिए दतुअन-मंजन और धोती-गमछा इत्यादि कुल सामान लेकर आईं और उसी कमरे में जिसमें जल का लोटा रख गई थीं इन चीजों को भी रक्खा, इसके बाद नरेन्द्रसिंह के पलंग के पास पहुँचीं। इनको पास आते देख नरेन्द्रसिंह ने जान-बूझकर आँखें बन्द कर लीं और अपने को सोता हुआ सा बना लिया।

श्यामा पैर दबाने और भामा पंखा झलने लगी। थोड़ी देर बाद नरेन्द्रसिंह उठ बैठे और उन्होंने पूछा, "सवेरा हो गया?"

श्यामा—जी हाँ, उठिए मुँह-हाथ धोइए।

नरेन्द्र—(उठकर) मोहिनी कहाँ है?

श्यामा—मोहिनी कौन?

नरेन्द्र—तुम्हारी मालिक।

श्यामा—जी हाँ, वह अभी तक सोई हुई हैं।

नरेन्द्र—बहुत देर तक सोया करती हैं!

श्यामा—अब उनके उठने का समय हो ही गया है, तब तक आप चाहें तो स्नान संध्या से छुट्टी पा सकते हैं।

नरेन्द्र—मैं भी यही चाहता हूँ।

इतना कह नरेन्द्रसिंह पलंग के नीचे उतरे। श्यामा और भामा दोनों दिलोजान से खिदमत करने पर मुस्तैद हो गईं। इनकी होशियारी और फुर्ती के साथ काम करने के सबब से नरेन्द्र सिंह जरूरी कामों से छुट्टी पाकर दतुअन-कुल्ला-स्नान-संध्या इत्यादि से बहुत जल्द निश्चिन्त हो गए, किसी बात की जरा भी तकलीफ न हुई।

श्यामा और भामा जिस प्रेम के साथ उनकी खिदमत कर रही थीं उसे देखकर यह दंग हो गए और सोचने लगे कि ऐसी सलीके वाली लौंडियाँ तो आज तक मैंने नहीं देखीं। सिवाय इसके इन्हें लौंडी कहते भी संकोच मालूम होता है। चाहे इनकी पोशाक बेशकीमत न हो फिर भी बातचीत और चाल-ढाल से ये छोटे दर्जे की औरतें नहीं मालूम होतीं। इन दोनों का रंग कुछ साँवला है तो क्या हुआ मगर इनके रूपवान होने में कोई शक नहीं, तिसमें यह एक जो अपना नाम श्यामा बताती है परम सुन्दरी है और लक्षणों से मालूम होता है कि अभी कुँआरी है। अहा! क्या ही सुन्दर मुख और कैसी बड़ी-बड़ी रतनार आँखें हैं! अभी तक मैंने इसकी सुन्दरता पर ध्यान नहीं दिया था मगर अब जो गौर करके देखता हूँ तो यही कहने को जी चाहता है कि यह श्यामा खूबसूरती में किसी तरह भी मोहिनी से कम नहीं है बल्कि गुण और शील में उससे बढ़कर

है। इसे तो सामने से जाने देने का जी नहीं चाहता! न मालूम क्यों इसकी तरफ मेरा चित् खिंचा जाता है। मोहिनी आवे तो पूछूँ कि ये दोनों कौन हैं?

इसी तरह की बातें सोच रहे थे कि इतने ही में नींद से जाग जमुहाई लेती हुई मोहिनी भी आ पहुँची। इसका खुमार अभी तक उतरा न था, आते ही नरेन्द्रसिंह के पास बैठ गई और गले में हाथ डाल कर बोली, "क्या अभी सोकर उठे हो? स्नान न करोगे?"

मोहिनी के मुँह से शराब की ऐसी बुरी भभक निकली कि नरेन्द्रसिंह का जी बिगड़ गया। मोहिनी का हाथ अपने गले से निकाल झट उठ खड़े हुए और बोले, "मैं तुम्हारी इन दोनों होशियार लौंडियों की बदौलत स्नान-पूजा आदि सब चीजों से छुट्टी पा चुका हूँ। तुम शायद अभी सोकर उठी हो!"

मोहिनी को अपना हाथ गले में से निकालकर एकाएक इस तरह नरेन्द्रसिंह का उठ जाना बहुत ही बुरा मालूम हुआ और वह लाल-लाल आँखें कर नरेन्द्रसिंह की तरफ देखने लगी।

नरेन्द्रसिंह भी अपने दिल में सोचने लगे कि मोहिनी को यह क्या हो गया। यह तो बातचीत से बहुत नेक और शरीफ खानदान की लड़की मालूम होती थी, मगर इसका रंग-ढंग बिलकुल बदला हुआ देखता हूँ। जब मैंने गुलाब का हाल इससे पूछा तो बोली कि 'वह मर गई!!' लेकिन अभी मुझसे इसका संग छूटे पन्द्रह दिन भी नहीं हुए, तो क्या इसी बीच में गुलाब के मरने का गम इसके दिल से जाता रहा और यह हँसी-खुशी में दिन बिताने लगी? क्या किसी शरीफ खानदान की कुँआरी लड़की का ऐसा करना मुनासिब है? यह तो बिलकुल असभ्य और कुलटा मालूम होती है। अगर इसका चालचलन ऐसा ही है तो मैं इसकी मुहब्बत से बाज आया। मैं ऐसी बदचलन औरत से बात भी करना पसन्द नहीं करता। वाह! मेरे गले में हाथ डालते इसे जरा भी शर्म न मालूम हुई!!

थोड़ी देर तक दोनों अपने-अपने मतलब की सोचते रहे, आखिर मोहिनी से न रहा गया। बोली, "क्यों साहब, आपने तो मेरी बड़ी बेइज्जती की!!"

नरेन्द्र—वह क्या?

मोहिनी—मैं आपकी मुहब्बत से आपके पास आकर बैठूँ और आप इस तरह मुझे दुतकार कर उठ जाएँ! क्या इसी को सभ्यता कहते हैं?

नरेन्द्र—अगर औरतें सौ दफे इस तरह के नखरे करें तो कोई हर्ज नहीं, मगर मर्द एक ही दफे के नखरे में खराब समझा गया!!

बस नरेन्द्रसिंह के इतना कहने से मोहिनी का खयाल बदल गया और वह हँस के बोली—

"खैर तो आइए बैठिए!"

नरेन्द्र—मेरा कायदा है कि नहाने के बाद मैं उस आदमी के पास नहीं बैठता जो बिना नहाया हो।

मोहिनी—क्या छूत लग जाती है?

नरेन्द्र—चाहे छूत न लगे तो भी ऐसा कायदा रखने से बहुत कुछ फायदा है।

मोहिनी—(उठकर) खैर साहब मैं जाकर नहा आती हूँ।

नरेन्द्र—हाँ इसके बाद फिर हमसे बातचीत होगी।

मोहिनी—(श्यामा की तरफ देखकर) मैं नहाने जाती हूँ तब तक तुम इनके खाने-पीने का कुछ बन्दोबस्त करो।

श्यामा—बहुत अच्छा।

मोहिनी चली गई, इसके बाद श्यामा ने हाथ जोड़कर नरेन्द्रसिंह से कहा, "मुझे मालिक का हुक्म हुआ है कि आपके वास्ते खाने-पीने का बन्दोबस्त करूँ मगर मेरा जी यहाँ से जाने को नहीं चाहता क्योंकि आपसे एक बात कहनी बहुत जरूरी है। अगर मैं यहाँ से जाकर आपके भोजन का बन्दोबस्त करूँ तो फिर बात करने का मौका न रहेगा, क्योंकि तब तक यह फिर आ जाएगी और मेरी बात ऐसी है कि सिवाय आपके अगर कोई दूसरा सुन ले तो मेरी जान जाने में कोई शक न रहे।"

नरेन्द्र—वह कौन सी बात है, कहो।

श्यामा—इस तरह मैं नहीं कहने की, हाँ आप इस बात की कसम खाएँ कि किसी दूसरे से न कहेंगे तो मैं जो कुछ गुप्त भेद है उसे कह डालूँ।

गुप्त भेद का नाम सुनते ही नरेन्द्रसिंह चौंक पड़े। वह बात कौन सी

है जिसके लिए श्यामा कसम खिलाया चाहती है, यह जानने के लिए जी बेचैन हो गया। कुछ गौर करने के बाद नरेन्द्रसिंह ने अपनी तलवार म्यान से निकाल ली और श्यामा से कहा, "देखो मैं क्षत्री हूँ, मेरे लिए इससे बढ़ के कोई कसम नहीं है इसे हाथ में ले मैं कसम खाता हूँ कि तुम्हारी बात कभी किसी से नहीं कहूँगा।"

श्यामा—बस-बस, मेरा जी भर गया, पर फिर भी मैं आपसे एक वादा और कराना चाहती हूँ।

नरेन्द्र—वह भी कहो।

श्यामा—अगर मेरी बात सुनकर आप यहाँ से भागना चाहें तो हम दोनों को भी यहाँ से निकालने की फिक्र करें नहीं तो आपके जाने के बाद हम लोग किसी तरह बच नहीं सकेंगी।

नरेन्द्र—(ताज्जुब से) ऐसी कौन सी बात है, जिसे सुन मैं यहाँ से भाग जाऊँगा?

श्यामा—वह ऐसी ही बात है।

नरेन्द्र—खैर मैं इस बात की कसम खाता हूँ कि अपने साथ तुम दोनों को भी यहाँ से बाहर करूँगा। हाँ पहिले यह कह दो कि क्या मेरे लिए तुम अपने मालिक का साथ छोड़ोगी?

श्यामा—ईश्वर न करे ऐसी बदकार औरत की नौकरी कभी करनी पड़े, न मालूम मैंने कौन से ऐसे पाप किये हैं जिनके बदले कई दिन इसके पास रहने का दुःख परमेश्वर ने मुझे दिया! मैं इसकी लौंडी नहीं हूँ मगर वक्त को क्या करूँ? यह सब आपकी...

इतना कहते-कहते आँखों से टपाटप आँसू की बूँदें गिरने लगीं, कण्ठ भर आया, और आवाज बन्द हो गई।

नरेन्द्र—(हाथ थाम कर) हाँ-हाँ, यह क्या!! रोती क्यों हो? मैं वादा करता हूँ कि जहाँ तक होगा तुम्हारा दुःख दूर करने से बाज न आऊँगा।

श्यामा—आपके तो जरा सा निगाह ही कर देने से मेरा जन्म भर का दुःख दूर हो जाएगा नहीं मरी हुई तो हई हूँ।

नरेन्द्र—इसके लिए भी मैं वही कसम खाता हूँ कि अगर मेरे किये तुम्हारा दुःख दूर हो जाएगा तो मैं कभी मुँह न फेरूँगा।

श्यामा—(आँसू पोंछ कर और अपने को खूब सम्हाल कर) अब ध्यान देकर सुनिए। पहिले तो यही बता देना ठीक होगा कि यह मोहिनी नहीं है जिसे आप मोहिनी समझे हुए हैं।

नरेन्द्र—(चौंक कर) हैं! क्या यह मोहिनी नहीं है?

श्यामा—नहीं।

नरेन्द्र—खैर यह सब जाने दो और यह बताओ कि अगर यह मोहिनी नहीं तो कौन है? क्या यह अपनी सूरत बदले हुए है?

श्यामा—यह मोहिनी की बड़ी बहिन है।

नरेन्द्र—हाय-हाय! नालायक ने तो पूरा धोखा दिया! पहिले ही मेरा जी इससे खटका था। औरतें भी क्या ही आफत होती हैं! ऐसों ही की शैतानी और बदकारी किताबों में देख-देख कर और लोगों से सुन-सुन कर मैंने दिल में निश्चय कर लिया था कि कभी शादी न करूँगा। इसी सबब से मैंने अपना देश छोड़ना मंजूर किया, फिर भी मोहिनी की मुहब्बत में फँस गया और दुःख उठाना ही पड़ा।

श्यामा—नहीं, आपका ऐसा सोचना मुनासिब नहीं है। सभी औरतें ऐसी बदकार और नालायक नहीं होतीं, एक के सबब से सौ को बदनाम करना धर्म विरुद्ध है।

नरेन्द्र—इसके बारे में जो कुछ तुमको मालूम है खुलासा कहो।

श्यामा—सुनिये मैं सब कुछ कहती हूँ। इन्हीं कई दिनों में जब से मैं यहाँ आई इन लोगों का पूरा इतिहास जान गई हूँ। इसका नाम केतकी है। गुलाब मोहिनी और केतकी तीनों एक ही माँ के पेट से पैदा हुई है। गुलाब को सात महीने की छोड़ इनकी माँ मर गई थी। ये तीनों अपने बाप के बड़े लाड़-प्यार से पली हैं, जिसका नाम हजारीसिंह था और जो गया के बहुत बड़े जमींदारों में गिना जाता था।

नरेन्द्र—अच्छा फिर?

श्यामा—केतकी जब जवान हुई तब इसने बदचलनी पर कमर बाँधी, जिससे इसके बाप को बहुत रंज हुआ और उसने एक अच्छे खानदान के लड़के से इसकी शादी कर दी, मगर इस हरामजादी ने उसे जहर देकर मार डाला। यह देख इसके बाप को और भी रंज हुआ और उसने केतकी को मार डालने का पूरा-पूरा इरादा कर लिया। यह खबर केतकी को लग गई और उसने रसोई बनाने वाले ब्राह्मण से मिलकर जिसके साथ यह फँसी हुई थी अपने बाप को जहर दिलवा दिया और उसके मरने के बाद कुल जायदाद की मालिक बन बैठी।

नरेन्द्र—ईश्वर ऐसी औरत से बचावे! अच्छा फिर क्या हुआ?

श्यामा—कुछ दिन में मोहिनी और गुलाब भी होशियार हुई और इसका चालचलन देख-देख चिढ़ उठीं। मोहिनी और गुलाब दोनों बहुत ही नेक और सूधी थीं, दोनों में प्रेम भी बहुत था, इसलिए दोनों ने अपने बाप के माल में अपना-अपना हिस्सा अलग कर लेना चाहा।

नरेन्द्र—क्या और कोई इनका बड़ा बुजुर्ग नहीं था?

श्यामा—कोई नहीं।

नरेन्द्र—अच्छा तब।

श्यामा—हिस्सा देना केतकी को बहुत बुरा मालूम हुआ। कई बदमाशों से मिलकर वह मोहिनी और गुलाब दोनों को धोखा देकर जंगल में ले गई, जहाँ सुनते हैं कि दोनों को फाँसी देकर मार डाला, मगर ताज्जुब यही है कि अगर वे दोनों मर ही गईं तो आपने उन्हें कैसे देखा?

नरेन्द्र—मौत से उन्हें मैंने ही बचाया था।

श्यामा—ठीक है। खैर यह केतकी अपने बाप की बेहिसाब दौलत ऐयाशी में उड़ाने लगी। यह मकान उसके बाप ही का बनवाया हुआ है। अब यह ज्यादेतर इसी में रहा करती है, यहाँ इसने कई आदमियों का साथ किया और थोड़े-थोड़े दिन बाद सभों की जान लेती गई। बस इसके सिवाय और मैं कुछ नहीं जानती। हाँ आप मोहिनी का हाल कहिए कि वह क्योंकर बची?

नरेन्द्र—मोहनी का हाल कहने के पहिले मुझे अपना हाल भी कहना पड़ेगा कि घर से क्यों बाहर निकला।

श्यामा—नहीं वह तो मैं जानती हूँ कि आप शादी के खिलाफ होकर ठीक बारात वाले दिन भाग निकले थे।

नरेन्द्र—(ताज्जुब से) यह तुम्हें कैसे मालूम हुआ?

श्यामा—मेरा घर भी उसी शहर में है और उस दिन मैं भी आपके ससुराल में ही थी। बदकिस्मती से यहाँ तक की नौबत पहुँची। अच्छा अब आप मोहिनी का हाल कहिए।

नरेन्द्र—मैं घर से भागा हुआ जंगल-जंगल घूमता-फिरता रात के वक्त वहाँ पहुँचा जहाँ एक पेड़ के साथ मोहिनी उलटी लटकी हुई थी। उसे उतारा, जब होश में आई तब उसी की जुबानी मालूम हुआ कि गुलाब भी उसी जगह गाड़ी गई है, अस्तु उसे भी निकाला। सन्दूक में रखकर वह गाड़ी गई थी इसलिए बच गई। वहाँ से पास ही एक नदी थी, और एक किश्ती भी किनारे मौजूद थी। हम लोग उस पर सवार होकर वहाँ से रवाना हुए। सुबह होने पर मैंने किश्ती किनारे पर लगाई। वहाँ पर मेरे लड़कपन के एक साथी बहादुरसिंह से मुलाकात हुई। वहाँ से कुछ दूर पर एक बड़ी नाव दिखाई पड़ी, बहादुरसिंह को मोहिनी और गुलाब की हिफाजत के लिए छोड़ मैं वह नाव किराए करने गया मगर वहाँ से जब लौटा तो तीनों में से किसी को भी न पाया, न मालूम वे सब कहाँ गायब हो गए थे। उन्हीं को खोजता-खोजता यहाँ तक आ पहुँचा हूँ।"

इससे ज्यादे और कुछ बात न होने पाई क्योंकि उसी समय केतकी आ पहुँची जिसे देख नरेन्द्रसिंह ने अपनी कहानी का सिलसिला तोड़ दिया और मुस्कुरा कर केतकी से कहा, "आइए मैं आप ही की राह देख रहा हूँ!"

केतकी—क्या बात है जो श्यामा और भामा सवेरे ही से आपके पास अड़ी हैं!

नरेन्द्र—ये दोनों बेचारी बड़ी नेक हैं और दिल से मेरी खिदमत कर रही हैं, इनके रहने से मुझे बड़ा आराम मिला। तुम्हारे जाने के बाद अकेले बैठा क्या करता, इन्हीं से बातचीत करता रहा।

केतकी—तो क्या आपने अभी तक भोजन नहीं किया?

नरेन्द्र—भोजन करने की इच्छा नहीं हुई इसीलिए मनाकर दिया।

केतकी—और ये दोनों भी आफत की मारी चुप हो रहीं!

नरेन्द्र—तो क्या करतीं? मुझी को भूख न थी तो इनका क्या दोष?

केतकी—(श्यामा की तरफ देखकर) जाओ भोजन ले आओ।

श्यामा—बहुत अच्छा।

नरेन्द्र—नहीं-नहीं, मैं अभी कुछ न खाऊँगा।

केतकी—यह तो न होगा।

नरेन्द्र—मेरी तबीयत आज ठीक नहीं है। तुम्हारी खोज में बहुत दूर तक पैदल घूमना पड़ा। आदत तो थी नहीं, इससे पैरों में बहुत दर्द है और कुछ-कुछ पेट भी दुख रहा है। इस समय अगर मैं कुछ भी खाऊँगा तो जरूर बीमार पड़ जाऊँगा। तीन-चार घंटे मुझे और छोड़ दो, जब थोड़ा दिन बाकी रह जाएगा तब मैं भोजन करूँगा। तुम मेहरबानी करके, इन दोनों को हुक्म दो कि जल्द भोजन कर आवें क्योंकि मैं अपनी खिदमत के लिए इन्हीं दोनों को पसन्द करता हूँ।

केतकी—जैसी मर्जी आपकी! (श्यामा और भामा की तरफ देखकर) अच्छा जाओ, तुम लोग जल्दी अपनी छुट्टी करके आओ।

श्यामा और भामा भोजन करने चली गईं। अब केतकी और नरेन्द्रसिंह में बातचीत होने लगी।

नरेन्द्र—हाँ मोहिनी, अब मौका बहुत अच्छा है अब अपना हाल कहो।

मोहिनी—नहीं, पहिले आप ही अपना हाल कहिए।

नरेन्द्र—नहीं-नहीं, पहिले तुम्हीं को कहना पड़ेगा। हाँ बोलो, जंगल में तुम्हारी जान किसने बचाई?

केतकी—(कुछ सोचकर) घूमते-फिरते एक साधू जंगल में आ गए। उन्हीं की बदौलत मेरी जान बची, इसके बाद आपसे मुलाकात हुई।

अब तो जो कुछ थोड़ा बहुत शक नरेन्द्रसिंह के मन में था वह भी जाता रहा, फिर केतकी से कोई सवाल न किया, केतकी के पूछने पर कुछ झूठ सच

अपना नाम-पता आदि बता कर ऊपर के दिल से आधे घंटे भर तक उससे बातचीत करते रहे। तब तक श्यामा और भामा भी आ गई। तब नरेन्द्रसिंह उठकर चारपाई पर चले गए। केतकी चारपाई के नीचे उनके पास जा बैठी, श्यामा पैर दबाने और भामा पंखा झलने लगी। नरेन्द्रसिंह थोड़ी देर तक केतकी से हँसी-दिल्लगी करते रहे, इसके बाद सो रहे।

नरेन्द्रसिंह ने जान-बूझकर आँखें बन्द कर लीं। केतकी समझी कि इन्हें नींद आ गई। थोड़ी देर बैठकर चली गई, तब इन्होंने अपनी आँखें खोलीं और हँसकर श्यामा की तरफ देखा।

श्यामा—(मुस्कुरा कर) आपको तो खूब नींद आई!

नरेन्द्र—क्या कहें, उससे तो बात करने का भी जी नहीं चाहता, अब तो मुझे भागने की फिक्र पड़ी है।

श्यामा—होशियार रहिए, केतकी को अगर जरा भी शक हो जाएगा कि आप भागना चाहते हैं तो बिना आपकी जान लिये न छोड़ेगी! वह हमेशा से ऐसा ही करती आई है, न मालूम कितने बेचारे इसी कमरे में अपनी जान दे चुके हैं।

नरेन्द्र—उसके उस्ताद को तो पता लगेगा ही नहीं!

श्यामा—देखिये मेरा ख्याल रखियेगा! कहीं ऐसा न हो कि आप मुझे यहीं छोड़ जाएँ और मैं पीछे कुत्तों से नुचवाई जाऊँ!!

नरेन्द्र—वाह-वाह! क्या तुमने मुझे ऐसा बेमुरौवत समझ लिया है!

श्यामा—आपके बेमुरौवत होने में कोई शक है?

नरेन्द्र—(जोश में आकर) क्या दो ही घंटे की जान पहिचान में मुझे बेमुरौवत भी समझ लिया?

श्यामा—जी नहीं, मगर मैं आपकी तारीफ सब सुन चुकी हूँ। मेरी मौसी आप ही के शहर में रहती है और उनकी चिट्ठी-पत्री बराबर आया करती है, इस सबब से आपका कोई हाल मुझसे छिपा हुआ नहीं है।

नरेन्द्र—तो क्या तुम्हारी मौसी ने लिखा है कि नरेन्द्र नालायक है?

श्यामा—नहीं मगर उन्होंने रम्भा का हाल जरूर लिखा है।

नरेन्द्र—रम्भा कौन?

श्यामा—जिससे आपने शादी की है।

नरेन्द्र—मेरी शादी तो हुई ही नहीं! मैं तो बारात में से ही निकल भागा था!

श्यामा—आप जो चाहे समझें मगर आपके निकल भागने से होता ही क्या है। रम्भा तो समझ चुकी कि आपके साथ शादी हो गई, अब क्या वह दूसरी शादी करेगी!

नरेन्द्र—क्या उसका बाप उसकी दूसरी शादी न करेगा?

श्यामा—उसके बाप ने तो बहुत कोशिश की थी कि उसकी दूसरी शादी करे मगर रम्भा ने साफ इनकार कर दिया और कह दिया कि 'मेरे' पति तो नरेन्द्र हो चुके!!

नरेन्द्र—फिर क्या हुआ?

श्यामा—उसके बाप ने बहुत कोशिश की और कई आदमियों से उसे कहलाया कि नरेन्द्र बड़ा ही बदमाश और बदसूरत था, क्या हुआ जो चला गया, पंडित लोग कहते हैं दूसरी शादी करने में कोई हर्ज नहीं है, मगर रम्भा ने एक न मानी और बोली कि नरेन्द्र चाहे कैसे ही खराब से खराब क्यों न हों मगर मेरे लिए बहुत अच्छे हैं। जब लोगों ने उसे बहुत तंग किया तब वह अपनी एक सखी और चचेरे भाई अर्जुन को साथ ले आपको खोजने निकली। अब न मालूम वह कहाँ-कहाँ टक्करें मारती और मुसीबत झेलती होगी। उस औरत को देखिए कि अपने धर्म का उसे कैसा खयाल रहा और बिना देखे आपके प्रेम में कैसी उलझ गई, इसके खिलाफ आप अपने को देखिये कि कहाँ तो यह शेखी कि शादी ही न करूँगा कहाँ मोहिनी को देख ऐसा मस्त हुए कि बस उस रंग-ढंग की जहाँ किसी को देखा मोहिनी ही समझ लिया और इश्क का पिशाच आपके सिर पर सवार हो गया! अब कहिए आपके बेमुरौवत होने में कोई शक है! आप मेरी बातों से ख़फा न होइएगा, मुझसे साफ-साफ कहे बिना नहीं रहा जाता, मैं क्या करूँ!

नरेन्द्र—नहीं-नहीं, खफा क्यों होने लगा, मगर श्यामा, तुम तो गजब की औरत हो। न मालूम कहाँ-कहाँ की बातें तुम्हें मालूम हैं। अगर सचमुच रम्भा ने ऐसा किया जैसा तुम कहती हो तो जरूर मुझे उसके आगे शर्मिन्दा होना पड़ेगा!

श्यामा—जी हाँ, मैं जो कुछ कहती हूँ बहुत सही कह रही हूँ। अब उसके बाप ने बहुत से आदमी उसकी खोज में इधर-उधर रवाना किये हैं। मेरी मौसी ने जब बेचारी रम्भा का हाल लिखा तो पढ़कर मुझे बड़ा ही रंज हुआ! मैंने अपनी मौसी से उसकी तस्वीर माँग भेजी। उसने बड़ी कोशिश कर के उसकी तस्वीर उसके घर से लाकर मुझे भेजी है, उसी के साथ आपकी तस्वीर भी आई थी, अभी परसों ही तो वह तस्वीर मुझे मिली है। हाय, उसके देखने से कितना रंज होता है!

नरेन्द्र—उसकी तस्वीर कहाँ है, मुझे दिखाओ!

श्यामा—उसको देखकर आप क्या कीजिएगा, आपको तो औरतों से नफरत ही है!

नरेन्द्र—भला देखें तो सही कि वह कैसी है जिसने मेरी इतनी कदर की।

श्यामा—खैर उसने जो मुनासिब समझा किया, आपको तो उसकी गरज ही नहीं है फिर तस्वीर देखकर क्या कीजिएगा!

नरेन्द्र—तुमने उसका हाल मुझे ऐसा सुनाया कि मेरे रोंगटे खड़े हो गए। मैं तुम्हारा बड़ा ही अहसान मानूँगा अगर तुम उसकी तस्वीर मुझे दिखा दोगी।

श्यामा—(भामा की तरफ देखकर) अच्छा बहिन, रम्भा की तस्वीर लाकर इन्हें दिखा दो।

भामा वहाँ से चली गई और बहुत जल्द रम्भा की तस्वीर लेकर आई। घबराहट के मारे नरेन्द्रसिंह ने खुद उठकर बल्कि कुछ आगे बढ़कर रम्भा की तस्वीर भामा के हाथ से ले ली और एक निगाह उस पर डाली। वह तस्वीर थी या कोई आफत कि देखते ही नरेन्द्रसिंह की हालत बदल गई, चारपाई पर बैठना भूल गए और उसी जगह जमीन पर बैठ तस्वीर देखने और आँसू बहाने लगे। कई सायत के बाद बोले—

"अहा! क्या यही वह रम्भा है जिसको मैंने एकदम त्याग दिया और जिसके साथ शादी करने से इनकार कर दिया। हाय, इस दुनिया में कोई मेरे जैसा कम्बख्त न होगा जिसने आती हुई लक्ष्मी को लात मारी। आह, यह खूबसूरती! इतना बढ़ा-चढ़ा हुस्न! तिस पर इतनी नेक और पतिव्रता!! हाय!

बदनसीब नरेन्द्र! तैने बहुत बुरा किया जो ऐसी को सताया। जरूर इसी पाप का फल भोग रहा है। बिना देखे और जाँचे किसी की बेकदरी करना बड़ी भारी भूल है। क्या ऐसी गुणवाली औरत तुझे कहीं मिल सकती है? हाय! अगर मेरी आँखों में शील और मुरौवत और हृदय में दया होती, तो इसके सामने किसी का कभी नाम भी न लेता! मगर नहीं, उसका खयाल अगर दूर कर दूँगा तो पक्का बेईमान और बेमुरौवत कहलाऊँगा और दुनिया में मेरी कुछ भी कदर न रहेगी। मगर क्या मोहिनी को रम्भा ऐसी नेक औरत की खिदमत करने में कुछ उज्र होगा? कभी नहीं! खैर जो कुछ होगा देखा जाएगा, अब तो रम्भा को खोजना ही मेरा पहला काम हुआ! अच्छा अगर यह न मिली तो मैं क्या करूँगा? इसके कहने की कोई जरूरत नहीं, किसी दूसरे का नहीं तो अपनी जान का तो मैं मालिक हूँ!!

इसी तरह की बातें घंटों तक नरेन्द्रसिंह कहते तथा बकते-झकते, रोते-कलपते और अफसोस करते रहे। दूर ही से श्यामा और भामा इनकी दशा देख मुस्कुराती रहीं। मगर आखिर श्यामा से न रहा गया, जी उमड़ आया, बड़ी मुश्किल से अपने को सम्हाला और नरेन्द्रसिंह के सामने आकर बोली, "आप यह क्या कर रहे हैं! बिलकुल बनी-बनाई बात बिगाड़ना चाहते हैं! कहीं केतकी आ जाए और इस तरह पर आपको देखें तो कहिए क्या हो? अब उसके आने का वक्त भी हो गया है, लाइए यह तस्वीर मुझे दीजिए। लेकिन आप घबराइए नहीं, मैं वादा करती हूँ कि आपको रम्भा से मिला दूँगी। मैं उसका बहुत कुछ हाल जानती हूँ और यह भी जानती हूँ कि इस समय वह कहाँ है।"

नरेन्द्र—(सिर उठा के श्यामा की तरफ देखकर) हैं! क्या तुम जानती हो कि इस समय रम्भा कहाँ है और वादा करती हो कि मुझे उससे मिला दोगी!

श्यामा—हाँ-हाँ, मैं जानती हूँ और वादा करती हूँ कि आपको रम्भा से मिला दूँगी मगर इस शर्त पर कि जो कुछ मैं कहूँ आप उससे इनकार न कीजिए।

नरेन्द्र—मुझसे कसम ले लो मैं कभी तुम्हारे कहने के खिलाफ चलूँ। हाय, इस वक्त तुम भी मुझको भली मालूम होती हो क्योंकि (तस्वीर देखकर) रम्भा की बहुत सी बातें तुममें पाई जाती हैं।

श्यामा—(भामा की तरफ देखकर और मुस्करा कर) बहिन जरा इनकी बातें तुम भी याद रखना!

भामा—मुझे तो यही डर है कि कहीं केतकी न आ पहुँचे।

नरेन्द्र—केतकी भला मेरा क्या कर लेगी? क्या मैं मर्द होकर औरत से डरूँगा? केतकी की मजाल है जो मुझे रोक सके!!

श्यामा—राम राम, ऐसा न कहिए! चाहे केतकी आपका कुछ न कर सके मगर उसका बन्दोबस्त ऐसा है कि आप ऐसे दस को भी वह कुछ नहीं समझती। इसका हाल तो मैं जानती हूँ। लाइए यह तस्वीर मुझे दीजिए और चारपाई पर आकर लेटिए। अब तो मैं इस बात का बीड़ा ही उठा चुकी हूँ कि आपको रम्भा से मिला दूँगी, फिर क्या है? अगर आप मेरी बात नहीं सुनते तो लीजिए फिर मैं जाती हूँ, आप जानिए आपका काम जाने!

नरेन्द्र—नहीं-नहीं, तुम जो कहोगी मैं वही करूँगा, लो तस्वीर लो, मगर फिर जब मैं माँगू तब दे देना।

श्यामा—हाँ यह हो सकता है।

नरेन्द्रसिंह ने रम्भा की तस्वीर श्यामा के हाथ में दे दी और पलंग पर आकर लेट रहे मगर उनकी क्या दशा थी यह वही जानते होंगे।

थोड़ी ही देर में सीढ़ी पर चढ़ते हुए किसी आदमी के आने की आहट मालूम हुई। तीनों की निगाह दरवाजे पर जा लगी, देखा तो केतकी आ रही है।

मगर इस समय केतकी का रंग बदला हुआ था। गुस्से के मारे उसका गोरा मुँह सुर्ख हो रहा था, आँखें लाल नजर आती थीं, और बदन काँप रहा था। आते ही वह कड़क कर बोली—

"क्यों रे श्यामा! क्या तूने मुझको छोकड़ी समझ लिया? अरे तेरे ऐसे पचास को मैं चरा के रख दूँ, क्या मुझसे चालाकी खेलेगी? वाह री लौंडी! अच्छा खिदमत करने के बहाने मुझ पर बिजली गिराने लगी। वह दिन याद नहीं कि बैठने का ठिकाना तुझको नहीं मिलता था? मैंने अपने यहाँ रख लिया यह क्या तेरे साथ कोई बुराई की? मगर पाँच ही सात दिन में तेरे गुन जाहिर हो गए! मैं नहीं समझती थी कि तू आस्तीन की नागिन बन जाएगी! अरे शैतान

की बच्ची! तुझको जरा भी मेरा डर न हुआ! क्या तू नहीं जानती थी कि मैं कौन हूँ! क्या तुझे यह खयाल न हुआ कि केतकी अगर कहीं छिपके सुनती होगी तो मेरी क्या दशा करेगी? अरे मैं तो पहले ही ताड़ गई थी कि इनके पास तेरा इतना बैठना-उठना और खिदमत करना बेसबब नहीं है, जरूर कुछ दाल में काला है। अगर मैं छिप के सब बात न सुनती तो मुझे भला क्या मालूम होता कि तैं जहर की बुझी कटारी है! यह खूबसूरती और यह कसाईपना! अरे मैंने तो समझा था कि यह किसी बड़े खानदान की नेक लड़की है, किसी आफत के सबब मारी-मारी फिर रही है इसे रख लो, मैं क्या समझती थी कि तू मेरे ही लिए काल हो जाएगी? अच्छा तैने तो मेरा भंडा फोड़ ही दिया अब ले तू भी क्या याद करेगी कि किसी से काम पड़ा था!!

इतना कह फुर्ती से नरेन्द्रसिंह की बगल से तलवार उठा ली और श्यामा के ऊपर चलाई मगर नरेन्द्रसिंह ने झपट कर उसकी कलाई थाम ली और इतना उमेठा कि तलवार का कब्जा उसके हाथ से छूट गया, इसके बाद एक लात ऐसी मारी कि वह दूर जाकर धम्म से गिर पड़ी और बड़े जोर से चिल्लाई।

केतकी के चिल्लाते ही पचासों सिपाही नंगी तलवारें हाथों में लिए हुए इस तरह आ पहुँचे मानो वे लोग सीढ़ी पर तैयार ही थे और केतकी की आवाज की राह भर देख रहे थे।

इनको देखते ही नरेन्द्रसिंह ने झट तलवार उठा ली और देखने लगे कि ये लोग क्या करते हैं। उन सिपाहियों में से दस तो श्यामा और भामा की तरफ झुके और बाकी नरेन्द्रसिंह के अगल-बगल हो गए। जब श्यामा और भामा की मुश्कें कसी ज़ानें लगीं तब श्यामा ने आँखों में आँसू भरकर नरेन्द्रसिंह की तरफ देखा और कहा—

"प्राणनाथ! अब तो मैं जाती हूँ, लेकिन आप रम्भा जी की खोज में दु:ख न उठाइएगा, क्योंकि आपकी दासी वह कम्बख्त रम्भा मैं ही हूँ और प्यारी सखी तारा यही मेरे साथ है। मैं चाहती थी कि किसी अच्छे मौके पर अपना भेद खोलूँ मगर हाय विधाता, तैंने कुछ करने न दिया!

इतना सुनते ही नरेन्द्रसिंह को जोश चढ़ आया। गरज कर जवाब दिया

कि 'क्या मजाल है किसी की जो मेरे जीते जी रम्भा को सता सके'। इतना कह दसों सिपाहियों पर टूट पड़े जो रम्भा और तारा (श्यामा और भामा) की मुश्कें बाँध कर उठा ले जाया चाहते थे। फुर्ती से दो आदमियों का सिर धड़ से अलग किया, इतने में सब के सब नरेन्द्रसिंह पर टूट पड़े।

इस समय नरेन्द्रसिंह की बहादुरी देखने लायक थी। जैसे शेर बकरियों के झुंड में उछलता हो वही हालत इनकी थी। इनके बदन में कई जख्म लगे मगर इन्होंने देखते-देखते दस-बारह आदमियों को काट के गिरा दिया जिससे कुल सिपाहियों के हौसले पस्त हो गए। मगर इतने ही में गिरी हुई एक तलवार उठाकर केतकी ने पीछे से नरेन्द्रसिंह की पीठ पर मारी जिसके साथ ही नरेन्द्रसिंह ने पीछे फिर के देखा। उसी वक्त एक सिपाही ने ऐसी तलवार इनके सिर में मारी कि यह ठहर न सके और चक्कर खाकर जमीन पर गिर पड़े।

बारहवाँ बयान

रम्भा के भाई अर्जुनसिंह क्या हुए? रम्भा और तारा गयाजी से यकायक इस शैतान की बच्ची केतकी के यहाँ कैसे आ पहुँचीं? नरेन्द्रसिंह की अब क्या गति होगी? बहादुरसिंह इस समय कहाँ और किस फिराक में है। बेचारी मोहिनी और गुलाब कहाँ टक्कर मार रही हैं? रम्भा जब घर से निकल काशीजी रवाना हुई तो उसके घर में क्या धूम मची? नरेन्द्रसिंह के भाई जगजीतसिंह उनकी खोज में निकले थे, वह कहाँ गए? इत्यादि बहुत सी बातें जानने के लिए इस समय पाठक उत्कंठित हो रहे होंगे इसलिए हम नरेन्द्रसिंह, रम्भा, तारा और केतकी को इसी दशा में छोड़ दूसरी तरफ झुकते हैं और पहिले जगजीतसिंह की कथा सुनाते हैं।

जगजीतसिंह ने भाई की खोज में जाने के पहिले ही बहादुरसिंह से सब हाल पूछ लिया था और उस तहखाने का भी पता मालूम कर लिया जिसमें बहादुरसिंह कैद थे।

बहादुरसिंह से जुदा होकर जगजीतसिंह कई आदमियों को साथ लिए बनदेवी के मन्दिर में पहुँचे और माई का दर्शन कर बड़ी देर तक प्रार्थना करते रहे। इसके बाद मन्दिर के बाहर आकर अपनी मामूली पोशाक उतार दी और साधुओं के कपड़े जो घर से लेते आए थे पहन लिए, बदन में सिर से पैर तक विभूति मल ली, लँगोटा कस कर एक छोटी सी दुनाली पिस्तौल गोली भरकर

कमर में छिपा ली और कुछ गोली-बारूद अलग भी रख ली। ऊपर से गेरुये रंग का लम्बा लबादा पहिर हाथ में एक बड़ा सा चिमटा ले लिया और अपने साथ दो बहादुरों को भी ऐसी ही सूरत बना उनकी कमर में भी एक पिस्तौल और छुरी छुपाकर ऊपर से गेरुआ लम्बा अबा पहिरा उनके हाथ में भी एक भारी चिमटा दे दिया। तब सिर्फ इन्हीं दो आदमियों को साथ लेकर बाकी सभों को घर की तरफ लौटा कर पैदल वहाँ से रवाना हुए और पहिले उसी तहखाने की तरफ चले जिसमें बहादुरसिंह कैद था।

कुछ रात जा चुकी थी जब ये तीनों आदमी बनदेवी के मन्दिर से रवाना हुए। चन्द्रमा निकल आया था, उसकी सुन्दर चाँदनी चारों तरफ फैल गई थी। आसमान पर छोटे-छोटे बादल के टुकड़े मन्द-मन्द हवा के झोंकों से धीरे-धीरे दौड़ रहे थे। कभी थोड़ी देर के लिए चन्द्रमा बादलों में छिप जाता मगर तुरन्त ही उस टुकड़े के हट जाने से निकल आता था।

एक पहर रात जाते जाते ये तीनों आदमी उसी नाले के किनारे पहुँचे जहाँ बहादुरसिंह से मुलाकात हुई थी। जगजीत सिंह के दोनों साथियों का नाम जयसिंह और हरीसिंह था। ये दोनों बड़े बहादुर और लड़ाई के फन में यकता थे। नरेन्द्रसिंह के बाप उदयसिंह के दरबार में इन दोनों की अच्छी कदर थी और लड़ाई-भिड़ाई के काम में इन दोनों की बराबर राय ली जाती थी। जयसिंह की उम्र पचास वर्ष के ऊपर थी मगर हरीसिंह अभी पचीस वर्ष का दिलावर होनहार बहादुर था।

जयसिंह ने कहा, 'देखिए आसमान पर बदली गहरी होती जाती है, थोड़ी देर में पानी जरूर बरसेगा। ऐसे समय दूर का रास्ता पकड़ना मुनासिब नहीं है, पास ही आपका शिकारगाह है, वहाँ चलिए। शिकार खेलने का तहखाना भी आज साफ है, उसी में डेरा दें। अगर पानी बरसा तो रात उसी जगह काटेंगे नहीं तो चाँदनी निकल आने पर उधर का रास्ता पकड़ेंगे जहाँ जाने का निश्चय कर चुके हैं।

जगजीतसिंह ने इस बात को पसन्द किया और रात उसी तहखाने में काटी, पानी भी सवेरे तक खूब बरसता रहा। दूसरे दिन सवेरे पानी खुलने

पर ये लोग वहाँ से रवाना हुए। जगजीतसिंह ने सोचा कि पहिले उस ठिकाने चलना चाहिए जहाँ बहादुरसिंह कैद था, जरूर कुछ न कुछ पता लग ही जाएगा।

जगजीतसिंह को इस बात का डर न था कि वहाँ डाकुओं की मंडली भारी होगी और हमलोग कुल तीन ही आदमी हैं, क्योंकि एक तो यह तीनों अपने साज-सामान और ताकत के ऐसे पूरे थे कि दस-बीस आदमियों को भगा देना इन लोगों के सामने कोई बड़ी बात न थी, दूसरे जगजीतसिंह अल्हड़ों की तरह सिर्फ दो ही आदमी साथ लेकर नरेन्द्रसिंह की खोज में नहीं निकले थे बल्कि उन्होंने बहुत कुछ सामान अपने लिए कर के तब घर से बाहर पैर निकाला था। उन्होंने और क्या सामान किया था इसके कहने की अभी कोई जरूरत नहीं समय पड़ने पर आप ही मालूम हो जाएगा।

रास्ते में कोई घटना नहीं हुई और चौथे दिन दोपहर को ये तीनों उस तहखाने के पास पहुँच गए जिसमें बहादुरसिंह कैद था।

इस जगह कोई इमारत न थी न कोई मकान ही था, कोई ऐसा निशान भी नहीं दिखाई देता था जिससे मालूम हो कि वहाँ जमीन के अन्दर कोई तहखाना है, हाँ बहादुरसिंह ने तहखाने की पहचान जगजीतसिंह को बता दी थी इसलिए इनको मालूम हो गया था कि यही वह तहखाना है जिसमें बहादुरसिंह कैद था।

इस जगह एक निहायत उम्दा बहुत बड़ा संगीन कुआँ देखने में आया जिसकी कुर्सी जमीन से तीन हाथ ऊँची थी। कुएँ के ऊपर जाने के लिए चारों तरफ पत्थर की सीढ़ियाँ बनी हुई थीं।

हरीसिंह—यही वह कुआँ मालूम होता है।

जगजीत—इसमें कोई शक नहीं कि यह वही कुआँ है जिसे बहादुरसिंह ने तहखाने का दरवाजा कहा था। चारों तरफ की सीढ़ियों को अच्छी तरह देखो, किसी सीढ़ी के नीचे बगल में दरवाजा होगा।

जयसिंह—(चारों तरफ देखकर और एक सीढ़ी के पास खड़े होकर) दरवाजा तो कोई नहीं है मगर यहाँ दरवाजा होने का एक निशान जरूर मालूम

होता है, आप जरा इधर आइए और देखिए।

जगजीत—(जयसिंह के पास जाकर और देखकर) क्या निशान है?

जयसिंह—यह जमीन नम (गीली) मालूम होती है, मैं समझता हूँ डाकुओं ने यह जगह छोड़ दी और ईंट से यह दरवाजा बन्द कर चूना चढ़ा बराबर कर दिया है। (चिमटे से खोद और एक ईंट निकाल कर) देखिए अब साफ मालूम होता है।

जगजीत—छोड़ दो, अब खोदना व्यर्थ है।

जयसिंह—खोदना व्यर्थ न होगा, चाहे डाकुओं ने यह जगह छोड़ दी हो मगर हाल-चाल लेने के लिए कोई न कोई डाकू यहाँ रोज जरूर आता होगा, क्योंकि उन लोगों को भोलासिंह के फँस जाने से बहुत कुछ डर पैदा हो गया होगा। मेरी राय है कि दरवाजा साफ कर दिया जाए और इसी कुएँ पर हम लोग डेरा डालें। जब डाकुओं में से कोई पता लगाने के लिए यहाँ आएगा, इसको खुदा हुआ देख उसे जरूर शक होगा। उस समय हमलोग उसकी सूरत और आकृति ही से पहिचान जाएँगे कि यह डाकू है।

जगजीत—बात तो ठीक है, अच्छा ऐसा ही करो।

हरीसिंह और जयसिंह ने मिलकर अपने बड़े-बड़े चिमटों से खोद के वह दरवाजा साफ कर डाला। चौखट-किवाड़ और बन्द ताला भी निकल आया। यह दरवाजा बहुत बड़ा न था बल्कि ऐसा था कि बिना अच्छी तरह झुके कोई उसके अन्दर नहीं जा सकता था। जयसिंह ने ताला तोड़ डाला।

जगजीत—चलो इसके अन्दर चलकर देखें कि क्या है?

जयसिंह—ऐसा भूल के भी न कीजिएगा!

हरीसिंह—क्यों?

जयसिंह—हम लोग इसके अन्दर चले जाएँ, उधर कोई डाकू यहाँ आवे और शक करके बाहर का दरवाजा बन्द कर दे तो बस हम लोग इसी के अन्दर ही सड़ा करें! यह कोई बुद्धिमानी नहीं है।

जगजीत—यही सब सोचने के लिए तो तुम्हें साथ ले आए हैं।

हरीसिंह—अच्छा आप दोनों आदमी खड़े रहिए मैं जाता हूँ।

जयसिंह—बिना रोशनी के भीतर जाकर क्या देखोगे? इस समय रहने दो फिर देखा जाएगा।

शाम हो गई। तीनों ने उस कुएँ पर आसन जमाया और अच्छी तरह सलाह कर ली कि अब क्या करना चाहिए।

अभी अँधेरा नहीं हुआ था कि एक देहाती उस कुएँ के पास पहुँचा और जगजीतसिंह को झुककर सलाम करने के बाद हरीसिंह और जयसिंह को सलाम करके खड़ा हो गया।

जगजीत—कहो क्या हाल है? तुम्हारे और साथी सब कहाँ है?

देहाती—सब इधर-उधर फैले हुए हैं जब किसी को कुछ हाल मिलेगा तब वह आपके हुक्म मुताबिक इसी कुएँ पर पहुँचेगा।

जयसिंह—तुम्हें क्या कोई हाल मिला है जो यहाँ आए हो?

देहाती—दो बातें मेरे देखने में आई हैं।

जयसिंह—वह क्या?

देहाती—आप लोग तो चक्कर देते हुए इधर आए और मैं सीधा गयाजी चला गया। वहाँ से फल्गू पार हो पूरब तरफ चला। लगभग तीन कोस जाने के बाद जंगल में एक भारी इमारत नजर आई, मैं उसी तरफ झुका और वहाँ पहुँच कर उसके इर्द-गिर्द घूमने लगा।

जयसिंह—फिर?

देहाती—जब रात हुई तो बहुत से आदमी उस मकान से बाहर निकले और सीधे दक्खिन का रास्ता लिया। मैं भी चक्कर दे उस भीड़ में मिल गया। देखा कि वे लोग कई लाशों को उठाए लिए जा रहे हैं। मैंने सोचा कि बिना कारण ही एक दम इतने नहीं मर सकते, इस मकान के अन्दर जरूर कुछ न कुछ खून-खराबा हुआ है। आखिर वही बात निकली। वे लोग आपस में धीरे-धीरे बातें करते जा रहे थे। कुछ बातें तो मेरी समझ में नहीं आईं। हाँ इतना मालूम हुआ कि उसी मकान में जिसमें से वे लोग निकले थे गया के जमींदार उसी हजारी सिंह की लड़की रहती है जिसने हाजियों की लड़ाई में आपके पिता को मदद दी थी और वे सब आदमी हमारे नरेन्द्रसिंह के हाथ से मरे हैं

जिनकी लाश वे लोग उठाए लिए जा रहे थे।

जयसिंह—खाली बातों से तुमने कैसे निश्चय कर लिया कि वे सब नरेन्द्रसिंह के हाथ से मरे थे?

देहाती—जी हाँ, उन्हीं में से एक बोल उठा, 'आखिर नरेन्द्रसिंह बिहार के प्रतापी और बहादुर राजा उदयसिंह का पुत्र है, वह अगर मैदान पाता तो और भी कितनों ही की जान लेता! यह सुन दूसरा बोला. 'नरेन्द्रसिंह को गिरफ्तार कर लेना भी केतकी के हक में ठीक न होगा, खैर यहाँ तक तो नमक की शर्त अदा कर दी, अब ऐसे की नौकरी कभी न करूँगा।

इसके सिवाय और भी बहुत सी बातें सुनने में आईं, जिससे मुझे निश्चय हो गया कि वे सब नरेन्द्रसिंह के हाथ मरे हैं मगर इतनों को मारने के बाद आखिर में वे खुद भी गिरफ्तार हो गए।

जगजीत—पिताजी को यह खबर कहला भेजनी चाहिए।

जयसिंह—कोई जरूरत नहीं मालूम होती।

देहाती—ताज्जुब नहीं कि उन्हें यह खबर लग गई हो।

जयसिंह—मैं यही खयाल करता हूँ, क्योंकि उनकी चाल और नीति भी बड़ी ही टेढ़ी है।

जगजीत—अच्छा तो अब यहाँ ठहरना ठीक नहीं है।

जयसिंह—जी हाँ चलिए, हमलोग भी उसी तरफ चलें। (देहाती की तरफ देख के) हरी, देखो हम तुम्हें दो-तीन काम सुपुर्द किये देते हैं, जहाँ तक हो उन्हें जल्दी करना।

हरीसिंह—जो हुक्म।

जयसिंह ने देहाती को जिसका नाम हरी जासूस था, कई बातें समझाईं और इसके बाद तीनों आदमी वहाँ से उठकर केतकी के मकान की तरफ रवाना हुए।

तेरहवाँ बयान

अब हम फिर नरेन्द्रसिंह और केतकी का हाल लिखते हैं। जब उनको केतकी की शैतानी का हाल मालूम हुआ तब यह सोचकर कि गुलाब और मोहिनी के दुःख का कारण यही है, उन्हें उसके ऊपर बहुत ही गुस्सा आया। उसी समय श्यामा और भामा की जुबानी रम्भा के प्रेम का हाल सुन उनकी और ही दशा हो गई और उस रम्भा से मिलने का शौक हद्द से ज्यादे पैदा हुआ। जब गिरफ्तार होते समय श्यामा ने कहा कि मैं ही रम्भा हूँ तब तो उनकी आँखों में खून उतर आया और अपनी जान से हाथ धो केतकी के आदमियों से लड़ गए, मगर क्या हो सकता था, यह अकेले और वे बहुत थे, आखिर कई आदमियों को मार कर खुद भी गिरफ्तार हो गए।

हरामजादी केतकी नरेन्द्रसिंह, रम्भा और तारा के खून की प्यासी बन बैठी। उसने तीनों को कैद में डाल दिया मगर कई दिनों तक नरेन्द्रसिंह को समझाती और कहती रही कि मोहिनी, गुलाब और रम्भा का ध्यान छोड़ मेरे साथ शादी कर लो बल्कि मेरे सामने अपने हाथ से रम्भा का सिर काट डालो तो तुम्हें कैद से छुट्टी मिल जाएगी मगर नरेन्द्रसिंह इसे कब मंजूर करने लगे, जवाब में सिवाय चुप रहने के वे और कुछ भी न बोले। आखिर लाचार हो केतकी ने मन ही मन निश्चय कर लिया कि आज रात को अपने हाथ से नरेन्द्रसिंह, रम्भा और तारा का सिर काट कलेजा ठंडा करेगी।

यह केतकी लड़कपन ही की शैतान थी। इसी तरह इसने कई आदमियों को फँसा-फँसा कर अपने हाथ से मार डाला था। इसने पहले तो सोचा कि थोड़े दिन तक और भी नरेन्द्रसिंह को कैद रखकर समझावे-बुझावे मगर यह ख्याल करके कि यदि यह भेद राजकर्मचारियों को मालूम हो गया तो बड़ी मुश्किल होगी, उसने ज्यादे दिनों तक इनको कैद रखने का हौसला न किया।

एक दिन चाँदनी रात में छत पर बैठी बाग की बहार देख रही थी, उसकी सखियाँ भी पास ही बैठी हुई थीं और नरेन्द्रसिंह की खूबसूरती पर रहम खा उन्हें छोड़ देने के लिए समझा रही थीं, मगर इस संगदिल का दिल नरम न हुआ और इसने झुँझला कर कैदी नरेन्द्रसिंह को हाजिर करने का हुक्म दिया।

यह मकान जिसमें केतकी रहती थी शहर से बहुत दूर था। यहाँ से गयाजी लगभग तीन-चार कोस के होगी, पास में और कोई दूसरा शहर या कस्बा न था। इस मकान के चारों तरफ कोसों तक जंगल ही जंगल था यहाँ तक कि किसी आदमी के पहुँचने का बहुत कम मौका पड़ता, इसलिए वह यहाँ बहुत ही स्वतन्त्रता से रहकर बेखौफ अपना दिन ऐयाशी में बिताया करती थी।

नरेन्द्रसिंह केतकी के सामने लाये गए। उसने अपने हाथ में तलवार ले ली और उन्हें धमकाना शुरू किया, मगर उसी समय पूरब तरफ से शोरगुल की आवाज आती सुन वह ठिठक गई और खड़ी होकर देखने लगी। मालूम हुआ कि सैकड़ों आदमी गरजते हुए इसके मकान की तरफ ही चले आ रहे हैं। देखते ही देखते उन सभों ने जो अन्दाज में पाँच सौ से कम न होंगे पास पहुँच कर चारों तरफ से इस मकान को घेर लिया।

केतकी के सिपाहियों ने इन्हें रोकना चाहा मगर ऐसा कब हो सकता था। वे पचास से ज्यादे न थे और घेरा डालने वाले पाँच सौ से भी ज्यादे। आखिर आए हुए आदमियों के हुक्म से उन्हें फाटक से हट ही जाना पड़ा।

लगभग सौ आदमियों के नंगी तलवारें लिए कोठी पर चढ़ गए। जो कुछ माल-असबाब या हर्बा उस मकान में पाया सब लूट लिया, एक पैसे की जमा या छटाँक भर लोहा उस मकान में न छोड़ा, यहाँ तक कि केतकी

और उसकी सखियों के बदन से भी कुल जेवर उतार लिए और जाती समय रोती-चिल्लाती रम्भा और तारा को भी लेते गए, मगर रस्सियों से जकड़े हुए नरेन्द्रसिंह को ज्यों का त्यों छोड़ गए। इन सभों के मुँह पर नकाब पड़ी हुई थी इसलिए कुछ भी जान न पड़ा कि ये कौन थे, कहाँ से आए थे, या केतकी के साथ इनकी कब की दुश्मनी थी।

चौदहवाँ बयान

हम ऊपर लिख आए हैं कि केतकी के मकान पर बहुत से आदमी चढ़ गए और सब कुछ लूट लिया यहाँ तक कि जाती समय रम्भा और तारा को भी लेते गए।

इन लुटेरों के पहुँचने और इस तरह की कार्रवाई करने से केतकी की अजब हालत हो गई। जान बची इसी को उसने गनीमत समझा और कहीं फिर वे लोग पहुँच कर कुछ और दुःख न दें इस खौफ से वहाँ ठहर भी न सकी। नरेन्द्रसिंह को उसी हालत में छोड़ नीचे उतर आई और यह कहती हुई मकान के बाहर निकल गई कि 'जिसको मेरा साथ देना मंजूर हो चला आवे, अब मैं इस मकान में एक सायत भी नहीं टिक सकती।'

उसकी कुछ सखियों और दो-चार सिपाहियों ने तो साथ दिया, बाकी सभों ने अपना-अपना रास्ता लिया क्योंकि इसकी चाल-चलन से सभी नाराज थे, मगर उन लोगों को लाचारी थी जिनको कल के लिए खाने का ठिकाना न था और तनखाह भी कम पाते थे, इसलिए ऐसों ही ने इसका साथ दिया।

अब सिर्फ नरेन्द्रसिंह इस मकान में रह गए सो भी इस हालत में कि न कहीं जा सकते हैं और न कुछ कर सकते हैं क्योंकि हाथ-पैर कैदियों की तरह बँधे हुए थे। चारों तरफ जंगल के बीच में यह मकान तो था ही तिस पर इस

सन्नाटे ने और भी गजब किया, ऊपर से रम्भा की जुदाई ने तो मौत की ही सूरत दिखा दी जो उनके (नरेन्द्र के) देखते-देखते जबरदस्ती माल-असबाब की तरह उन लुटेरों के हाथ पड़ गई थी।

क्या वे लोग डाकू थे? नहीं, अगर डाकू होते तो सिर्फ माल-असबाब से मतलब रखते, रम्भा और तारा को उठा ले जाने से वास्ता? शायद औरतों को भी उन्होंने माल ही समझा हो और उन्हें बेच कर रुपये वसूल करने की नियत हो? नहीं-नहीं, अगर ऐसा होता तो केतकी को क्यों छोड़ जाते? केतकी के सिवाय उसकी कई सखियाँ भी तो इस मकान में थीं उनको भी ले जाते! बेशक रम्भा और तारा के ले जाने का कोई खास मतलब है। हाय, रम्भा के सच्चे प्रेम ने तो मुझे और भी दु:ख में डाल दिया। उस बेचारी ने मेरे लिए कितनी तकलीफें उठाईं! बाप-माँ को छोड़ा, तनोबदन की सुध भुला दी, अपने देश और बाँधवों को लात मार मेरी खोज में चल खड़ी हुई! किसी तरह मुझ तक पहुँची भी तो हाय, किस्मत ने एक नया ही गुल खिलाया। आज उसकी मुसीबत का क्या कुछ ठिकाना होगा!!

इन्हीं बातों को सोच-सोचकर नरेन्द्रसिंह आँसू बहा रहे थे। थोड़ी-थोड़ी देर पर लम्बी साँसों से कलेजा ठंडा किया चाहते थे मगर क्या हो सकता था। ज्यों-ज्यों आसमान के तारे घसके जा रहे थे त्यों-त्यों इनके जिगर की चिनगारियों में भी चमक बढ़ती जा रही थी, यहाँ तक कि सुबह की नर्म ठंडी और खुशबूदार हवा चलने लगी। आफत के मारे बेचारे नरेन्द्रसिंह के सर पर से अब तारों ने भी अपना साया हटा लिया और गम की फौज का लाल झंडा पूरब तरफ के आसमान पर दिखाई देने लगा।

अभी सूर्य अच्छी तरह नहीं निकला था कि फिक्र के दरिया में गोते खाते हुए नरेन्द्रसिंह को किसी आने वाले के पैरों की आहट ने सहारा दिया। मुँह फेर कर देखा तो तीन साधुओं पर नजर पड़ी जिनमें एक की उम्र बहुत कम थी।

इस कम उम्र साधु ने दौड़कर नरेन्द्रसिंह के हाथ-पैर खोले और गले से लिपटकर रोने लगा। नरेन्द्रसिंह के आँसू भी न रुके क्योंकि खून ने जोश में आकर कह दिया कि यह तेरा छोटा भाई जगजीतसिंह है जो तेरी खोज में

न मालूम कब से और कहाँ-कहाँ घूम रहा है? थोड़ी देर में दोनों अलग हुए और बातचीत होने लगी—

जगजीत—भाई आपने तो एक दम ही हम लोगों से मुँह फेर लिया!

नरेन्द्र—क्या कहें, अफसोस बड़ी भूल हो गई!

जगजीत—खैर अब घर चलिए।

नरेन्द्र—अब हिम्मत और मर्दानगी के साथ-साथ किसी की सच्ची मुहब्बत ने मुझे इस लायक ही नहीं रक्खा कि घर जाऊँ। जब तक तुम मेरा हाल न सुन लो मेरे बारे में कुछ राय नहीं दे सकते।

जगजीत—मैं वहाँ तक आपका हाल सुन चुका हूँ जब बहादुरसिंह और दो औरतों को दरिया के किनारे छोड़ आप दूसरी नाव किराए करने चले गए थे। आगे का हाल मुझे कुछ नहीं मालूम।

नरेन्द्र—वह हाल तुमसे किसने कहा?

जगजीत—बहादुरसिंह ने।

नरेन्द्र—क्या बहादुर घर पहुँच गया? तो वे दोनों औरतें भी उसके साथ होंगी?

जगजीत—जी नहीं! वे दोनों औरतें और बहादुरसिंह डाकुओं की कैद में फँस गए थे। बहादुर तो निकल भागा मगर उन दोनों का हाल कुछ नहीं मालूम। अब आप घर चलें, किसी तरह उन दोनों का भी मैं पता लगाऊँगा।

नरेन्द्र—अगर सिर्फ उन्हीं दोनों औरतों का खयाल रहता तो मैं बेशक तुम्हारे साथ चला चलता, मगर मुझे तो उस सायत ने मार डाला जिस सायत में मैं रंज हो कर घर से निकल भागा था। मैं नहीं जानता था कि रम्भा पतिव्रता कहाने में एक ही होगी।

जगजीत—बेशक रम्भा ऐसी ही थी। आपके बारात से चले जाने के बाद उसके बाप ने दूसरे के साथ उसकी शादी करनी चाही मगर उसने मंजूर न किया और जबरदस्ती के खौफ से न मालूम कहाँ निकल भागी, अफसोस!

नरेन्द्र—यही तो रंज है! रम्भा मेरे लिए घर से निकल भागी और मुझसे मिली भी, मगर किस्मत को कोई क्या करे!

इसके बाद नरेन्द्रसिंह ने अपना कुल हाल जगजीतसिंह से कहा जिसे सुन उन्हें भी जोश चढ़ आया और वे बड़े गम्भीर भाव से बोले—

जगजीत—भाई, मैं जान गया कि बेचारी रम्भा पर जुल्म करने वाला कौन है। मुझे यह भी मालूम हो गया कि इस वक्त रम्भा कहाँ होगी। अब मैं आपको यह न कहूँगा कि घर चलिए और न मैं खुद ही घर जाऊँगा जब तक रम्भा को दुष्टों के हाथ से न छुड़ा लूँगा। क्या हमारी जिन्दगी रहते रम्भा को कोई दूसरा ले जाएगा? मैं उसी दिन अपने को मर्द और दुनिया में मुँह दिखाने लायक समझूँगा जिस दिन अपने घर में रम्भा को 'भाभी' कह के पुकारूँगा। अब आप उठिए और मेरे साथ चलिए, इस बारे में जो कुछ मैं जानता या समझता हूँ रास्ते में कहूँगा। आप यह न समझिये कि मैं सिर्फ (हाथ का इशारा करके) इन्हीं दोनों जयसिंह और हरीसिंह को साथ ले कर घर से निकला हूँ। मैं अपने पूरे बन्दोबस्त में हूँ और जो कुछ कर सकता हूँ या करूँगा वह आपसे कुछ छिपा न रहेगा।

अपने छोटे भाई की यह बात सुन नरेन्द्रसिंह को बहुत ढाढ़स हुई और वे फौरन उठ खड़े हुए।

इस केतकी के मकान के साथ अस्तबल भी था जिसमें अच्छे-अच्छे घोड़े मौजूद थे। नरेन्द्रसिंह, जगजीतसिंह, जयसिंह और हरीसिंह चारों आदमी घोड़ों पर सवार हुए और जगजीतसिंह की राय के मुताबिक तेजी के साथ एक तरफ रवाना हुए।

पन्द्रहवाँ बयान

पटने से पूरब सालिग्रामी नदी के उस पार किनारे ही पर हाजीपुर आबाद है। इस समय तो वह एक कस्बे की तरह मालूम होता है मगर हम जब का हाल लिख रहे हैं उस जमाने में यह एक छोटे से मगर खूबसूरत शहर की तरह रौनक पर था। इसी जगह गंडक के किनारे ही एक छोटा मगर संगीन और मजबूत किला भी था जिसमें वहाँ के राजा दौलतसिंह रहा करते थे। पहिले वे हाजीपुर के नामी जमींदारों में थे मगर अपनी चालाकी और बहादुरी से अब वहाँ के राजा बन बैठे थे। इन्हीं के लड़के प्रतापसिंह से नरेन्द्रसिंह के चले जाने के बाद रम्भा की शादी होने वाली थी, जिसके खौफ से वह बेचारी अपने चचेरे भाई अर्जुनसिंह और तारा को साथ ले घर से बाहर निकल गई थी।

इन सब बातों को जगजीतसिंह जानते थे, और इसीलिए उन्हें यकीन हो गया कि केतकी का मकान लूटकर रम्भा और तारा को ले जाने वाले बेशक राजा दौलतसिंह के ही आदमी होंगे। घोड़े पर सवार जाते-जाते रास्ते में जगजीतसिंह ने यह सब हाल मुख्तसर में नरेन्द्रसिंह से कहा और अपना खयाल जाहिर किया।

नरेन्द्र—तुम्हारा ख्याल बहुत ठीक है! मुझे भी विश्वास होता है कि यह काम सिवाय दौलतसिंह के दूसरे का नहीं, मगर ताज्जुब इस बात का है कि उसे पता कैसे लगा?

जगजीत—किसी तरह मालूम हो गया होगा, अपने जासूस चारों तरफ दौड़ा दिये होंगे! और फिर यह भी तो सोचिए कि सिवाय दौलतसिंह के इस तरफ ऐसा जबरदस्त दूसरा और कौन है?

नरेन्द्र—बेशक यह उसी का काम है।

जगजीत—इसीलिए हम लोग हाजीपुर की तरफ चल रहे हैं, अभी वे लोग बहुत दूर न गए होंगे।

चारों आदमी दोपहर तक बराबर घोड़ा फेंके चले गए। जब धूप बहुत तेज हुई कहीं ठहर कर सुस्ताने और घोड़ों को ठंडा करने का इरादा किया और चारों तरफ निगाह दौड़ा कर देखने लगे। सड़क के दाहिनी तरफ कुछ दूर पर आम की एक बारी थी जिसमें बहुत से फौजी आदमी उतरे हुए थे—कई घोड़ों पर चढ़े हुए इधर-उधर घूम फिर रहे थे। पेड़ों में से छन कर ऊपर की तरफ उठते हुए धुएँ से मालूम होता था कि वे सब रसोई बना रहे हैं। जगजीतसिंह ने कहा, "बेशक वे लोग इसी बारी में उतरे हुए हैं जिनकी खोज में हम लोग चले आ रहे हैं।"

नरेन्द्र—तुम तीनों आदमी साधुओं की सूरत बने हुए हई हो, एक आदमी घोड़ा छोड़कर चले जाओ और पता लगाओ।

जगजीत—(हरीसिंह की तरफ देखकर) घोड़ा इसी जगह छोड़ दो और जाकर देखो वे ही लोग हैं या दूसरे?

हरीसिंह—बहुत अच्छा।

सड़क के किनारे पीपल का एक पेड़ था। तीनों आदमी उसके नीचे खड़े हो गए। हरीसिंह ने अपना घोड़ा पेड़ के साथ बाँध दिया और बड़ा-सा चिमटा हाथ में हिलाते हुए उस बाड़ी की तरफ चले गए। थोड़ी ही देर बाद लौट आकर वे बोले, "हाँ वे ही लोग हैं और दो डोलियाँ भी उनके साथ हैं जिनके अन्दर से रोने की आवाज आ रही है।"

नरेन्द्र—(जयसिंह की तरफ देखकर) अब क्या इरादा है?

जयसिंह—बिना लड़े-भिड़े काम चलेगा नहीं और हम लोगों के पास

कोई हर्बा नहीं, तीन आदमियों के पास सिर्फ बड़े-बड़े चिमटे हैं जिन्हें साधुओं का भेष बनाने के लिए रख छोड़ा है, और आपके पास वह भी नहीं। केतकी के मकान में इन लुटेरों ने कोई हरबा छोड़ा ही नहीं जो साथ ले लेते, इसलिए अपना सामान दुरुस्त करने के लिए हमको एक दिन अर्थात् कल तक और सब्र करना चाहिए।

नरेन्द्र—कल तक क्या बन्दोबस्त कर सकोगे?

जगजीत—बन्दोबस्त होना कोई मुश्किल नहीं। हमने अपने बहुत से फौजी आदमियों को निशान बता कर चारों तरफ फैला दिया है जिनमें से थोड़े बहुत जरूर इकट्ठे हो सकते हैं।

नरेन्द्र—अगर ऐसा है तो फिर तरद्दुद ही क्या है?

जगजीत—जयसिंह, तुम बस घोड़ा दौड़ाये चले जाओ और अपने सिपाहियों को बटोर लाओ। वह टीला यहाँ से बहुत दूर भी तो न होगा जहाँ एक अड्डा हमने कायम किया है।

जयसिंह—तो भी आठ कोस से क्या कम होगा! इसी खयाल से मैंने कहा था कि कल तक सब्र करना चाहिए। अब आप एक काम कीजिए। मैं तो यह सब बन्दोबस्त करने जाता हूँ और आप तीनों आदमी लुके-छिपे इन लोगों के साथ-साथ चले जाइए। कल इन लोगों को पुनपुन नदी पार करनी होगी जो इनके रास्ते में पड़ेगी। आज-कल उस नदी में पानी ज्यादे है, बिना नाव के पार उतरना मुश्किल है, इसलिए ये लोग जरूर कल रात को यहाँ डेरा डालेंगे और सवेरा होने पर पार उतरेंगे! वहाँ सिर्फ एक ही नाव होगी, ये लोग जल्दी किसी तरह नहीं कर सकते।

जगजीत—बस ठीक है मैं समझ गया। तुम अपना बन्दोबस्त करके उसी जगह पहुँच जाओ हम तीनों आदमी धीरे-धीरे चलते हैं। (हरीसिंह की तरफ देखकर) क्यों हरीसिंह, वे लोग कितने आदमी होंगे जिन्हें अभी तुम देख आए हो?

हरीसिंह—चार-पाँच सौ के करीब होंगे।

नरेन्द्र—जयसिंह, अगर तुम्हें पचास आदमी भी मिलें तो तुम लेकर चले

आओ! देख लेना हम लोगों की एक-एक तलवार दस-दस का सिर काट के दम लेगी।

जयसिंह—इसमें क्या शक है!

जगजीत—खैर जो भी मिलें ले आओ, यों तो हमारे और भी बहुत से आदमी फैले हुए हैं पर वक्त पर जो मिल जाए वही ठीक है।

जयसिंह—अच्छा तो मैं जाता हूँ।

जगजीत—जाओ।

सोलहवाँ बयान

पुनपुन* नदी के किनारे ही मैदान में यह लश्कर पड़ा हुआ है, जिस पर नरेन्द्रसिंह और जगजीतसिंह आज छापा मारने वाले हैं। इस लश्कर को यहाँ पहुँचे अभी घंटा भर नहीं हुआ है इसलिए रात की पहिली अँधेरी छा जाने पर भी लश्करी आदमी निश्चिन्त नहीं हैं। सभी को खाने-पीने की फिक्र पड़ी है, कोई जमीन खोदकर चूल्हा बना रहा है, कोई इधर-उधर से सूखी-सूखी लकड़ियाँ बटोर रहा है, थोड़े आदमी जलावन की फिक्र में गाँव की तरफ चले जा रहे हैं, कुछ आदमी बनिये की खोज में दौड़ रहे हैं। इस जगह सिर्फ एक ठीकेदार मल्लाह की मड़ई पड़ी हुई है, बनियों की कोई दुकान नहीं, हलवाई का नाम-निशान नहीं, खाने-पीने की कोई चीज मिल नहीं सकती, नदी के पार कुछ दूर पर गाँव है उसी गाँव में खाने-पीने का सामान मिलेगा इसलिए सभों को उस पार जाने की जल्दी पड़ी है। बरसात का मौसम होने के कारण इस बरसाती नदी में पानी भी खूब आया हुआ है मगर सिवाय एक छोटी सी नाव के पार उतरने का कोई सहारा नहीं है इसलिए घाट पर एक मेला सा लगा हुआ है और कूद-कूद कर लोग नाव पर पहिले चढ़ने के लिए उतावले हो रहे हैं।

पाँच सौ आदमियों की भीड़ कुछ कम नहीं होती! इतने आदमियों के खाने-पीने का सामान गाँव के दो एक बनियों से पूरा होना बहुत मुश्किल है

---

* पुनपुन बाँकीपुर से चार कोस दक्खिन गयाजी के रास्ते पर की एक छोटी नदी है।

इसलिए गाँव में हर तरफ हुज्जत हो रही है। जमींदार और किसानों के मकान पर लोग धूम मचा रहे हैं। "आटा हो आटा ही दे दो, चावल हो चावल ही दे दो, चना हो चना ही दे दो, जो चाहे दाम ले लो मगर दो, नहीं दोगे तो हम जबरदस्ती लूट लेंगे!" ऐसी-ऐसी बातों को सुन-सुनकर जमींदार ठाकुर लोग भी बदहवास हो रहे हैं। जिससे जो बनता है देता है और हाथ जोड़ता है मगर कोलाहल किसी तरह कम नहीं होता।

दो घंटे रात जाते-जाते तक इन पाँच सौ आदमियों में से अपनी-अपनी फिक्र में लगभग चार सौ आदमियों के पार उतर गए और आसपास के गाँवों में फैल गए और सिर्फ एक सौ आदमी उन डोलियों को घेरे रह गए जिनमें बेचारी रम्भा और तारा अपने दुःख की घड़ियाँ गिन रही थीं। इन लोगों के खाने-पीने का सामान इनके सँगी-साथी ले आवेंगे, डोली की हिफाजत कम न होने पावे इसीलिए जरूरी समझ कर ये सौ आदमी छोड़ दिये गए हैं, पर इस हुल्लड़ में यह कुछ भी। मालूम नहीं होता कि इन पाँच सौ आदमियों का सरदार कौन है।

क्या नरेन्द्रसिंह और जगजीतसिंह इस सोच में थे कि इन पाँच सौ आदमियों में से अपनी-अपनी फिक्र में बहुत से इधर-उधर टल जाएँ तो एकाएक बचे हुए सिपाहियों पर छापा मारें? बेशक वे इसी फिक्र में थे। वह देखिए चालीस सवारों को साथ लिए दोनों भाई दक्खिन तरफ से घोड़े फेंके चले आ रहे हैं, जिन्होंने बात की बात में डोली के पास पहुँचकर तलवारों को खून चटाना शुरू कर दिया।

बेसरोसामान निश्चिन्त बैठे हुए सौ आदमी ऐसी हालत में भला क्या कर सकते थे? आधी घड़ी में आधे से ज्यादे मारे गए और बाकी बचे हुओं को सिवाय भागने के दूसरी बात न सूझी। देखते-देखते मैदान साफ हो गया और सिर्फ वे दोनों डोलियाँ रह गईं जिनके लिए इतना खून-खराबा मचाया गया था। डोलियों में से दोनों औरतें बाहर निकाल ली गईं, एक को नरेन्द्रसिंह ने अपने घोड़े पर और दूसरी को जगजीत ने अपने घोड़े पर बैठा लिया तथा जिधर से आए थे उधर ही को जाते हुए दिखाई देने लगे।

हमें इससे कोई मतलब नहीं कि इस खून-खराबे के बाद उन लोगों की क्या दशा हुई और उन चार सौ फैले हुए आदमियों ने बटुर कर क्या किया किस धुन में लगे? हमें तो इस समय रम्भा और तारा ही का हाल लिखने में मजा आ रहा है, मगर अफसोस, कुछ दूर निकल जाने पर नरेन्द्रसिंह को मालूम हुआ कि इन दो औरतों में रम्भा नहीं है, एक तो तारा है और दूसरी गुलाब।

मगर हैं! यह गुलाब कहाँ से आ पहुँची! और रम्भा कहाँ चली गई?

सत्रहवाँ बयान

अब हम अपने पाठकों को एक घने जंगल में ले चलकर पत्तों की झोपड़ी में फटे कपड़े पहिरे और तमाम अंग में भस्म लगाए जलती हुई धूनी के पास उदास सर झुकाए बैठी हुई एक योगिनी से मुलाकात कराते हैं। चाहे इसकी अवस्था कैसी ही खराब क्यों न हो मगर फिर भी इसकी जवानी खूबसूरती और अंगों की सुडौली देखने वालों के दिल पर कुछ ऐसा असर करती है कि बिना घंटों तक देखें जी नहीं मानता। योगिनी कहते कलेजा काँपता है, और सूरत देखते ही जी बेचैन होकर इस सोच में डूब जाता है कि दुनिया से हाथ धो इस अवस्था में पहुँचकर भी यह अपनी आँखों से आँसुओं की धारा क्यों बहा रही है।

आसमान गहरे बादलों से घिरा हुआ है, पानी अच्छी तरह बरस रहा है, पछमा हवा के झपेटों ने पेड़ पत्तों से बगावत मचा रक्खी है और उन्हीं के कारण यह झोंपड़ी भी जड़ बुनियाद से उखड़ कर किसी दूसरी ही जगह जा पड़ने को तैयार है। यह मालूम ही नहीं होता कि सुबह है या शाम। झोंपड़ी के अन्दर बैठी सर्दी के मारे आग सेंकती हुई उस बेचारी योगिनी के लिए यह समय और भी दु:खदायी हो रहा है। रह-रहकर ऊँची साँस लेती और कभी-कभी फूट-फूटकर रो देती है, मगर किसी तरह भी उसके जी की बेचैनी कम नहीं होती।

अचानक इसी समय किसी मुसाफिर ने झुककर झोंपड़ी के अन्दर झाँका जिसकी सूरत से साफ मालूम होता था कि इस आँधी-पानी से दुःखी होकर यह कोई आड़ की जगह ढूँढ़ रहा है।

योगिनी—कौन है? चले आओ कोई हर्ज नहीं, क्यों पानी में जान दे रहे हो, यह तो उस गरीबिन की कुटी है जो दिन-रात दूसरों के ही हित का ध्यान रखती है।

मुसाफिर—हाँ माई आता हूँ, आपकी कृपा से जान बच जाएगी नहीं तो इस तूफान ने तो बस मार ही डाला है।

मुसाफिर झोंपड़ी में आकर बैठ गया बल्कि दो चार दम लेकर बदहवास की तरह आग के पास लेट गया, मगर वह योगिनी इस तरह उसकी तरफ देखने लगी जैसे उसे पहिचानती हो। इस मुसाफिर के कपड़ों पर कई जगह खून के दाग थे और चेहरे पर के दो-चार निशान यह भी कहे देते थे कि आज ही कल में इसने कहीं तलवार की चोट खाई है। घंटे भर बाद उसका जी ठिकाने हुआ और वह उठ बैठा। योगिनी ने उससे बातचीत शुरू कर दी।

योगिनी—क्या किसी डाकू का मुकाबला हो गया था! ये जख्म कैसे लगे?

मुसाफिर—जी, एक बहादुर के हाथ से मेरी तरह कई सिपाही जख्मी हुए।

योगिनी—वह कौन बहादुर था?

मुसाफिर—नरेन्द्रसिंह।

नरेन्द्रसिंह का नाम सुन योगिनी ने एक लम्बी साँस ली और सिर नीचा कर लिया। थोड़ी देर बाद कुछ सोचकर उसने पूछा—

"तुम लोगों को नरेन्द्रसिंह से लड़ने की क्या जरूरत आ पड़ी?"

मुसाफिर—हम लोगों को उनसे लड़ने की कोई जरूरत न थी, मालिक ने उन्हें गिरफ्तार करने का हुक्म दिया था, इसी से उनसे लड़ना पड़ा। मगर वह बहादुर यकायक क्यों हाथ आने वाला था!!

योगिनी—तुम तो केतकी के नौकर हो न?

मुसाफिर—(चौंक कर) जी हाँ, लेकिन आप केतकी को क्योंकर पहिचानती हैं?

योगिनी—मैं कई दफे घूमती-फिरती ऐशमहल* तक पहुँच चुकी हूँ। मुझे खूब याद है कि वहाँ तुम्हें पहरा देते देखा था।

मुसाफिर—(गौर से कुछ देर तक योगिनी की सूरत देखकर और पैरों पर गिरकर) वाह वाह, क्या खूब, क्या मैं ऐसा अन्धा हूँ कि इतने पर भी अपने मालिक को न पहिचान सकूँगा? बेशक आपका नाम मोहिनी है! लेकिन इतने दिनों तक आप कहाँ थीं? केतकी ने तो हौरा उड़ा दिया था कि रात के समय मोहिनी और गुलाब चुपचाप न मालूम कहाँ निकल भागी!

मोहिनी—केतकी तो मेरी जान की दुश्मन हो चुकी थी और मुझे मार डालने में भी उसने कोई कसर न छोड़ी थी मगर उसी बेचारे नरेन्द्रसिंह की बदौलत मेरी जान बची जिसके हाथ से तुम जख्मी हुए हो। खैर अपना खुलासा हाल में फिर किसी समय कहूँगी, इस समय तो तुम यह बताओ कि नरेन्द्रसिंह केतकी के मकान पर कैसे पहुँचे और केतकी को उनसे दुश्मनी क्यों पैदा हुई। जैसी वह कुचाल है उस हिसाब से तो बल्कि उसे खुश होना चाहिए था, फिर ऐसी नौबत क्यों आ पहुँची?

मुसाफिर—आपका कहना ठीक है, मगर...

मोहिनी—देखो लालसिंह हमारे यहाँ तुम सब सिपाहियों के जमादार और अफसर थे, हमारे पिता तुम्हें कितना मानते थे इसे तुम भूल न गए होगे। तुम खूब जानते हो कि केतकी कितनी खराब औरत है, बाप का नाम उसने मिट्टी में मिला दिया और मुझको तथा गुलाब को अपने हिसाब से मार ही डाला। मुझको अब उसकी कुछ भी मुहब्बत नहीं है। बल्कि जहाँ तक मैं समझती हूँ तुम भी उसे बुरा ही समझते होगे।

लालसिंह—बेशक मैं उसे बहुत बुरा समझता हूँ, मुझे नर्क में रहना कबूल है मगर उसके साथ रहना मंजूर नहीं।

मोहिनी—ठीक है, तब मैं यह भी उम्मीद करती हूँ कि तुमको उसका जो कुछ हाल मालूम है साफ कह दोगे और मैं जो उस हरामजादी से अपना

---

* 'ऐशमहल' उसी आलीशान मकान का नाम था जिसमें नरेन्द्रसिंह और केतकी की मुलाकात हुई थी या जहाँ रम्भा और तारा उनसे मिली थीं।

बदला लिया चाहती हूँ उसमें मेरा साथ ही नहीं दोगे बल्कि मेरी मदद करोगे।

लालसिंह—मैं हर हालत में आपका साथ दूँगा और जो कुछ हाल केतकी का मुझे मालूम है कुछ भी न छिपाऊँगा।

मोहिनी—अच्छा तो फिर कहो कि नरेन्द्रसिंह और केतकी में तकरार होने की नौबत क्यों आ गई?

लालसिंह—नरेन्द्रसिंह तुमको खोजते हुए अकस्मात् ऐशमहल तक जा पहुँचे और केतकी को देख उन्हें धोखा हुआ कि यह मोहिनी है, शायद तकलीफ के सबब से उसकी सूरत इतनी बदल गई है। उस समय केतकी मैदान में टहल रही थी, नरेन्द्रसिंह बेधड़क उसके पास चले गए और 'मोहिनी' कहकर पुकारा।

मोहिनी—केतकी के तो मन की भई होगी।

लालसिंह—जी हाँ, बातचीत होने पर उसने भी अपने को मोहिनी ही बतलाया और जाल फैलाने में कोई बात उठा न रक्खी।

मोहिनी—फिर क्या हुआ?

लालसिंह—इस बात के कुछ ही दिन पहिले घूमती फिरती दो कमसिन और खूबसूरत औरतें भी वहाँ आ पहुँची थीं जिनको केतकी ने अपनी सखियों में भरती कर लिया था।

मोहिनी—वे कौन थीं?

लालसिंह—सुनिए मैं सब हाल कहता हूँ। वे दोनों औरतें नरेन्द्रसिंह की खूब खिदमत करने लगीं। केतकी का और तुम्हारा हाल हम लोगों से मिल-जुल कर उन दोनों ने अच्छी तरह मालूम कर लिया था।

मोहिनी—तब तो उन्होंने जरूर नरेन्द्रसिंह को भड़काया होगा?

लालसिंह—हाँ ऐसा ही हुआ। उन दोनों ने जिनका नाम श्यामा और भामा था, केतकी का आपका और साथ ही अपना हाल ठीक-ठीक नरेन्द्रसिंह को कह सुनाया, जिसे केतकी ने छिपकर अच्छी तरह सुन लिया बल्कि धीरे-धीरे हमलोगों को भी मालूम हो गया।

मोहिनी—तभी केतकी बिगड़ी!

लालसिंह—जी हाँ, मगर एक बात और भी हुई।

मोहिनी—वह क्या!

लालसिंह—आपको यह तो मालूम ही होगा कि नरेन्द्रसिंह अपने घर से क्यों निकल भागे थे?

मोहिनी—बिलकुल नहीं। उनसे बातचीत करने की तो नौबत भी नहीं आई और हमलोग अलग हो गए।

लालसिंह—मैं नरेन्द्रसिंह को पहिले से पहिचानता था और थोड़ा बहुत उनका हाल भी जानता था क्योंकि तुम्हारे बाप की जिन्दगी में कई दफे उनके घर जाने की नौबत पहुँची थी, मगर केतकी के खौफ से कुछ बोल न सकता था।

मोहिनी—तब तो और भी खुलासा हाल मुझे मालूम होगा।

लालसिंह—सुनिये मैं सब कहता हूँ। नरेन्द्रसिंह बिहार के राजा उदयसिंह के लड़के हैं। उनकी शादी पटने के नामी जमींदार गुलाबसिंह की लड़की रम्भा से पक्की हुई, मगर नरेन्द्रसिंह कहते थे कि मैं जन्म भर शादी न करूँगा। खैर, उन्होंने चाहे जो कुछ भी कहा-सुना हो पर उनके बाप ने उनकी एक न सुनी और शादी ठीक हो गई। तिलक चढ़ गया और बारात दरवाजे पर जा पहुँची, उस समय नरेन्द्रसिंह को मौका मिला और वे घोड़ा भगा किसी तरफ को निकल गए।

मोहिनी—वाह वाह! अच्छा तब?

लालसिंह—आखिर रोते-कलपते सब लोग लौट आए। उसके बाद गुलाबसिंह ने दूसरी जगह रम्भा की शादी ठीक की, मगर यह बात रम्भा को मंजूर न हुई। लोगों ने बहुत कुछ समझाया-बुझाया और यहाँ तक कहा कि नरेन्द्रसिंह लंगड़े हैं, बदसूरत हैं, दूसरी शादी कर लेने में कोई हर्ज नहीं, मगर उसने एक न मानी। बोली, "अंधे, लंगड़े-लूले चाहे जैसे भी हों मगर मेरे पति तो हो चुके।"

मोहिनी—शाबाश, खूब किया!!

लालसिंह—रम्भा ने जब देखा कि अब उसके साथ जबरदस्ती की जाएगी तो अपनी सखी तारा को साथ ले घर से निकल भागी।

मोहिनी—वाह रे हौसला! धर्म का ध्यान इसे कहते हैं! मगर...खैर आगे कहो?

लालसिंह—घूमती-फिरती वे दोनों केतकी के यहाँ जा पहुँचीं, उन्होंने अपना नाम श्यामा और भामा बतलाया, और मौका पाकर उन्होंने नरेन्द्रसिंह से सब हाल कहा!

मोहिनी—(रंग बदल कर) गजब हो गया, तब कोई आशा रखना नादानी है! खैर तब?

लालसिंह—केतकी ने जब देखा कि उसका पर्दा खुल गया बस बिगड़ बैठी। नरेन्द्रसिंह, रम्भा और तारा को पकड़ने का हुक्म दिया, मगर नरेन्द्रसिंह यकायक क्यों हाथ आने लगे थे! हम लोगों को जख्मी होना पड़ा। अन्त में धोखा देकर पीछे से उन पर वार किया गया तब गिरे।

मोहिनी—(चौंक कर) क्या मर गए?

लालसिंह—नहीं-नहीं, दो ही रोज में सम्हल गए, मगर कैद में डाल दिये गए। इसके कई दिन बाद न मालूम कहाँ के चार-पाँच सौ आदमी ऐशमहल पर चढ़ आए और अच्छी तरह उस घर को लूटा, बल्कि जाते समय रम्भा और तारा को भी पकड़कर लेते गए। यह हाल देख हमलोगों ने भी केतकी का साथ छोड़ दिया और वह नरेन्द्रसिंह को हाथ-पैर बँधा उसी मकान में छोड़ सखियों को साथ ले डरती-काँपती गयाजी की तरफ भाग गई।

यह सब हाल सुन थोड़ी देर तक मोहनी चुप रही और बड़े सोच में डूब गई। उसका रंग दम-दम में बदलता रहा, मगर धीरे-धीरे गुस्से की निशानी उसके चेहरे पर आने लगी बल्कि थोड़ी देर में उसका तमाम बदन क्रोध से काँपने लगा।

पानी बरसना बन्द हो गया था और हवा ठहर गई थी। मोहिनी ने लालसिंह से कहा, "मुझे प्यास लगी है, पीने के लिए साफ पानी कहीं से लाओ।" लालसिंह के पास लोटा-डोरी मौजूद थी, वह पानी लाने के लिए कुटी के बाहर हो एक तरफ को रवाना हुआ।

जब मोहिनी अकेली रह गई तब आप ही आप सोचने और धीरे-धीरे

बुदबुदाने लगी—"बेशक रम्भा ने बड़ा काम किया! इतना जान कर भी बहादुर नरेन्द्रसिंह उसे किसी तरह नहीं छोड़ सकते हैं, अगर छोड़ें तो उनसे बढ़कर बेमुरौवत कोई भी नहीं! मगर मैं अब किसका पल्ला पकड़ूँ? क्या मैं नरेन्द्रसिंह को जी से भुला दूँ? नहीं-नहीं, यह तो मुझसे कभी न होगा। तो क्या रम्भा की सवत बन कर रहूँ? कभी नहीं, मुझसे सवत का मुँह न देखा जाएगा! और इसमें भी शक नहीं कि नरेन्द्रसिंह रम्भा से जरूर शादी करेंगे। तब फिर मेरी क्या दशा होगी? सिवाय मरने के दूसरी बात नहीं सूझती! मगर वाह, मरने क्यों लगी। अभी तो मुझे केतकी से बदला लेना है! तो फिर...लगे हाथ रम्भा की भी सफाई क्यों न कर डालूँ? बेशक ऐसा ही करूँगी, अब तो वह मेरी सवत हो चुकी, न मुझसे सवत के साथ रहा जाएगा और न नरेन्द्रसिंह का ध्यान भूलेगा, तब जरूरी है कि मैं अपनी आदत बदल दूँ! हाँ-हाँ, मैं ऐसा ही करूँगी! अपना काम साधते समय कहीं मेरा कोमल कलेजा दहल न जाए, इसका बन्दोबस्त भी पहिले ही से कर डालना चाहिए। बन्दोबस्त क्या? बस यही कि जो कुछ करना है उसके लिए कसम खा लूँ। (आग की तरफ हाथ उठाकर) हे अग्निदेवता! तुम साक्षी रहना, मैं कसम खाती हूँ कि आज से अपनी आदत बदल दूँगी, अच्छी से बुरी हो जाऊँगी, नेक से बद बनूँगी, औरत से मर्द बनने की कोशिश करूँगी, सूधापन बिलकुल छोड़ दूँगी, अपने मोम ऐसे दिल को पत्थर बना डालूँगी, एक चिउँटी को तकलीफ देते जी हिचकता था पर अब खूबसूरत आदमी का सर काटते न हिचकूँगी, चाहे वह मर्द हो या औरत। जितनी मैं नेक थी उतनी ही बद बनूँगी, जो काम न कर सकती थी उसे बेधड़क करूँगी, कुल-धर्म-मर्यादा को एकदम तिलांजुली दे दूँगी, मगर जाहिर में अपनी हालत न बदलूँगी। देखने में सूधी, नेक और धर्मात्मा ही बनी रहूँगी, पर अन्दर से जहरीली और गुस्सेवर नागिन की तरह रहूँगी। चाहे जो हो पर अपना काम साधने में कुछ भी न उठा रक्खूँगी, हाँ मैं ऐसी तभी तक बनी रहूँगी, जब तक केतकी और रम्भा का नाम-निशान इस दुनिया से न उठा डालूँगी, अगर रम्भा के मरने पर नरेन्द्रसिंह की हालत मेरे लायक न रहेगी तो उन्हें भी बैकुण्ठ पहुँचाऊँगी और उस समय नेक और पतिव्रता बन उनके साथ सती हो जाऊँगी।

ऐसी कसम खाते-खाते मोहनी के रोंगटे खड़े हो गए, बदन का रंग सुर्ख हो गया, गुस्से से थर-थर काँपने लगी। बहुत कोशिश से अपने को संभाला और कुटी के बाहर निकल कर लालसिंह की राह देखने लगी।

थोड़ी ही देर में लालसिंह भी आ पहुँचा, मोहनी ने पानी पी कर मुँह-हाथ धोया और कुछ ठहर कर फिर लालसिंह से बातचीत करने लगी—

मोहनी—हाँ लालसिंह, तो तुम सच कहते हो कि मेरा साथ दोगे?

लालसिंह—जी जान से मैं आपकी खिदमत करने को तैयार हूँ। आपको मैंने गोद में खिलाया है, आपकी नेकचलनी मेरे दिल में बैठी हुई है, ऐसी मालिक भला मैं कहाँ पाऊँगा?

मोहिनी—अच्छा तो फिर एक काम करो। इस समय ऐशमहल जरूर सुनसान पड़ा होगा, मैं उसी में चलकर डेरा डालती हूँ। तुम मुझे वहाँ पहुँचा कर उन सब आदमियों को बटोर लाओ जो हमारे पुराने नौकर हैं और जिन्हें केतकी ने निकाल दिया है। इसके बाद मैं केतकी से समझ लूँगी। यह न समझना कि मेरे पास दौलत नहीं है, इस हालत में भी एक बड़े खजाने की मालिक हूँ जिसका हाल किसी को भी मालूम नहीं है।

लालसिंह—आप इस बात का तरद्दुद न करें, मैं अपने पास से खाकर वर्षों तक आपकी खिदमत कर सकता हूँ, बस आप यहाँ से चलें।

मोहिनी—चलो मैं तैयार हूँ।

अट्ठारहवाँ बयान

कई दिनों के बाद आज ऐशमहल को हम फिर रौनक पर देखते हैं। पहिले की तरह कई सिपाही पहरे पर मुस्तैद हैं, बाग भी रौनक पर है, और दस-बीस लौंडियाँ भी इधर-उधर घूम रही हैं।

मकान के अन्दर कमरे में मसनद के ऊपर मोहिनी बैठी कुछ सोच रही है। कोई दूसरी औरत उसके पास नहीं है। शाम हो गई, लौंडियों ने रोशनी का इन्तजाम किया, और हुक्म पाकर फिर इधर-उधर फैल गईं मगर न जाने क्या-क्या सोचती हुई मोहिनी फिर भी अकेली ही बैठी रह गई।

यकायक ही वह उठी और यह कहती हुई नीचे उतर आई कि 'आज जरूर उस खजाने को देखूँगी जो मेरी माँ खास मेरे वास्ते छोड़ गई है!'

नीचे उतर कर मोहिनी ने कुल दरवाजे अन्दर से बन्द कर लिए जिसमें कोई आकर यह न देख ले कि वह क्या कर रही है। इसके बाद वह एक छोटे कमरे में पहुँची जो अच्छी तरह सजा हुआ था और जहाँ रोशनी खूब हो रही थी। उत्तर तरफ दीवार में पाँच आलमारियाँ बनी हुई थीं, उसने पिछली आलमारी खोली जिसमें दस-पाँच तलवार, खंजर और कटार आदि रक्खे हुए थे। एक कटार उठा लिया और दक्खिन पूरब के कोने में पहुँची। फर्श उठाकर कटार से जमीन खोदना शुरू किया। जब लगभग दो हाथ के बराबर जमीन खुद चुकी एक छोटी सी डिबिया हाथ में आई जिसे देखते ही खुशी के मारे उछल पड़ी और बोली, 'शुक्र है कि मेरी दौलत अभी तक ज्यों की त्यों रक्खी

है, किसी ने हाथ भी नहीं लगाया।' मोहिनी ने डिबिया ले ली और गड़हे में मिट्टी भर जमीन बराबर कर ऊपर से फर्श जैसा था उसी तरह बिछा दिया। इस काम से छुट्टी पाकर उसने चारों तरफ के दरवाजे खोल दिये और ऊपर के कमरे में चली आई जहाँ वह पहिले बैठी हुई थी। गद्दी पर बैठ शमादान के सामने डिब्बी खोली जिसमें सोने की एक अंगुल की एक विचित्र चाभी रक्खी हुई थी। मोहिनी ने चाभी निकालकर चूम ली और धीरे से बोली, 'आज आधी रात को मैं अपनी जमा पूँजी अच्छी तरह सहेज लूँगी! थोड़ी देर बाद मोहिनी ने भोजन किया और निश्चिन्त होकर सो रही मगर लौंडियों को हुक्म दे दिया कि आज इस मकान में मैं अकेली ही सोऊँगी, मकान के बाहर बहुत सी कोठरियाँ और दालान हैं, तुम लोग उसी में जाकर आराम करो।

आधी रात का सन्नाटा होने पर मोहिनी उठी और नीचे उतर कर फिर उसी कमरे में पहुँची जिसमें जमीन खोद कर डिब्बी निकाली थी। चारों तरफ का दरवाजा बन्द करने के बाद उसने पुनः वही आलमारी खोली जिसमें से जमीन खोदने के लिए कटार निकाला था।

यह आलमारी खूब लम्बी-चौड़ी थी, यहाँ तक कि इसके अन्दर दो आदमी बखूबी खड़े हो सकते थे। मोहनी ने धीरे-धीरे उस आलमारी को खाली किया जिसमें असबाब रखने के लिए तीन दर्जे बने हुए थे। नीचे वाले दर्जे की जमीन भी लकड़ी की और ऐसी साफ बनी हुई थी कि यह गुमान भी नहीं हो सकता था कि यह नीचे से पोली होगी। इस लकड़ी पर पीतल के बहुत से फूल-बूटे पच्चीकारी के काम के बने हुए थे जिनमें चारों तरफ चार कमल के फूल बने हुए थे। इनमें से एक फूल को मोहनी ने अँगूठे से दबाया, साथ ही एक पीतल का टुकड़ा ऊँचा हो गया और उसके नीचे ताला लगाने की जगह दिखाई देने लगी। उसने वही ताली लगाकर घुमाया। वह लकड़ी का तख्ता कुछ ऊपर उठ आया जिसे मोहिनी ने निकाल कर अलग कर दिया। अब नीचे एक तहखाना नजर आया जिसमें उतरने के लिए सीढ़ियाँ बनी हुई थीं। हाथ में लालटेन लिए हुए मोहिनी आलमारी में घुस गई और उसी जीने की राह नीचे उतर गई।

नीचे बीस हाथ लम्बी और इतनी ही चौड़ी एक कोठरी नजर आई जिसके अन्दर वह पहुँची। यहाँ बीचोंबीच में चाँदी का एक पलंग था जिस पर दुशाला ओढ़े कोई आदमी सोया हुआ मालूम पड़ा। चारों तरफ बड़े-बड़े चाँदी के देग सरपोश से ढके हुए नजर आ रहे।

मोहिनी ने पहिले उन बड़े-बड़े देगों को एक-एक करके सरपोश (ढक्कन) उठाकर देखा। अशर्फियों से भरा पाया। इसके बाद पलंग के पास आई और उस सोये हुए आदमी को देखने के लिए उसके बदन पर से दुशाला हटाया।

यह एक लाश थी जिसके बदन पर चमड़े और गोश्त का नाम-निशान न था, सिर्फ हड्डी का ढाँचा सिर से पैर तक दुरुस्त रक्खा हुआ था।

इसे देख मोहिनी घंटों तक खड़ी रोती रही। आखिर उसी तरह दुशाले से उसे ढाँप दिया और एक देग में से थोड़ी सी अशर्फियाँ ले उस तहखाने में से बाहर निकल आई। आलमारी वगैरह को जैसा पहले था उसी तरह दुरुस्त कर दिया और ऊपर चली गई।

उन्नीसवाँ बयान

आज हाजीपुर में खूब धूमधाम मची हुई है। जगह-जगह बाजे बज रहे हैं। हर एक आदमी खुश और हँसता हुआ दिखाई दे रहा है। बाजारों में दुकानदारों ने दुकानें सज-सजा कर दुरुस्त कर रक्खी हैं। राजकर्मचारी चारों तरफ दौड़ते हुए दिखाई पड़ रहे हैं। इन्हीं में अगल-बगल निगाह दौड़ाते सुर्ख पोशाक पहिरे बगल में झोला लटकाये और साथ में भंग घोंटने का डंडा लिए हमारे रंगीले जवान बहादुरसिंह भी धीरे-धीरे मस्तानी चाल से चलते दिखाई पड़ रहे हैं। हाजीपुर की धूमधाम देख ये ताज्जुब कर रहे हैं और इनकी अनोखी चाल और सूरत देख बाजारी लोग भी मुस्कुरा रहे हैं। बहादुरसिंह दुकानों की सैर करते हुए एक दफे पूरब से पश्चिम जाते हैं और फिर पश्चिम से पूरब लौटते हैं।

शामत की मार कोई भला आदमी इनसे पूछ बैठा कि—'क्यों साहब, आप किसे ढूँढ़ रहे हैं! बस इतना पूछना था कि आप झुँझला उठे और बोले, "वाह, इसी अकिल पर दुकानदारी करते हो और कहते हो कि हम आदमी हैं! मेरी सूरत से भी नहीं पहिचानते कि मैं घूम-घूम कर बाजार देख रहा हूँ या किसी को ढूँढ़ रहा हूँ! विजया देवी ने दोनों आँखें दे रक्खी हैं, बस शेखी में ऐंठे जा रहे हैं! मेरी तरह से एक आँख जर्राह ने चबाई होती तो दुनिया की कदर जानते और समझते कि इस बेचारे के पास एक ही आँख की तो

पूँजी ठहरी, एक दफे इधर से उधर जाता है तो एक ही तरफ की दुकानें दीख पड़ती हैं, दूसरी तरफ की दुकानों पर नजर डालने के लिए लाचार बेचारे को फिर लौटना पड़ता है। वाह-वाह-वाह! क्या इस शहर में ऐसे-ऐसे ही बुद्धिमान बसते हैं!!! मगर क्यों न बसें! इतनी दूर घूमे अभी तक भंग की दुकान एक भी नजर न आई, हमारे मुल्क में अब तक एक हजार एक सौ एक दुकान भंग दिखाई दे गई होतीं!

बहादुरसिंह की बातें ऐसी न थीं कि कोई रंज होता। इधर-उधर के कई आदमी इनकी बात सुन हँस पड़े और एक खुशदिल बजाज खुश हो अपनी दुकान से उतर इनके पास आकर बोला, "आइए-आइए, आप मेरी दुकान पर बैठिए, बड़े भागों से आप ऐसे सत्पुरुषों के दर्शन होते हैं!

बहादुर—बस रहने दीजिए, मैं ऐसे आदमी के पास नहीं बैठता जो भंग न पीता हो।

बजाज—यह आप भला कैसे जानते हैं कि मैं भंग नहीं पीता? अजी मैं तो इतनी भंग पीता हूँ कि आप भी न पीते होंगे। दुनिया में भंग से बढ़ कर भी भला कोई चीज है?

बस इतना सुनते ही बहादुरसिंह खुश हो गए और उसकी दुकान पर जा डटे।

बजाज—लें अब हुक्म कीजिए तो मैं भंग बनाऊँ?

बहादुर—नहीं नहीं, इस समय तो मैं सिद्धी पी चुका हूँ, अब संध्या को दोहरैया छनेगी। कमर से एक रुपया निकाल और बजाज की तरफ फेंक कर, एक रुपये का गुलाबजामुन मँगवाइए तो मैं खाऊँ, बड़े जोर की भूख लगी है।

बजाज—अजी इस रुपये को रहने दीजिए, मैं आपके लिए अभी खाने को मँगवाता हूँ।

बहादुर—(दोनों हाथ हिलाकर) नहीं-नहीं, ऐसा कीजिएगा तो मैं भाग जाऊँगा, आपको भंग ही की भारी कसम है जो इस बारे में फिर बोलिए, बस इसी रुपये का मँगवाइए!

बजाज—अच्छा-अच्छा, आप इतनी बड़ी कसम न दीजिए मैं इसी रुपये

का मँगाता हूँ बल्कि खुद जाकर लाता हूँ। हाँ यह तो कहिए कि एक रुपये का मँगा कर क्या कीजिएगा?

बहादुर—(चमक कर) अजी तो क्या एक रुपये का मन दो मन मिल जाएगा! हम और तुम दो आदमी खाने वाले भी तो हैं!

बजाज—नहीं मैं न खाऊँगा, अभी रसोई जेंम चुका हूँ, एक रुपये का पाँच सेर गुलाबजामुन मिलेगा।

बहादुर—(ताज्जुब से) बस! कुल पाँच सेर! यहाँ बड़ा महँगा सौदा मिलता है!! खैर आप न खाइए मैं ही कुछ जलपान करके रह जाऊँगा, पाँच सेर से होता ही क्या है?

बहादुरसिंह की यह बात सुनकर बजाज हैरान हो गया कि यह बित्ते भर का आदमी कहता है कि पाँच सेर से होता ही क्या है! खैर लाओ तो सही देखें क्योंकर खाता है। बजाज जरा खुशदिल और दिल्लगीबाज था। अपने नौकर को हलवाई की दुकान पर भेजा। वह दौड़ा हुआ गया और पाँच सेर गुलाबजामुन एक छितनी में लाकर बहादुरसिंह के सामने रखता हुआ बोला, "पानी एक घड़ा लाऊँ या दो घड़ा?"

नौकर की इस बात को सुनकर बजाज भी हँस पड़ा। बहादुरसिंह ने कहा, "अजी नहीं, बस आध पाव जल पीने के लिए और सेर भर हाथ धोने के लिए। जल ही पी कर पेट भर लेंगे तो खायेंगे क्या?"

अब बहादुरसिंह सामने पत्ता रख गुलाबजामुन छीलने लगे। पाँच सेर गुलाबजामुन को छीलछाल के कुल एक छटाँक भर भीतर का गूदा निकाला और उसे खा, पानी पी, नौकर को हाथ धुलाने का इशारा किया।

बजाज—बस खा चुके। और इतना मुफ्त में बर्बाद किया।

बहादुर—और नहीं तो क्या तुम चाहते हो कि छिलके समेत खा जाता और पेट में दर्द होता तो परदेश में वैद्य ढूँढ़ता फिरता? वाह जी वाह अच्छी सलाह देने लगे! (नौकर की तरफ देखकर) इसे ले जाकर किसी बैल के आगे डाल दें।

बजाज—क्या आप रोज इसी तरह खाते हैं?

बहादुर—नहीं तो क्या साल में एक ही दिन खाते हैं?

बजाज—ऐसे तो आपके खाने में बहुत खर्च पड़ता होगा?

बहादुर—अजी हजारों रुपयों का भोजन करता हूँ, इसके अलावे भंग-बूटी का खर्च कहाँ तक बताऊँ। सच पूछिए तो मैं राजे-महाराजों की चौथाई तहवील खा जाता हूँ। मेरा पालना कुछ हँसी-ठट्ठा थोड़ी ही है। अब देखिए यहाँ आया ही हूँ आपसे जान-पहिचान हो ही चुकी है सब कुछ मालूम हो ही जाएगा।

बजाज—अच्छा यह तो बताइए आपका नाम क्या है?

बहादुर—(छाती ऊँची करके) बहादुरसिंह।

बजाज—और रहते कहाँ हैं?

बहादुर—लंका में।

बजाज—(ताज्जुब से) लंका में?

बहादुर—हाँ जी हाँ, लंका में।

बजाज—कौन लंका?

बहादुर—बड़ी लंका।

बजाज—(हँसकर) बड़ी लंका कौन है और छोटी लंका कौन है?

बहादुर—छोटी लंका वह जहाँ शिवभक्त रहते हों और बड़ी लंका वह जहाँ शिव और उनके भक्त दोनों ही रहते हों—अब समझे या कुछ और साफ-साफ समझाऊँ?

बजाज—जी हाँ, जरा खुलासा समझाइए।

बहादुर—छोटी लंका वह जो सोने की थी और जहाँ रावण रहता था। बड़ी लंका 'काशी' जो रत्न जड़ित है और जहाँ श्रीविश्वनाथ, माई अन्नपूर्णा और उनके भक्त लोग रहते हैं। अगर अब भी न समझो तो हम जाते हैं, ऐसे नासमझ के पास रहना मुनासिब नहीं।

बजाज—(हँसकर) नहीं-नहीं, आप खफा न होइए मैं सब कुछ समझ गया, आपने पहिले ही क्यों न कह दिया कि मैं काशीजी रहता हूँ, साफ-साफ तो बात थी।

बहादुर—क्या साफ-साफ कहना है, अजी कवि लोग बिना घुमाये-फिराए कभी बात कहते हैं?

बजाज—क्या आप कवि भी हैं।

बहादुर—जी हाँ, बल्कि कपि भी हैं।

इस 'कपि' के कहने पर खुशदिल बजाज तथा और भी कई आदमी जो बहादुरसिंह की सूरत देखने और बात सुनने के लिए आ गए थे, हँस पड़े। बजाज ने फिर कुछ पूछना चाहा, मगर बहादुरसिंह जोर से बोले—

"बस-बस-बस, अब मुँह मत खोलिए! ऐसा न होगा कि जन्म भर तुम ही सवाल करते जाओ और मैं कुछ भी न पूछूँ!!"

बजाज—अच्छा-अच्छा, आपको जो कुछ पूछना हो आप भी पूछ लीजिए।

बहादुर—यह बताइए कि आज इस शहर में धूमधाम कैसी है, लोग दुकानों और मकानों की सजावट में क्यों लगे हैं? मैं तो कई दफे पहिले आ चुका हूँ मगर ऐसा तो कभी न देखा।

बजाज—अजी हमारे कुँअर साहब की शादी न होने वाली है।

बहादुर—हाँ! कब-कब?

बजाज—यही आठ दस दिन में।

बहादुर—बारात कहाँ जाएगी?

बजाज—बस इसी शहर में घूमे-फिरेगी।

बहादुर—सो क्या? राजों के लड़कों की शादी तो किसी राजे ही की लड़की या बड़े तोंद वाले जिमींदार की लड़की से होनी चाहिए, फिर शहर ही में किसकी लड़की से शादी होगी?

बजाज—जी वह एक जिमींदार की लड़की है मगर लूटकर लाई गई है इसलिए इसी शहर में बल्कि महल ही में उसे रक्खा गया है और वहाँ ही शादी भी होगी।

बहादुर—वह किस कम्बख्त की लड़की लूटी गई है! क्या वह देने को राजी नहीं होता था?

बजाज—अजी राजों-महाराजों के घर की बातचीत है, इस तरह आम सड़क पर नहीं कही जाती, बल्कि इस बारे में ज्यादे कहना-सुनना भी मुनासिब नहीं।

बहादुर—जी कहना-सुनना तो जरूर है, अगर आम सड़क का खयाल हो तो चलिए कोठड़ी में घुस चलें।

बजाज—(हँसकर) खूब कही!!

बहादुर—अच्छा उस लड़की के बाप का तो नाम बताइएगा या वह भी नहीं?

बजाज—इसमें क्या हर्ज है सुनिए—वह पटने के जिमींदार गुलाबसिंह की लड़की है और उसका नाम रम्भा है। क्या तुम उसे नहीं जानते? अरे वही जिसके लिए बिहार के राजा उदयसिंह के पुत्र नरेन्द्रसिंह से फसाद मच चुका है!!

बहादुर—वाह-वाह! उन लोगों को मैं खूब जानता हूँ और लड़की की तो नस-नस से वाकिफ हूँ! (गर्दन हिलाकर) लेकिन बुरा हुआ अगर यह नरेन्द्रसिंह के घर जाती तो अच्छा होता, उस शैतान की चाहे जो दुर्दशा होती हमें कुछ रंज न था, मगर यहाँ तुम्हारे राजा के लड़के से ब्याही गई तो ठीक न होगा। हाय! अब तो गई बेचारे बच्चे की जान। बुरा हुआ, बहुत ही बुरा हुआ!!

रम्भा का हाल तो बहादुरसिंह से छिपा ही नहीं था, वह नरेन्द्रसिंह के लिए घर छोड़कर निकल गई थी सो भी यह बखूबी जानते थे। आज वही बेचारी रम्भा इस मुसीबत में आ पड़ी, इसका बहादुरसिंह को बहुत ही रंज हुआ मगर वे अपनी चलाकी से कब चूकने वाले थे! कोई न कोई तरकीब सोच ही तो ली।

बहादुरसिंह ने जब विचित्र मुद्रा से गर्दन हिलाकर कहा कि 'हाय, अब गई बेचारे बच्चे की जान! बुरा हुआ, बहुत ही बुरा हुआ!! तो वह बेचारा बजाज और वहाँ बैठे हुए आदमी भी सभी घबड़ा गए कि आखिर यह कह क्या रहा है! हमारे राजा के लड़के की जान भला क्यों जाने लगी? आखिर बजाज से न रह गया; उसने बहादुरसिंह से पूछा—

"सो क्या, इसमें जान जाने की कौन सी बात है?"

बहादुर—अजी यह राजा के घर की बातचीत है, इस तरह दस आदमी के बीच में नहीं कही जाती! लो अब मैं जाता हूँ, अब इस शहर में रहना और सिसक कर किसी को मरते देखना मुझे मंजूर नहीं। (उठने की तैयारी करने लगे)।

बजाज—(हाथ पकड़कर) अजी बैठो तो, घबड़ा क्यों गए, मुझे अभी तुमसे बहुत काम है।

बहादुर—राम राम, काम से तो मैं कोसों भागता हूँ।

बजाज—अच्छा जरा ठहरिये तो।

बहादुर—अच्छा दो बात मानने का वादा कीजिए तो जरा सा क्या दो-तीन दिन तक ठहर जाएँ।

बजाज—कहिए-कहिए, मुझे पहिले ही से मंजूर है, ऐसा कौन होगा जो आप ऐसे खुशदिल आदमी से अलग होना चाहेगा?

बहादुर—अच्छा तो फिर वह बातें कह डालूँ?

बजाज—हाँ हाँ, कहिए और बहुत जल्द कहिए।

बहादुर—एक तो यह कि मैं तुम्हारे यहाँ दो-तीन दिन तक डेरा डालूँगा और भंग घोट-घोटकर पीऊँगा। डरो मत, खाने-पीने में मैं अपने पास से खर्च करूँगा तुम्हारे रुपये बर्बाद न होने दूँगा।

बजाज—अजी, अब जल्दी कहो भी, कि लगे मुर्गी की टाँग तोड़ने! मैं इतना कंगाल नहीं हूँ कि दो-चार महीने तुम्हारी दावत न कर सकूँ! खाओ न कितना गुलाबजामुन छील-छील कर खाओगे, दोरुखी हार मानो तो सही!

बहादुर—अच्छा खैर तो मेरी दूसरी बात भी तो सुन लो?

बजाज—उसे भी कह डालो।

बहादुर—वह यह है कि जो बात तुम मुझसे पूछ रहे हो उसके जानने की इस समय जिद्द न करो, निराले में रात को या कल सब कुछ मुझसे सुन लेना, अजी मैं त्रैलोक्य का हाल बता सकता हूँ, यह तो मामला ही क्या है। मैं बड़े काम का आदमी हूँ, मरने के बाद भी मेरी एक-एक हड्डी दो-दो लाख की नीलाम होगी।

बजाज—क्या बात है आपकी!

बहादुर—नहीं-नहीं, क्या बात किसी दूसरे की होगी, मेरी बड़ी बात है।

बजाज—अच्छा साहब मुझे यह भी मंजूर है।

थोड़ी देर तक और मसखरेपन की बातचीत होती रही, बहादुरसिंह की

बातों से सभी हँसते-हँसते लोट-पोट हुए जाते थे। दोपहर को बजाज ने दुकान बन्द की और बहादुरसिंह को साथ ले घर गया। बहादुरसिंह ने उसके घर डेरा डाला और थोड़ी देर आराम करने के बाद घूमने-फिरने के लिए बाहर निकले, लेकिन बाजार का रास्ता छोड़ किले की तरफ रवाना हो गए।

किले की एक खिड़की ठीक गंडक नदी के किनारे ही पड़ती थी और उस राह से बहुत से आदमी गंडक के किनारे आते थे, कई सरकारी लौंडियाँ भी उसी राह से जल भरने के लिए आ-जा रही थीं।

बहादुरसिंह चाहे कितना ही बड़ा मसखरा और बेवकूफ क्यों न समझा जाए मगर असल में वह बड़ा ही चालाक और धूर्त था। वह बखूबी जानता था कि रम्भा जीते जी सिवाय नरेन्द्रसिंह के किसी दूसरे से शादी न करेगी। उन्हीं के लिए तो वह जान पर खेल कर घर के बाहर निकल गई थी पर न मालूम किस तरह इन दुष्टों के हाथ लग गई, अब वह सोच रहा था कि कोई तरकीब ऐसी करनी चाहिए जिसमें यहाँ से उसकी रिहाई हो जाए। इसी धुन में डूबा हुआ वह एक किनारे बैठ गया और किले के अन्दर से आते-जाते औरत-मर्दों का तमाशा देखने लगा।

जैसे-जैसे दिन बीतता जाता था, लोगों की आमदरफ्त कम होती जाती थी यहाँ तक कि शाम होते-होते सिर्फ दो लौंडियों को साथ लिए हुए एक बूढ़ी औरत घाट पर रह गई और चारों तरफ सन्नाटा हो गया। इस बूढ़ी औरत की उम्र साठ साल से कम न होगी तो भी यह बदन में बहुत से सोने के गहने पहिने हुए थी और इसके साथ वाली दोनों लौंडियों का बदन भी सोने के गहनों से खाली न था। बहादुरसिंह ने समझ लिया कि यह बुढ़िया बेशक रानी साहेबा की खास लौंडी बल्कि लौंडियों की सर्दार होगी। वह बहुत देर तक छिपे-छिपे इन तीनों को देखता रहा। जब बुढ़िया नहा चुकी और साड़ी बदल दोनों औरतों को साथ ले किले में जाने के लिए सीढ़ियाँ चढ़ने लगी तब बहादुरसिंह दौड़कर उसके पास पहुँचा और पैर पर गिर कर रोने लगा...

"हाय माँ, तू कहाँ चली गई थी! मैंने तेरा क्या बिगाड़ा था जो मुझे अकेला छोड़कर चली गई। अब तेरी सी माँ मैं कहाँ से लाऊँ! तू दिन में चार-

चार पाँच-पाँच दफे मुझे प्यार करके और जिद्द करके खिलाया करती थी अब कोई दो दफे भी खिलाने वाला न रहा! खुद अपने हाथ से चूल्हा फूँकता और खाने को पकाता हूँ। इसमें सन्देह नहीं कि तू लाखों रुपये मेरे लिए घर में छोड़ गई, मगर अब वह किस काम का है। तेरी पतोहू भी मर गई अब वह सब धन कौन भोगेगा। मैं जानता हूँ कि तू मेरे बाप से लड़ और लाखों रुपये और जड़ाऊ गहनों पर लात मार कर चुपचाप चली गई थी, मगर अब तो बाप राम भी चल बसे, घर में सिवाय मेरे और दूसरा कोई न रहा। माँ मुझसे इतना धन-दौलत सँभाला नहीं जाता, जमींदारी का बन्दोबस्त किसी तरह नहीं होता, माँ, अब मैं न मानूँगा, जरूर तुझे घर ले चलूँगा! माँ, मैंने तो तेरा कुछ नहीं बिगाड़ा था, फिर तू मुझसे क्यों खफा हो गई? हाय माँ, हाय माँ!! अब जीते जी मैं तुझे कभी न छोड़ूँगा। तैने जिद्द करके मेरे लिए जो सिकरी बनवा दी थी ले मैं उतार कर तेरे आगे फेंक देता हूँ, अब इसे कभी न पहिरूँगा! (गले से सिकरी निकाल कर और उसके आगे फेंक कर) तू अगर न चलेगी तो मैं सब धन-दौलत फकीरों को बाँट साधु हो जंगल में चला जाऊँगा। मैं तेरी खोज में वर्षों एक शहर से दूसरे शहर मारा फिरा। माँ तू, कहीं न मिली! आज राम ने तुझसे मिलाया, अब मैं तुझे कभी न छोड़ूँगा चाहे जो हो, और बिना घर ले गए कभी न मानूँगा। मैंने सुना था कि मेरे दो-तीन भाई बहिन भी थे जिन्हें तू अपने साथ ले गई थी, हाय अब वे कहाँ हैं? मुझे जल्द दिखा जो कुछ दौलत घर में है मैं उनके हवाले करूँगा। वे ही गाँव-गिराँव का भी बन्दोबस्त किया करेंगे, मुझसे अब किसी बात से सरोकार नहीं। मुझे धन-दौलत की परवाह नहीं, मैं तो दिन-रात भंग में मस्त रहना चाहता हूँ, बस पाव भर भंग और आधा सेर चीनी चाहिए और कुछ नहीं। माँ अब तुझे घर चलना ही होगा मैं किसी तरह न मानूँगा।"

इसी तरह की बहुत सी बातें कहता हुआ बहादुरसिंह देर तक बुढ़िया का पैर पकड़कर रोता और गिड़गिड़ाता रहा। पहिले तो बुढ़िया घबड़ाई कि यह कहाँ की बला पीछे पड़ी मगर जब बेशुमार धन-दौलत और गाँव-गिराँव का नाम सुना तो मुँह में पानी भर आया। सोचने लगी कि यहाँ जितना माल

दस जन्म में पैदा करूँगी, उतना एकदम बात की बात में यह पगला देने को तैयार है। मालूम होता है कि इसकी माँ ठीक मेरी सूरत-शक्ल की थी। यह कहता है मेरी बहिन और मेरे भाई को भी तू लेती गई थी, चलो यह भी अच्छा ही है, मेरी एक लड़की और एक लड़का तो हई है, वही इसके भाई-बहिन बनें! फिर इतनी दौलत छोड़ बैठना नादानी नहीं तो क्या होगा? मेरी समझ में तो यही आता है कि इसके साथ चली चलूँ, मगर इस बारे में पहिले अपने लड़के से सलाह कर लेना मुनासिब है।

इसी तरह की बातें बुढ़िया बड़ी देर तक सोचती रही। दोनों अपने-अपने मतलब की धुन में थे। आखिर बुढ़िया ने कहा, "खैर जब तू कहता है तो मैं तेरे घर चलूँगी मगर पहिले तेरे भाई से सलाह कर लूँ।"

बहादुर—क्या मेरा भाई भी इसी शहर में है? वह क्या काम करता है?

बुढ़िया—महाराज के यहाँ सवारों में नौकर है।

बहादुर—और बहिन?

बुढ़िया—तेरी बहिन तो अपने ससुराल में है।

बहादुर—हाय तो मैं उसकी सूरत आज न देख सकूँगा! माँ, हजार दो हजार रुपया उसके पास भेज दे और घर चल के तुरन्त अपने यहाँ बुलवा भेज, भाई को भी साथ लेती चल, मैं उसकी अपने राजा से मुलाकात कराऊँगा।

बुढ़िया—तेरा राजा कौन है?

बहादुर—उदयसिंह।

बुढ़िया—कौन उदयसिंह? बिहार का राजा?

बहादुर—हाँ वही।

बिहार के राजा उदयसिंह का नाम सुन बुढ़िया थोड़ी देर तक कुछ सोच में पड़ गई मगर फिर सम्हल गई और बहादुरसिंह से बोली, "अच्छा अब देर होती है इस समय तो मैं जाती हूँ लेकिन कल इसी समय इसी जगह तू मुझसे मिलियो, फिर जैसी राय होगी करूँगी।"

बहादुर—राय-वाय मैं कुछ नहीं जानता, तुझे चलना ही होगा।

बुढ़िया—हाँ-हाँ मैं चलूँगी!

अच्छा यह सिकरी तू लेती जा मेरे भाई को दे दीजियो।

बुढ़िया—(सिकरी उठाकर) खैर जिसमें तू खुश हो मैं वही करूँगी।

दो-चार बातें और करके बुढ़िया वहाँ से चली गई और बहादुरसिंह भी अपना काम हो जाने की खुशी में मस्त झूमते हुए अपने नये दोस्त बजाज के यहाँ पहुँचे जिसने अपने घर में रखकर इनकी बड़ी खातिरदारी की। बहादुर सिंह ने भी अपने मसखरेपन से बजाज को बहुत ही खुश किया बल्कि अपना दोस्त बना लिया।

दूसरे दिन बुढ़िया से मिलने के लिए बहादुरसिंह फिर उसी जगह पहुँचे। आज बुढ़िया के साथ उसका लड़का भी था जो बहादुरसिंह से खुशी-खुशी सगे भाई की तरह गले मिला और देर तक बातचीत करता रहा।

बहादुरसिंह को निश्चय हो गया कि अब मेरा काम अवश्य हो जाएगा।

आखिर धीरे-धीरे बहादुरसिंह ने अपने मतलब वाली बात छेड़ी।

बहादुर—अच्छा माँ बता अब घर कब चलेगी?

बुढ़िया—जब कहो तब चलूँ।

बहादुर—(अपने बनाए भाई अर्थात् बुढ़िया के लड़के की तरफ देखकर) भाईजान, मैं तुम्हें चिट्ठी देता हूँ। उसे तुम बिहार के राजा उदयसिंह के पास ले जाओ। हमको वह अपने भाई की तरह मानते हैं। हमारा बहुत सा रुपया उनके यहाँ जमा है, हमारे घर की ताली भी उन्हीं के यहाँ है, वह तुमको हमारे घर की ताली और दस हजार रुपया नगद देंगे और हमारे नौकरों को बुलाकर तुम्हें सहेज देंगे और कह देंगे कि यह बहादुरसिंह जवहरी का भाई है। फिर वे लोग तुम्हारा हुक्म मानेंगे। तुम घर का इन्तजाम करना और आज के ठीक पन्द्रहवें दिन घर में से चाँदी वाली पालकी और सोलह कहारों को लेकर शहर के पाँच कोस इधर चले आना जिसमें हम माताजी को इज्जत के साथ घर ले जाएँ। (कमर से एक चिट्ठी और दस अशर्फी निकाल कर) लो यह चिट्ठी राजा साहब को देना और यह अशर्फियाँ रास्ते में खर्च करना। एक घोड़ा किराया कर लो और हाँका-हाँकी चले जाओ।

बुढ़िया के लड़के रामदास ने यह कहकर कि 'कल सरकार से छुट्टी

लेकर मैं जरूर चला जाऊँगा' बहादुरसिंह के हाथ से अशर्फी और चिट्ठी ले ली। इसके बाद अपने-अपने ठिकाने चले जाने के लिए तीनों आदमी खड़े हो गए। बहादुरसिंह ने अपनी माताजी की तरफ देखकर पूछा—

"माँ यह तो बताओ यहाँ लोगों ने तुम्हारा नाम क्या रक्खा है?"

बुढ़िया—चमेला दाई।

बहादुर—राम राम, अच्छा भला नाम बदल कर क्या बुरा नाम रख दिया! बस चले तो सभों का नाक काट डालूँ! अच्छा इस वक्त तो जाता हूँ लेकिन कल जरूर यहाँ ही मिलना, किसी से डरना मत।

चमेला—लो मैं डरने क्यों लगी। अपने लड़के से मिलती हूँ इसमें भी किसी का इजारा है!!

बहादुर—(पैर छूकर) अच्छा तो अब जाता हूँ।

बीसवाँ बयान

हाजीपुर के राजा दौलतसिंह का लड़का प्रतापसिंह बड़ा ही उजड्ड था। उसे पढ़ने-लिखने का शौक बिलकुल न था यहाँ तक कि सिवाय दस्तखत करने के अपने हाथ से एक चिट्ठी भी नहीं लिख सकता था। दस-बीस गपोड़ी और बात-बात में तारीफ करने वाले साथियों के साथ हाहा-ठीठी में दिन बिताया करता था, हाँ कविता का शौक इसे जरूर था। इन दिनों तो यह शादी होने की खुशी में फूला हुआ है। रम्भा जब से इसके घर में आई है, छिपकर दो दफे उसकी सूरत देख चुका है और अपने साथियों के बीच में बैठकर उसकी खूबसूरती की तारीफ किया करता है। इसे भंग और गाँजे का बहुत शौक है, दिन में तीन-तीन दफे बूटी छना करती है और दिन-रात नशे में चूर रहता है।

बहादुरसिंह ने इसके चाल-चलन का पता अच्छी तरह लगा लिया था इसलिए संध्या को बूटी पीने का समय विचार वह उसी नजरबाग के दरवाजे पर पहुँचा जिसमें नित्य प्रतापसिंह बूटी पी, पहर रात गए तक गप्प उड़ाया करता था। पहरे वाले से कहा, "कुमार को बहुत जल्द खबर करो कि एक 'विजया के सिद्धजी' तुमसे मिलने आए हैं!"

पहरे वाले सिपाहियों को बहादुरसिंह की सूरत-शक्ल पर बड़ी ही हँसी आई। यह समझ कर कि हमारे कुँअर साहब ऐसी सूरत देख बहुत ही खुश

होंगे—एक सिपाही दौड़ा हुआ बाग के अन्दर गया और कुँअर साहब को सलाम कर बोला—

"सरकार आज एक विचित्र आदमी सरकार से मिलने के लिए आया है, जिसकी सूरत देखने से मारे हँसी के दम निकला जाता है। उसने अपना नाम 'विजया के सिद्धजी' बतलाया है। हुक्म हो तो आने दिया जाए।"

कुमार—हाँ-हाँ, उन्हें बहुत जल्द हमारे सामने लाओ।

सिपाही हुक्म पाते ही लपका हुआ बाहर गया और बहुत जल्द बहादुर सिंह को लिए हुए कुँअर साहब के सामने हाजिर हुआ।

पाठक महाशय यह न समझें कि बहादुरसिंह को जिस सूरत में पहिले देख चुके हैं आज भी उसी सूरत-शक्ल में देखेंगे। नहीं, आज वह एक नये ही ढंग का बाँका जवान बना है। सिर से पैर तक अपने को सिंदूर से रंग खासा महाबीर बना हुआ है, धोती-कुर्ते या टोपी से कुछ वास्ता नहीं जाँघिया कसे और भाँग का झोला बगल में लटकाए हुए हैं, हाथ में भंग घोंटने का डंडा और टोपी की जगह भंग घोंटने की बड़ी सी कूँड़ी सिर पर औंधे हुए है।

कुँअर साहब के सामने पहुँचते ही बहादुरसिंह ने आशीर्वाद में यह दोहा पढ़ा—

महादेव की परम प्रिय, सिद्धन की सिधि जोय।
आवनहार अरिष्ट तुव, टारहिं विजया सोय॥

भंगेड़ी के सामने जब भंग की तारीफ की जाए तो वह बड़ा प्रसन्न होता है। बहादुरसिंह के दोहे से कुँवर साहब बहुत ही प्रसन्न हुए और समझ गए कि यह विजयादेवी का इष्ट है, मगर साथ ही इसके दोहे के तीसरे चरण से उन्हें खुटका भी हुआ लेकिन वह समझ कर कि सिद्धजी कहीं जाते तो हैं ही नहीं, फिर पूछ लिया जाएगा कि इस दोहे का तीसरा चरण आपने ऐसा क्यों कहा, इस विषय में कुछ न पूछा।

कुँअर—(हँसते हुए) आइए-आइए सिद्धजी, यह आसन बिछा हुआ है, बैठिए, कुशल तो हैं?

सिद्ध—

देहि विजय तुमको सदा, सो विजया बरदानि।
नित हम लहि जाकी कृपा रहत अभय सुखमानि॥

कुँअर—वाह-वाह सिद्धजी, क्या बात है! विजया ऐसी ही वस्तु है!

सिद्ध—इसमें क्या सन्देह, अन्नदाता देखिये—

देत अमन्द अनन्द दन्द दुःख दूर बहावै।
भामिनी भोजन ओर दुचन्द चाह उपजावै॥
सप्त दीप को वर महीप छिन माँहि बनावै।
अष्ट सिद्धि सुख अनुभव बिनहिं प्रयास करावै॥
नन्दन बन कैलास अरु स्वर्ग विभव दुर्लभ जिते।
करति सुलभ अपनी कृपा करत देखि विजया तिते॥

कुँअर—वाह-वाह-वाह, क्या बात है सिद्धजी! विजया देवी की महिमा अकथनीय है। कहिए आपका मकान कहाँ है?

सिद्ध—मेरा मकान तो कहीं भी नहीं है, मेरे बाप का मकान काशी था सो अब नहीं है।

कुँअर—(हँसकर) सो अब नहीं है, इसका क्या मतलब? क्या बाप के मर जाने से मकान भी टूट जाता है?

सिद्ध—जी नहीं, मरने से तो मकान नहीं टूटता मगर वह तो काशी में मर के मोक्ष हो गए इसलिए मिलने की अब कोई उम्मीद न रही, दादा का मकान दरभंगे था सो उनकी भी गया किये आ रहा हूँ इसलिए अब वह भी गया-गुजरा हुआ। हाँ परदादा का मकान मुलतान था, सो गयाजी जाने पर भी मैंने उनके नाम का पिंडा न दिया, आखिर अपने बुजुर्गों में से किसी का पता-ठिकाना तो रहने देना चाहिए!

सिद्धजी की बेसिर-पैर की बातों पर सभी हँस पड़े और कुँअर साहब ने फिर पूछा—

कुँअर—क्या गयाजी में तुमने अपने परदादा का पिंडा नहीं दिया इससे उनका मकान मुलतान में बचा रह गया?

सिद्ध—आप समझे नहीं, मकान उसी को कहते हैं जहाँ कोई रहे, चाहे जीता-जागता रहे या मरने के बाद भूत होकर रहे, जब मैंने गया में उनके नाम का पिंडा नहीं दिया तो आखिर भूत होकर तो वहाँ रहेंगे! पिंडा दे देता तो उनकी भी गति हो जाती, तो फिर मकान से उनका रिश्ता न टूट जाता!

कुँअर—तो क्या आपको निश्चय है कि वह भूत होकर वहाँ है?

सिद्ध—जी हाँ, मुझसे कई दफे मुलाकात हो चुकी है?

कुँअर—फिर किस तरह मुलाकात हो चुकी है?

सिद्ध—बस किसी के सिर पर आकर दो चार बातें कर गए मुलाकात हो गई जैसे गुलाबसिंह की दादी।

कुँअर—कौन गुलाबसिंह की दादी?

सिद्ध—(हाथ उठाकर) अजी यही पटने के जमींदार गुलाबसिंह की दादी, मगर वह तो बड़ी ही बेढब है, खाली अपनी परपोती रम्भा ही के सिर आया करती है।

कुँअर—(चौंक कर और डरकर) तुम्हें कैसे मालूम कि रम्भा के सिर पर उसकी परदादी आया करती है।

सिद्ध—मैं स्वयं देख चुका हूँ और दुःख भोग चुका हूँ।

कुँअर—क्या रम्भा के सिर पर उसकी परदादी को आते खुद देख चुके हैं?

सिद्ध—जी हाँ, कहा तो कि देख चुका हूँ और दुःख भोग चुका हूँ।

कुँअर—आपको क्या दुःख भोगना पड़ा?

सिद्ध—सो न पूछिये बड़ी लम्बी-चौड़ी कथा है।

कुँअर—भला कहिए तो सही।

सिद्ध—आप जिद्द करते हैं तो खैर सुनिए मैं कहता हूँ। रम्भा की परदादी के साथ और भी बहुत सी चुड़ैलें हैं। जब वह रम्भा के ऊपर आती है और रम्भा किसी के सिर पर हाथ रख देती है या धोखे से हाथ पड़ जाता है तो कोई न कोई चुड़ैल उसके ऊपर भी आ जाती है और उसकी हड्डी-हड्डी

हिला देती है। एक दिन मैं इसी तरह पटने में गुलाबसिंह के यहाँ गया हुआ था। शाम होते-होते महल में खूब शोरगुल मचा जिसे सुन गुलाबसिंह घबड़ा गए। मैंने उनसे डरने का सबब पूछा। वे बेचारे सूधे आदमी साफ बोल उठे कि हमारी लड़की पर हर अमावस्या के दिन चुड़ैल आती है सो आज अमावस्या है मालूम होता है कि वही बखेड़ा फिर महल में मचा है। शामत की मार मेरे मुँह से निकल गया कि मैं भूत उतार सकता हूँ मुझे ले चलिए! बस साहब वह मुझे अपने जनाने में ले गए। मैंने जाते ही ललकारा, "बस खबरदार।" इतना कहना था कि वह बिगड़ी और झट मेरे पास आकर मेरे सिर पर हाथ रख ही तो दिया। बस फिर क्या पूछना है उसी समय मैं बदहवास हो गया। न मालूम मेरी क्या दुर्दशा हुई, दूसरे दिन जब होश आया तो अपने को गंगा किनारे बालू पर पड़ा हुआ पाया। हाय-हाय!! वह दिन मुझे कभी न भूलेगा। पन्द्रह दिन तक मेरा बन्द-बन्द दुखता रहा! मरते-मरते बचा। अब जो मुझे कोई कहे कि तुम्हें लाख रुपये दूँगा तुम पटने चलो तो बस जाने वाले की सात पुश्त पर लानत भेजता हूँ, अब तो यह भी सुना है कि उन्होंने लाचार होकर रम्भा को निकाल दिया और बहाना कर दिया कि वह खुद कहीं भाग गई।

सिद्धजी की बातें सुनकर कुँअर साहब तो बदहवास हो गए। बदन के रोंगटे खड़े हो गए, कलेजा धक-धक करने लगा, सोचने लगे कि हाय, उसी रम्भा से तो मेरी शादी होने वाली है! कहीं सिद्धजी की बात सच हुई तो मुफ्त में जान गई। कहीं मेरे भी सिर पर हाथ रख देगी तो बस मैं गया गुजरा! लेकिन कहीं सिद्धजी गप्पें न उड़ाते हों—यह सोचकर कुँवर साहब ने फिर पूछा, "क्या सिद्धजी आप यह सच्च कह रहे हैं? मुझे तो विश्वास नहीं होता!"

सिद्ध—नहीं विश्वास होता तो मेरी बला से! अगर आपको सच-झूठ मालूम करना है तो पता लगवाइए कि रम्भा कहाँ है फिर अमावस्या के दिन उसके पास चलिए और देखिए तमाशा!

कुँअर—रम्भा का पता तो मुझे मालूम है।

सिद्ध—तो बस जिस शहर में वह हो वहाँ जाइए और अमावस्या की शाम को उससे मिलिए!

कुँअर—रम्भा इस समय इसी शहर में है और अमावस्या को भी थोड़े ही दिन हैं।

सिद्ध—(चौंककर) क्या रम्भा इसी शहर में है?

कुँअर—जी हाँ बल्कि हमारे ही मकान में है।

"हाय-हाय! बड़ा गजब हुआ! हे परमेश्वर! मैंने तेरा क्या बिगाड़ा था जो तू मुझको इस शहर में ले आया! अब जान बचा!! यह बकता हुआ बहादुरसिंह वहाँ से भागा। कुँअर साहब पुकारते ही रह गए कि 'हाँ-हाँ! सिद्धजी, सुनिए तो सुनिए तो! मगर सुनता कौन है? यह तो कूंडी-सोंटा तक फेंक के भागे। दरवाजे पर पहरे वालों ने रोका तो यह जमीन पर लोट गए और मार डाला, मार डाला! मरे रे मरे रे!! कहकर चिल्लाने लगे। लाचार सभों ने छोड़ दिया और बहादुरसिंह हाँफते हुए वहाँ से भागे।

कुँअर साहब के दिल की क्या हालत थी यह तो वे ही जानते होंगे। सिद्धजी के भागने के बाद वह घंटों तक परेशान रहे और तरह-तरह की बातें सोचते रहे। शादी की खुशी गम के साथ बदल गई। यहाँ तक डरे कि माँ से मिलने के लिए भी महल में जाने की हिम्मत न रही। आखिर डरते-डरते अपने एक दोस्त को साथ ले बाप के पास पहुँचे और सिर नीचा कर चुपचाप बगल में बैठ रहे।

उदासी का सबब बहुत पूछने पर कुँवर साहब के दोस्त ने विजया के सिद्धजी का सब हाल कहा। राजा दौलतसिंह सुनकर चुप हो रहे लेकिन कुछ देर सोचने के बाद बोले, "ओफ यह सब वाहियात बात है। हम नहीं मानते, भूत-प्रेत कोई चीज नहीं, सब ढकोसला है। तुम्हें लड़का समझ के बहका दिया होगा। फिर तरद्दुद की बात ही क्या है? अमावस्या को छह ही सात रोज बाकी हैं, बस तुम्हारे दिल से शक दूर हो जाएगा।"

इक्कीसवाँ बयान

पुनपुन नदी के किनारे पड़े हुए लश्कर पर छापा मार जब नरेन्द्रसिंह और जगजीतसिंह दोनों औरतों को छीन लाये तो थोड़ी दूर पहुँचने के बाद मालूम हुआ कि इन दोनों में रम्भा नहीं है। तारा और गुलाब को पाने से एक तरह खुशी हुई मगर रम्भा के हाथ न लगने से वह खुशी नरेन्द्रसिंह की बढ़ती हुई उदासी को किसी तरह कम न कर सकी। नरेन्द्रसिंह ने तारा से पूछा, "तेरे साथ ही तो रम्भा भी पकड़ी गई थी, वह कहाँ है?"

तारा—हम दोनों को जबरदस्ती ले जाने वाले डाकुओं ने जब नदी के किनारे डेरा किया तो सब लोग अपने-अपने काम की फिक्र में पड़े। मेरी और रम्भा की डोली एक ही जगह रक्खी हुई थी, उस समय रम्भा ने मौका पाकर रात की पहिली अंधेरी में डोली से उतर कर मैदान का रास्ता लिया और न मालूम कहाँ चली गई। मैंने भी भागने की कोशिश की मगर न हो सका, क्योंकि रम्भा के भागते ही पहरे वालों को मालूम हो गया और 'खोजो-खोजो, धरो-पकड़ो' की आवाज चारों तरफ से आने लगी, बल्कि थोड़ी ही देर बाद यह आवाज भी कान में आई कि 'मिल गई, मिल गई है!' मुझे विश्वास हो गया कि रम्भा भाग न सकी पकड़ी गई। उसी के थोड़ी देर बाद आप लोग पहुँचे और लड़भिड़ कर हम लोगों की जान बचाई, मगर अब मैं अपनी प्यारी रम्भा के बदले किसी दूसरी ही औरत को देख रही हूँ।

जगजीत—(गुलाब की तरफ देखकर) तुम कैसे फँस गईं?

गुलाब—मैं आफत की मारी अपनी बहिन मोहिनी के साथ मारी-मारी फिर रही थी, इत्तिफाक से उसी नदी के किनारे पहुँची जहाँ लड़ाई-दंगा हुआ है। मैं पानी पीने के लिए नदी किनारे गई यकायक कई आदमी मेरे पास पहुँचे और यह कहकर कि 'मिल गई मिल गई, यही है यही! मुझे पकड़ लिया। मैंने बहुत कहा-सुना मगर सुनता कौन है! हाय, मेरे पकड़े जाने के बाद न मालूम बहिन मोहिनी की क्या दुर्दशा हुई होगी!!

नरेन्द्र—मालूम होता है वह बच के निकल गई।

जगजीत—मुझे तो उम्मीद नहीं कि वह बच के निकल गई होगी। हम लोगों से लड़ने के बाद भागे और फैले हुए. दुश्मनों के हाथ उसका फिर से फंस जाना ताज्जुब नहीं है।

नरेन्द्र—शायद ऐसा ही हुआ हो, फिर अब क्या करना चाहिए?

जगजीत—मेरी राय तो यही है कि घर चलिए वहाँ से जो कुछ होगा बन्दोबस्त किया जाएगा?

नरेन्द्र—नहीं ऐसी हालत में घर तो नहीं जाऊँगा।

जगजीत—आप बड़े हैं मैं ज्यादे कुछ तो नहीं कह सकता, मगर इतना कहे बिना भी न रहूँगा कि आप जरूर घर चलें, मैं आपको घर छोड़कर खुद उसकी खोज में निकलूँगा और वादा करता हूँ कि बिना पता लगाए आपको अपना मुँह न दिखलाऊँगा।

नरेन्द्र—बेचारी मोहिनी भी भारी दुर्दशा में फंस गई होगी।

जगजीत—(अपने मन में) भाई साहब ने तो इश्क के दो टुकड़े कर डाले, ईश्वर ही बचावे! (जाहिर में) अपनी-अपनी किस्मत का भोग सभी भोगते हैं, इसका खयाल कहाँ तक कीजिएगा!

जगजीतसिंह की आखिरी बात नरेन्द्रसिंह को बहुत बुरी मालूम हुई। माथे पर बल पड़ गए, रंगत बदल गई, आँखों में सुर्खी आ गई। होंठ बिचका कर बोले, "अगर यही खयाल है तो रम्भा या मोहिनी का पता खूब ही लगाओगे!"

आखिरी बात मुँह से निकल जाने पर जगजीतसिंह को भी बहुत कुछ अफसोस हुआ और भाई को मनाने के लिए उन्हें दूनी मेहनत करनी पड़ी। आखिर हर तरह से समझा-बुझा कर उन्हें घर ले ही गए। गुलाब और तारा भी साथ में गईं।

नरेन्द्रसिंह के बाप उदयसिंह अपने लड़के के घर लौट आने से बहुत ही खुश हुए मगर जब अपने छोटे लड़के जगजीतसिंह की जुबानी सब हाल सुना तो कई तरह की फिक्र पैदा हो गई। यह तो उन्होंने निश्चय कर लिया कि जिस तरह हो रम्भा का पता लगाना बल्कि उसे लाकर नरेन्द्रसिंह के साथ ब्याह देना चाहिए चाहे इसके लिए सर्वस्व जाए तो जाए, मगर साथ ही इसके यह भी सोच लिया कि भरसक मोहिनी का पता न लगने देंगे और अगर शायद वह यहाँ आ भी जाए तो घुसने न देंगे, क्योंकि आखिर वह बदमाश और मक्कार केतकी की बहिन है, कहाँ तक खोटी न होगी। इस बात के सुनने से उन्हें बहुत दुख हुआ कि नरेन्द्र का दिल रम्भा और मोहिनी दोनों ही की तरफ खिंचा हुआ है।

उदयसिंह ने जो कुछ सोचा या खयाल किया था उसे किसी पर जाहिर न किया मगर अपने छोटे लड़के जगजीतसिंह से छिपा रखना भी मुनासिब न समझा क्योंकि जगजीतसिंह बहुत ही गम्भीर और नेक-बद को अच्छी तरह समझने वाले थे यहाँ तक कि मुश्किल से मुश्किल विषय में इनके पिता इनसे राय लिया करते थे और इनकी राय बहुत ही भली समझी भी जाती थी।

गुलाब को देखकर जगजीतसिंह उस पर मोहित तो हो गए मगर अपने दिल को हाथ से जाने न दिया। उन्होंने अपना यह इरादा अच्छी तरह मजबूत कर लिया कि चाहे गुलाब के इश्क में जान चली जाए मगर साथ न करेंगे, हाँ अगर हर तरह से आजमाने पर वह अपनी बहिन केतकी के रंग-ढंग की साबित न होगी तो कोई मुजायका नहीं लेकिन तभी जब साथ ही इसके यह भी जाहिर हो जाए कि वह मुझसे मुहब्बत रखती है।

रम्भा का पता लगाने के लिए बहुत से आदमी चारों तरफ भेजे गए। थोड़े

दिन बाद यह खबर मालूम हुई कि वह हाजीपुर में है। सुनते ही जगजीतसिंह अपने बाप से बिदा हुए, मगर घर से बाहर न निकलने पाए थे कि बहादुरसिंह की वह चिट्‌ठी वहाँ पहुँच गई जो उस मसखरे ने अपने बनावटी भाई के हाथ भेजी थी।

बाईसवाँ बयान

हाजीपुर के राजकुमार प्रतापसिंह को डरा-धमका कर हमारे बहादुरसिंह जो भागे सो फिर किसी को पता भी न लगा कि कहाँ गए और क्या हुए मगर भंगेड़ी महाशय घूम फिर-कर अपने दोस्त बजाज की दुकान पर पहुँच ही गए। कई दिनों की सोहबत में गोपालदास बजाज उनका दोस्त तो हो गया था मगर अपने काम की तरफ खयाल करके और यह सोचकर कि हमारी वजह से बजाज बेचारे पर कोई आफत न आवे, बाद में बहादुरसिंह ने उसके यहाँ रहना भी छोड़ दिया और अब कोई भी नहीं कह सकता कि वह कहाँ रहता है या क्या करता है।

लेकिन बहादुरसिंह चाहे जहाँ भी रहता हो मगर वह चमेलादाई से रोज ही मिलकर माँ के रिश्ते को मजबूत करता रहा। पाँच-चार दिन की मुलाकात में भी बहादुरसिंह ने चमेलादाई से अपने मतलब की बात न छेड़ी जब तक कि उसे यह निश्चय न हो गया कि चमेलादाई का लड़का रामदास हाजीपुर से चला गया बल्कि बहुत दूर निकल गया होगा।

एक दिन दोपहर के सन्नाटे में चमेलादाई अपने सपूत लड़के बहादुरसिंह को उस घर में ले गई जिसमें उसका कम्बख्त लड़का रामदास रहा करता था और बहुत सी अच्छी-अच्छी खाने की चीजें बहादुरसिंह के आगे रक्खीं जो रनवास से छिपा-लुका के इसी काम के लिए लाई थी। बटेर के बराबर खाने

वाले बहादुरसिंह ने भोजन करना शुरू किया और समय पाकर अपने मतलब की बात भी छेड़ दी।

बहादुर—माँ! सुना है कि तुम्हारे राजकुमार की शादी होने वाली है?

चमेला—हाँ बेटा शादी तो जरूर होने वाली है मगर लड़की बड़ी ही कम्बख्त है।

बहादुर—सो क्या?

चमेला—यही कि दिन-रात रोया-पीटा करती है।

बहादुर—वह तो पटने के जमींदार गुलाबसिंह की लड़की है न?

चमेला—हाँ गुलाबसिंह की लड़की है।

बहादुर—उसकी शादी तो हमारे राजकुमार नरेन्द्रसिंह से होने वाली थी?

चमेला—सो तो नहीं मालूम कि किसके साथ होने वाली थी मगर इतना देखती हूँ कि वह दिन-रात नरेन्द्र नरेन्द्र कहकर रोया करती है और यहाँ होने वाली शादी को बिलकुल पसन्द नहीं करती।

बहादुर—माँ अगर तुम अपने साथ उसे अपने घर ले चलो तो बड़ा ही मजा हो! हम उसे अपने राजा के यहाँ भेज दें और बहुत सा रुपया इनाम मिले।

चमेला—अरे राम राम, ऐसा खयाल भी न करना! जिस रोज ऐसा सोचेंगे उसी रोज हमारी-तुम्हारी दोनों की जान चली जाएगी।

बहादुर—हम तो अपनी जान रात-दिन हथेली पर लिए रहते हैं मगर अफसोस है कि तुम बुढ़िया होकर मरने से इतना डरती हो?

चमेला—तो क्या तुम मुझे मारने ही के लिए यहाँ आए हो और इसी लिए बेटा बने हो?

बहादुर—उमर मेरी बहुत कम है तो क्या हुआ मैं कभी किसी का बेटा नहीं बनता, अगर बनता भी हूँ तो बस पाँच-सात दिन, नहीं हमेशा सब का बाप ही बना रहता हूँ, आज तुम्हारा भी बाप बनने का जी चाहता है।

बहादुरसिंह की बात सुनकर बुढ़िया घबड़ा गई बल्कि कहना चाहिए कि बदहवास हो गई और समझ गई कि बहादुरसिंह बड़ा भारी मक्कार और धूर्त है। बहुत देर तक बहादुरसिंह का मुँह देखती रही, आखिर बोली—

चमेला—तुम बड़े भारी बदमाश मालूम पड़ते हो?

बहादुर—शाबाश, तुमने खूब पहिचाना! अब तुम भी मेरे साथ लुच्ची व मक्कार बनो तो काम चले!

चमेला—खबरदार लौंडे, मुँह सम्हाल कर बात कर, मक्कार कहीं का! निकल जा यहाँ से, नहीं तो कान पकड़कर उखाड़ लूँगी!!

बहादुर—बेशक, मगर मुझमें एक बड़ा भारी गुण यह है कि जिससे मैं कोई काम लिया चाहता हूँ पहिले उसे अपने कब्जे में कर लेता हूँ जिसमें नाकर-नूकर करने न पावे। इसी तरह तुम्हें भी मैंने पहिले ही अपने कब्जे में कर लिया है।

चमेला—मै क्योंकर तेरे कब्जे में आ सकती हूँ! मैं जब चाहूँ तुझे फाँसी दिला दूँ!

बहादुर—(हँसकर) मैं तो फाँसी पड़ नहीं सकता मगर कहीं तुम्हारा लड़का ही फाँसी न पड़ जाए! मैं सच कहता हूँ कि तुम्हारी नकेल मैंने अपने हाथ में कर ली है। अब तुम झख मारोगी और मेरा काम करोगी।

चमेला—तैं पागल तो नहीं हो गया है!!

बहादुर—क्या यह पागलों का काम है कि अस्सी बरस की खन्नास बुढ़िया को काबू में कर ले?

चमेला—फिर वही बके जाता है!

बहादुर—अब तो तुम्हें साफ कह के समझाना पड़ा। लो सुनो मैं कहता हूँ—पहिले तो मैंने तुम्हें जो सिकरी दी है उसे बस कोरी जंजीर ही समझना, और दूसरे जो तुम्हारे लड़के को बिहार भेजा है सो यही समझना कि उसे यमलोक भेज दिया, अब वह फिर लौटकर नहीं आता। हाँ जब तुम मेरा काम कर दोगी और मैं एक चिट्ठी अपने हाथ से लिख दूँगा कि उस लड़के को छोड़ दो तब उसकी जान छूटेगी नहीं तो बस उसकी खोपड़ी एक दिन किसी अघोरी के हाथ में दिखलाई देगी!

बहादुरसिंह की बातों ने तो बुढ़िया को मुर्दा कर दिया। वह अपने किये पर पछताने लगी और समझ गई कि वह बुरी फँस गई और अब किसी तरह

बहादुरसिंह के हाथ से जान नहीं बचती, झख मार के इसका काम करना ही पड़ेगा नहीं तो लड़के की जान बेशक चली जाएगी।

बहादुरसिंह ने जब बुढ़िया को हर तरह से अपने कब्जे में कर लिया तो अपना काम निकालने की जो कुछ तरकीब वह कर चुका था या किया चाहता था बुढ़िया को कहा और साथ ही इसके काम हो जाने पर बहुत कुछ इनाम दिलाने का भी वादा किया, और इसके बाद वहाँ से रवाना होकर मैदान की तरफ चल पड़ा। बहादुरसिंह की राय के मुताबिक बुढ़िया ने क्या-क्या काम किया यह तो तभी मालूम होगा जब रम्भा के सिर पर भूत आवेगा, हाँ इतना हम अभी कहे देते हैं कि अपनी मदद के लिए बुढ़िया ने कई एक जवान औरतों को रख लिया और कार्रवाई शुरू कर दी।

तेईसवाँ बयान

हाजीपुर के राजा ने रम्भा के सिर पर भूत आने का हाल जिस समय अपने लड़के की जुबानी सुना तो बहुत ही हैरान हुआ। जाहिर में तो उसने अपने लड़के से कह दिया कि यह सब कोई बात नहीं है मगर उसके दिल में तरद्दुद बना ही रहा। रात के समय जब वह अपने महल में गया तो उसने अपने लड़के की जुबानी जो कुछ सुना था, अपनी रानी से कहा। वह बेचारी सुनते ही काँप गई और बोली, "राम राम, मैं कभी ऐसी लड़की के साथ ब्याह करके अपने बच्चे की जान पर आफत नहीं ला सकती, मैं आज ही उसे घर से बाहर निकाले देती हूँ, जाए अपने माँ-बाप का घर तबाह करे!

दौलतसिंह—घबड़ाने की कोई जरूरत नहीं!

रानी—घबड़ाना कैसा, मैं तो भूत-प्रेत के नाम से काँपती हूँ! मुझे यह सब बखेड़ा मंजूर नहीं!!

दौलतसिंह—जल्दी क्यों करती हो? पहिले यह भी तो देख लो कि उस दिन उस पर चुड़ैल आती भी है या नहीं, कहीं उस भंगेड़ी ने धोखा न दिया हो!

रानी—उस बेचारे को भला क्या पड़ी थी कि धोखा देता?

दौलतसिंह—डरने की कोई बात नहीं है, देखो तो क्या होता है।

डरते-काँपते वह पाँच-सात दिन तो निकल ही गए मगर अमावस्या के दिन सवेरे ही से रानी के पेट में चूहे उछलने लगे। चमेला दाई अपनी सधी हुई लौंडियों के साथ रम्भा के ऊपर मुस्तैद थी ही, उसके अलावे और भी

तीन-चार लौंडियों को रानी ने मुस्तैद कर दिया मगर वह भूत आने वाला हाल किसी के ऊपर जाहिर न किया।

रानी तो डर के मारे दिन भर उस कमरे में न गई जिसमें रम्भा रहा करती थी मगर शाम होते-होते चमेला दाई दौड़ी-दौड़ी रानी के पास आई और हाँफते-हाँफते बोली—

चमेला—महारानी! रम्भा का तो अजब हाल है!!

रानी—(डरकर) सो क्या?

चमेला—उसका चेहरा लाल हो गया है और बड़ी-बड़ी आँखें खोल कर चारों तरफ देख और झूम रही है।

रानी—उससे तैंने कुछ पूछा भी?

चमेला—मुझे तो उसके पास जाते डर लगता है। दूर से जब मैं पूछती हूँ तो लाल-लाल आँखें निकाल कर मेरी तरफ देखती है और दाँत पीस-पीस के कहती है कि मैं इस घर भर को खा जाऊँगी!

रानी—(हाथ उठाकर) हे परमेश्वर तू ही बचाने वाला है! हाय न मालूम कहाँ की आफत आई थी जो लोग उस लड़की को इस घर में ले आए!

चमेला—(हाथ जोड़कर) मुझे तो मालूम होता है कि उसके ऊपर कोई जिन्न आया है।

रानी—नहीं जिन्न नहीं है, जो है उसे मैं जानती हूँ, जरा चल तो सही मैं देखूँ क्या हाल है।

चमेला—भगवान के लिए आप न जाइए, कहीं ऐसा न हो कि कोई नया बखेड़ा मचे!

रानी—वह जो कुछ बखेड़ा मचा सकती है सो भी मैं जानती हूँ। मैं उसके पास जाने वाली नहीं हूँ दूर ही से तमाशा देखूँगी।

चमेला दाई के साथ रानी साहबा उस कमरे के पास गई जिसमें रम्भा थी। रम्भा के पास जाना तो दूर ही रहा उन्होंने चौखट के अन्दर भी पैर न रक्खा, दूर ही से झाँक के देखा। रम्भा उस समय खूब झूम रही थी और आँखें फाड़ कर छत की तरफ देख रही थी।

रानी—चमेला, किसी को कहो तो सही उसके पास जाए और बाजू पकड़कर हिलावे।

चमेला—बहुत अच्छा।

चमेला कमरे के अन्दर गई और सधी हुई एक लौंडी से जिसका नाम परमेसरी था रम्भा के पास जाने के लिए कहा। परमेसरी रम्भा के पास गई और उसका बाजू पकड़ के हिलाने लगी।

रम्भा—(गुस्से भरी आँखें दिखाकर) भाग जा, भाग जा, नहीं तो खा जाऊँगी!

लौंडी—तुम कौन हो, अपना नाम तो बताओ?

रम्भा—तैं न मानेगी? न मानेगी? दिखाऊँ तमाशा?

लौंडी—अजी कहो तो सही तुम कौन हो?

रम्भा—फिर बकती है! तैं न मानेगीं? अच्छा तो देख तमाशा!!

"अच्छा तो देख तमाशा!" कहकर रम्भा ने उसके सिर पर हाथ रख ही तो दिया। बस फिर क्या था! परमेसरी लौंडी तो लगी नाचने और चिल्लाने! चारों तरफ घूम-घूम कर चिल्लाने और लौंडियों को चिकोटी काटने लगी। कुल लौंडियाँ जो उस घर में बैठी थीं "ओफ!!" करके बाहर निकल आईं, परमेसरी भी बाहर निकल आई और खूब उछलने-कूदने लगी।

यह हाल देखते ही रानी के तो होश उड़ गए। वह काँपती हुई वहाँ से भागी और अपने कमरे में आ घुसी। एक लौंडी को कहा, "जल्दी जा और महाराज को बुला ला, आकर देखें रम्भा का हाल, और उसके पास आकर अपने सिर पर भी हाथ रखा लें! मैं उसी दिन कहती थी कि इस चुड़ैल को आज ही निकाल दो! न माना, अब भोगें बैठ के!!"

लौंडी दौड़ी हुई बाहर गई और चोबदार के मारफत राजा दौलतसिंह को खबर कराई। राजा साहब पहिले ही से इसी सोच में पड़े हुए थे कि देखें रम्भा के सिर पर आज उसकी परदादी आती है या नहीं। खबर पाते ही घबड़ा कर उठ खड़े हुए और डरते-डरते महल में गए। देखें तो रानी साहब घुस कर अपने कमरे में बैठी हैं और भीतर से किवाड़ लगा लिया है, तथा परमेसरी

दाई खूब चिल्ला रही है और इधर से उधर नाच रही है। उसे अपने तनोबदन और कपड़े तक की कुछ सुध नहीं है। बस समझ गए कि रम्भा की परदादी आ पहुँची। महाराज लौटकर उस कमरे के दरवाजे पर गए जिसके अन्दर रानी थीं और किवाड़ खुलवाया।

रानी—देखा घर में क्या बखेड़ा मचा हुआ है।

दौलतसिंह—बेशक वह बात सच निकली, अब क्या किया जाए?

रानी—बस आज ही उसे घर से बाहर निकाल देना चाहिए।

दौलत—इस समय तो उसके पास जाना आफत है, क्या जाने सिर पर हाथ रख दे तो बस...

रानी—ईश्वर आज का दिन कुशल से बितावे तो कल उस नानी से समझूँगी!

इतने में एक लौंडी और उस कोठरी में गई जिसमें रम्भा थी। रम्भा ने उसके सिर पर भी हाथ रक्खा और वह भी परमेसरी की तरह उछलती-कूदती बाहर निकल आई। अब तो महल में बड़ी भारी धूम मच गई। जितनी औरतें महल में थीं सभी अपनी-अपनी जान बचाने की फिक्र में लगीं, सभी को यह खयाल हुआ कि कहीं रम्भा अपनी कोठरी में से निकल कर हम लोगों के सर पर हाथ न रख दे।

महाराज दौलतसिंह अपनी रानी से बातचीत कर ही रहे थे कि एक लौंडी ने आकर अर्ज किया!

लौंडी—डेवढ़ी पर एक डोली आई है।

रानी—उस पर कौन है?

लौंडी—उन्होंने अपना नाम तो नहीं बताया मगर किसी रईस की लड़की मालूम पड़ती है।

रानी—क्या यहाँ आना चाहती हैं?

लौंडी—जी हाँ वह हाजिर हुआ चाहती हैं और कहती हैं कि रम्भा के बारे में महारानी साहबा को बिलकुल धोखा दिया गया है, उसका असल भेद सिवाय मेरे और कोई नहीं जानता।

रानी—(महाराज की तरफ देखकर) यह कुछ दूसरा ही तमाशा नजर आता है! मैं कैसे विश्वास करूँ? सब कुछ तो अपनी आँखों देख चुकी हूँ।

लौंडी—वह कहती है कि अगर इस समय रम्भा के सिर पर चुड़ैल मौजूद हो तो अच्छी बात है, मैं बहुत जल्द सब शक मिटा दूँगी। एक चिट्ठी भी उन्होंने दी है।

रानी—ला कहाँ है चिट्ठी?

लौंडी ने रानी साहबा के हाथ में चिट्ठी दी। राजा दौलतसिंह ने बड़े गौर से उस चिट्ठी को पढ़ा। यह लिखा था—"रम्भा के सिर पर भूत-प्रेत या चुड़ैल का आना सब झूठ है। यह फिसाद बहादुरसिंह भंगेड़ी का मचाया हुआ है। वह नरेन्द्रसिंह का दोस्त है और आपकी लौंडियों को उसने मिला लिया है। बाकी हाल हाजिर होकर कहूँगी।"

दौलत—देखिये, मैं कहता था न कि यह सब धोखा है। अब उसे जल्द बुलाकर पूछना चाहिए।

महारानी का हुक्म पाते ही लौंडी दौड़ी हुई गई और डोली पर से सवारी उतरवा लाई।

चौबीसवाँ बयान

मोहिनी ने अपने जी में जो कुछ ठान लिया है उसे हमारे पाठक अच्छी तरह जानते हैं। इसके पहिले जो कुछ हाल लिखा गया है उसके पढ़ने से तो आपको यही मालूम हुआ होगा कि इस उपन्यास के पात्रों में केतकी बड़ी ही बदकार और बुरी नायिका है मगर अब कुछ कार्रवाई मोहिनी की दिखाया चाहते हैं जिसे इस उपन्यास का असल पात्र कहना बहुत ही मुनासिब होगा।

श्यामा और भामा (रम्भा और तारा) के छिन जाने और मकान के लुट जाने के बाद जब केतकी भागी तो सीधे अपने जन्मस्थान खास गयाजी में पहुँची और एक छोटे से मकान में जिसमें कभी उसका बाप रहा करता था रहने लगी। पहिली सी भीड़-भाड़ अब उसके यहाँ नहीं है, सिर्फ पाँच-सात आदमी जो उनका साथ किसी तरह छोड़ नहीं सकते थे मौजूद हैं। रुपये-पैसे की तरफ से चाहे उसे किसी तरह की तकलीफ न हो मगर फिर भी उसका दिल किसी तरह खुश नहीं है। यह जानकर कि मोहिनी और गुलाब की जान नरेन्द्रसिंह की बदौलत बच गई, उसे बड़ा ही कष्ट हुआ। उसने समझ लिया कि अब मेरी जान किसी तरह नहीं बच सकती। क्योंकि मोहिनी और गुलाब बदले लिए बिना कभी नहीं छोड़ेंगी। दिन-रात इसी सोच में पड़ी है कि अब क्या किया जाए। थोड़े ही दिन बाद उसे जब यह खबर मिली कि मोहिनी ऐशमहल में पहुँच गई तो वह और भी घबड़ाई और अपनी दो-तीन सखियों

को पास बैठा कर सलाह करने लगी मगर इस बात का निश्चय किसी तरह न कर पाई कि मोहिनी के साथ क्या बर्ताव करना चाहिए।

जिस मकान में केतकी रहती थी उसके पीछे एक बाग था। आज वह चाहे कैसी ही बुरी अवस्था में क्यों न हो मगर उसके बाप की जिन्दगी में वह बाग बहुत ही दुरुस्त रहता था। इस बाग के बीचोंबीच में एक छोटा सा बँगला भी था जो इस समय केतकी का बैठक बन रहा था। अपने समय का बहुत ज्यादे हिस्सा इसी बँगले में अकेले बैठकर वह बिताती थी।

इस बँगले में किसी तरह की सजावट न थी, सिर्फ फर्श बिछा हुआ था और एक तरफ ऊँची गद्‌दी पर गाव-तकिये के अलावे कई छोटे-छोटे तकिये भी मौजूद थे। कोने में चौकी के ऊपर जल से भरी गंगाजमनी सुराही और चाँदी का गिलास हर वक्त मौजूद रहता था।

आज आधी रात से ज्यादे बीत जाने पर भी केतकी अकेली उस बँगले में गद्‌दी पर लेटी हुई कुछ सोच रही है। थोड़ी-थोड़ी देर पर उसी से ले ले कर और आखिर में 'ओफ' करके रह जाती है। बँगले के चारों तरफ वाले बाग में एकदम सन्नाटा है। अंधेरी रात की स्याही ने पूरी तरह अपना दखल जमा रक्खा है।

यकायक सामने का दरवाजा खुला और मर्दाने ठाठ में कमरे के अन्दर आती हुई एक औरत दिखाई पड़ी जिस पर नजर पड़ते ही केतकी ने पहिचान लिया और वह चौंक कर उठ बैठी।

यह औरत मोहिनी थी जो हाथ में एक बड़ा सा चमकता हुआ छूरा लिए केतकी के सामने जा खड़ी हुई और बोली, "अब क्या इरादा है?"

इस समय मोहिनी की भयानक सूरत देखकर केतकी का कलेजा धक-धक करने लगा। पुराने पाप ने उसकी रग-रग ढीली कर दी। डर के मारे चारों तरफ देखने लगी और यहाँ तक घबड़ाई कि मोहिनी की बात का कुछ भी जवाब न दे सकी। मोहिनी ने फिर ललकार कर पूछा, "क्यों, चुप क्यों है! कुछ बोल तो सही! तैने क्या सोचकर मुझ पर इतना बड़ा जुल्म किया था?"

केतकी कुछ भी जवाब न दे सकी और सिर्फ एकटक मोहिनी के हाथ में मौजूद छूरे की तरफ देखती रही। आखिर मोहिनी यह कहती हुई कि "देख अब मेरी बारी है, सँभल बैठ!" उसके पास जा पहुँची और छाती पर सवार हो छूरा उसके कलेजे में भोंक दो-तीन दफे अच्छी तरह हिलाया। दस-पाँच दफे हाथ-पैर पटक कर केतकी ने दम तोड़ दिया और उसकी सुन्दर देह मुर्दों की गिनती में गिने जाने लायक हो गई।

मोहिनी ने छूरा उसके कलेजे से निकाल लिया और उसी की साड़ी से पोंछ कर वहाँ से चल खड़ी हुई। बँगले के बाहर निकल वह बाग के पूरब और दक्खिन कोने की तरफ गई जिधर की दीवार कुछ टूटी हुई थी और पैर अड़ा कर पार हो जाने का सुबीता था। वह बेखटके दीवार के पार हो गई और वहाँ अपने वफादार सिपाही लालसिंह को दो घोड़ों की बागडोर थामे मौजूद पाया। मोहिनी को देखते ही लालसिंह ने पूछा, "काम हो गया?"

"हाँ" कहकर मोहिनी एक घोड़े पर सवार हो गई और दूसरे घोड़े पर लालसिंह चढ़ बैठा। दोनों ने तेजी के साथ मैदान का रास्ता लिया। सुबह होने के घंटे भर पहिले ही दोनों आदमी ऐशमहल में जा पहुँचे जिसे मोहिनी का घर कहना चाहिए। घर पहुँचकर भी मोहिनी ने आराम नहीं किया बल्कि सीधे नीचे के उस कमरे में पहुँची जिसमें तहखाने का रास्ता था और जिसके बारे में हम ऊपर खुलासा लिख आए हैं। यहाँ आकर उसने चारों तरफ से दरवाजा बन्द कर लिया।

मोहिनी ने वही आलमारी खोली जिसे तहखाने का दरवाजा कहना चाहिए और हाथ में रोशनी लेकर नीचे अर्थात् तहखाने में उतरी। पहिले थोड़ी देर तक उस लाश के पास खड़ी रही जो उस तहखाने मे मौजूद थी और जिसका कुछ जिक्र हम कर चुके हैं। इसके बाद उसने सिरहाने की तरफ से बिछावन का कोना उल्टा और लपेटा हुआ कागज का एक मुट्ठा जो उसके नीचे रक्खा हुआ था निकाला। सरसरी निगाह से उलट-पलटकर उसे इसलिए देखा जिसमें विश्वास हो जाए कि यह वही मुट्ठा है जिसे वह चाहती है। इस मुट्ठे में कई बन्द कागज नत्थी किये हुए थे जिनमें सुर्ख रोशनाई से कुछ लिखा हुआ था।

मोहिनी ने उस कागज के मुट्ठे को अपनी कुरती के अन्दर रख लिया और फिर से उन देगों का मुँह खोल-खोल कर देखने लगी जिनमें अशर्फियाँ भरी हुई थीं। एक देग में से थोड़ी सी अशर्फियाँ निकाल लीं और तहखाने से बाहर निकल कर उसका दरवाजा ज्यों का त्यों बन्द और दुरुस्त कर दिया।

इसके बाद उसने दूसरी आलमारी खोलीं और उसमें से सादा कागज और कलमदान निकाल कर गद्दी पर जा बैठी। इस कलमदान में स्याह रोशनाई थी जिससे उसने एक सादे कागज के दोनों तरफ कुछ लिखा और तहखाने के अन्दर लाश के सिरहाने से लाये हुए कागज के मुट्ठे को कुरती के अन्दर से निकाल कर उसी में अपने लिखे हुए इस कागज को भी नत्थी कर लिया, फिर कुछ सोचकर उसने आलमारी में से मोमजामे का एक टुकड़ा निकाला और उसी में उस कागज के मुट्ठे को लिफाफे की तरह बन्द कर जोड़ पर मोहर कर दिया और उस लिफाफे को फिर अपनी कुरती के अन्दर रख लिया। मोहर और चपड़ा भी उसी कलमदान में मौजूद था।

जब तक यह सब काम मोहिनी करती रही तब तक उसकी आँखों से बराबर आँसू जारी थे। कुछ सोचने के बाद उसने वह मोहर उठा ली जिससे लिफाफा बन्द किया था और कमरे के बाहर निकल आई। इस समय भी उसने अपने सिपाही लालसिंह को दरवाजे के बाहर टहलते पाया।

मोहिनी को बाहर निकलते देखकर लालसिंह ने पूछा, "अब क्या करना है?"

"ठहरो मैं आती हूँ" इतना कहकर मोहिनी बाग के पूरब तरफ चली गई और एक कुएँ में उस मोहर को फेंककर तुरन्त लौट आई। सवेरा होने के पहिले मोहिनी ने इन सब कामों से छुट्टी पा ली और इसके बाद वह लालसिंह के पास जाकर खड़ी हो गई।

लालसिंह—देखिये सुबह की सुफेदी निकली आती है।

मोहिनी—मुझे भी अब कोई काम करना बाकी नहीं है। दोनों घोड़े तैयार हैं?

लालसिंह—जी हाँ (हाथ का इशारा करके) उस पेड़ के साथ बँधे हैं।

मोहिनी—(अशर्फियाँ लालसिंह को देकर) दिन को जो कुछ राय हो चुकी है उसी के मुताबिक इन अशर्फियों को बाँट दो और सब आदमियों को समझा-बुझा कर तुम जल्द आओ तब तक मैं आगे बढ़ती हूँ।

घोड़े पर सवार होकर मोहिनी उस हाते के बाहर निकल गई।

पच्चीसवाँ बयान

दो कोस निकल जाने के बाद मोहिनी एक पेड़ के नीचे अटक कर लालसिंह की राह देखने लगी। थोड़ी ही देर बाद लालसिंह भी आ पहुँचा। मोहिनी ने पूछा, "सभों को अच्छी तरह समझा-बुझा आए?"

लालसिंह—जी हाँ।

मोहिनी—अब वे लोग उस ठिकाने पहुँच जाएँगे?

लालसिंह—बेशक पहुँच जाएँगे।

मोहिनी—अच्छा तो फिर चलो।

लालसिंह—यहाँ से दोनों तरफ जाने के लिए रास्ता है।

मोहिनी—अगर तुम्हें विश्वास है कि नरेन्द्रसिंह बिहार ही में मौजूद है तो वहाँ ही चलने में हमारा काम ठीक होगा।

लालसिंह—इसमें तो कोई शक नहीं कि नरेन्द्रसिंह बिहार में है मगर एक दफे मैं आपको जरूर समझाऊँगा और कहूँगा कि इतने बड़े काम पर आप कमर न बाँधें और मुफ्त में अपनी जान देने पर मुस्तैद न हों।

मोहिनी—लालसिंह, मैं जो कुछ इरादा कर चुकी हूँ उसे किसी तरह तोड़ नहीं सकती मगर तुम क्यों घबड़ाते हो? तुम्हारे लिए बहुत दौलत रक्खे जाती हूँ जिसे तुम और तुम्हारी औलाद दस पुश्त तक आराम से बैठे खायेगी तो भी किसी तरह की कमी न होगी।

लालसिंह—यह ठीक है कि आप मेरे लिए बहुत दौलत रख जाती हैं मगर आप जैसा मालिक फिर मैं कहाँ से पाऊँगा?

मोहिनी—यह तो दुनिया का कायदा ही है, कोई अमर होकर नहीं आया, आखिर एक दिन मरना ही है, फिर मैं अपने दुश्मनों को आराम करने के लिए क्यों छोड़ जाऊँ? मैं जो कुछ प्रण कर चुकी हूँ उसे अवश्य पूरा करूँगी। देखो लालसिंह अब इस बारे में तुम मुझे कभी न टोकना, अपने वादे के मुताबिक चलो नहीं तो पछताओगे।

लालसिंह—मैं जो कुछ वादा कर चुका हूँ उसके खिलाफ कभी नहीं कर सकता, खैर अब न टोकूँगा।

तीसरे दिन मोहिनी बिहार पहुँची, एक सुन्दर मकान किराए पर लेकर उसमें डेरा डाला, तथा अपने जरूरी काम का कुल सामान बाजार से मँगवा कर रख लेने के बाद लालसिंह के हाथ एक पुर्जा नरेन्द्रसिंह के पास भेजा।

नरेन्द्रसिंह यह खबर पाकर कि मोहिनी यहाँ पहुँच गई है, बहुत ही खुश हुए और अपनी इज्जत का खयाल कुछ न करके उसी समय बेखटके उस मकान में चले गए जिसमें मोहिनी ने अपना डेरा जमाया था।

हम ऊपर लिख आए हैं कि जब से तारा और गुलाब को लेकर नरेन्द्रसिंह अपने शहर में आए हैं, तब से बहुत ही उदास रहा करते हैं। रम्भा और मोहिनी दोनों ही का इश्क उनके दिल को मसोस रहा था और दोनों ही के सोच में दिन-रात उदास रहा करते थे। पर आज ही बहादुरसिंह की भेजी हुई चिट्ठी उनके पास पहुँची है जिसकी खुशी में वह फूले नहीं समाते! बहादुरसिंह के लिखे मुताबिक चमेला दाई के लड़के को कैद कर लिया और अब अमावस्या के पहिले ही हाजीपुर पहुँचने की फिक्र कर रहे थे कि मोहिनी की चिट्ठी लिये हुए लालसिंह पहुँचा और एकान्त में मिलकर उनके हाथ में चिट्ठी दी। मोहिनी के आने की खबर पाकर और भी खुश हुए और बेखटके उस हरामजादी के मकान पर चले गए।

इनको घर में आते देख मोहिनी खूब ही रंग लाई। दौड़ कर इनके गले से लिपट गई और देर तक रोती रही। नरेन्द्रसिंह ने उसे बहुत समझा-बुझा कर

चुप किया और देर तक बातचीत करते रहे। मोहिनी ने अपना हाल बनाकर इस तरह से कहा कि उसकी मुहब्बत उनके दिल में और भी ज्यादे हो गई यहाँ तक कि थोड़ी देर के लिए बेचारी रम्भा का भी ध्यान उनके दिल से जाता रहा। बहुत कह-सुनकर आखीर में मोहिनी ने पूछा, "अब क्या हुक्म होता है?"

नरेन्द्रसिंह—तुम हमारी हो हम तुम्हारे हैं, मगर हाथ जोड़कर हम तुमसे पाँच-सात दिन की छुट्टी माँगते हैं, इतने दिन तक तुम इसी मकान में रहो, हम बहुत जल्द लौट आएँगे।

मोहिनी—सो क्या? कहाँ जाने का इरादा है?

नरेन्द्र—हाजीपुर।

मोहिनी—सो क्यों?

इसके जवाब में नरेन्द्रसिंह रम्भा का कुल हाल रत्ती-रत्ती कह गए और अन्त में बोले, "अब रम्भा हाजीपुर में है और यह सब खबर मुझे उसी मसखरे ने भेजी है। उसने वहाँ पहुँचकर बड़ा ही रंग बाँधा है। रानी की एक चमेलादाई को उसने मिला लिया है और राजा दौलतसिंह के लड़के प्रतापसिंह से मिलकर उसके दिल में यह बात जमा दी है कि हर अमावस्या को रम्भा के सिर पर उसकी नानी या दादी चुड़ैल बनकर आती है और उस दिन वह जिसके सिर पर हाथ रख देगी उसके ऊपर भी भूत आ जाएगा। प्रतापसिंह के साथ रम्भा की शादी होने वाली थी पर वे लोग अमावस्या की राह देख रहे हैं। अगर उस दिन रम्भा के सिर पर चुड़ैल आई तो उसे निकाल देंगे और इसमें भी कोई शक नहीं कि उस दिन उसके सिर पर चुड़ैल अवश्य आवेगी, चमेलादाई बहादुरसिंह से मिली हुई है, वह सब बन्दोबस्त कर रक्खेगी।

यह हाल सुनते ही मोहिनी का क्रोध चौगुना हो गया मगर उसने अपने को खूब संभाला और दिल का हाल जाहिर होने न दिया।

मोहिनी—अगर चमेलादाई बहादुरसिंह की मदद न करे तब?

नरेन्द्र—वह झक मारेगी और मदद करेगी! बहादुरसिंह ने धोखा देकर उसे बेढब फँसा रक्खा है। न मालूम क्या समझा-बुझाकर उसने उसके लड़के को मेरे पास एक चिट्ठी देकर भेज दिया है जिसमें लिखा है कि इस लड़के

को कैद करके रखना। अब वह चमेलादाई को जरूर कहेगा कि अगर तू मेरी मदद न करेगी तो तेरा लड़का जान से मारा जाएगा, और भला चमेलादाई कब चाहेगी कि उसका लड़का मारा जाए!

मोहिनी—बेशक उस काने (बहादुरसिंह) ने खूब ही धोखा दिया है!

नरेन्द्र—इसीलिए आज मैं हाजीपुर जाने वाला हूँ। अगर काम निकल गया तो अच्छा ही है, नहीं फौज लेकर राजा दौलतसिंह से लड़ाई करनी पड़ेगी।

मोहिनी—आप जरूर जाइए, जहाँ तक मैं समझती हूँ आपका काम अवश्य हो जाएगा, ईश्वर करे बेचारी रम्भा यहाँ आ जाए, मैं उससे मिलकर बहुत ही खुश होऊँगी!

नरेन्द्र—तुम्हारी बहिन गुलाब को मैं तुम्हारे पास भेज देता हूँ।

मोहिनी—नहीं नहीं, वह आपके घर में है तो मुझे किसी तरह की चिन्ता नहीं है, मैं इस समय उससे मिलना नहीं चाहती, क्योंकि जब तक आप हाजीपुर से लौटकर न आवेंगे तब तक मैं इस शहर में गुप्त भाव से रहूँगी। आप भी किसी से मेरी चर्चा न कीजिएगा, आपको मेरे सर की कसम है।

नरेन्द्र—(हँसकर) जैसी तुम्हारी मर्जी।

और दो घंटे तक बातचीत होती रही! इस समय मोहिनी ने बनावटी मुहब्बत जताने में किसी तरह की कसर रहने न दी। आखिर नरेन्द्रसिंह मोहिनी से बिदा होकर घर चले आए और बहुत जल्द तैयारी करके बीस-पचीस आदमियों को साथ ले हाजीपुर की तरफ रवाना हो गए।

हम ऊपर लिख आए हैं कि हाजीपुर में राजा दौलतसिंह के महल में पहुँचकर एक औरत ने इस बात को जाहिर कर दिया कि रम्भा के सिर पर भूत-चुड़ैल या जिन्न कोई नहीं आता, यह सब उसका पाखंड है।

उस औरत ने महारानी के पूछने पर अपना नाम 'सुन्दर' बतलाया था। महल में पहुँचकर उसने रानी को समझा दिया कि रम्भा के सिर चुड़ैल नहीं आती और यह सब उसका नखरा है। यह जान कर रानी बहुत खुश हुई और सुन्दर से बोली, "तुमने मेरे साथ बड़ी नेकी की, मैं उम्मीद करती हूँ कि तुम

खुद यह सब हाल महाराज से कहकर उनके दिल का शक भी दूर कर दोगी, क्या इसमें कोई हर्ज है?"

सुन्दर—नहीं हर्ज क्या है?

रानी—तो मैं महाराज को बुलवाऊँ!

सुन्दर—हाँ-हाँ, आप महाराज को बुलवायें मुझे उनके सामने बातचीत करने में किसी तरह का खौफ नहीं है, वह राजा हैं, मैं उनकी लड़की हूँ, मैं उन्हें समझा दूँगी कि इस मामले में आपको धोखा दिया गया।

रानी ने महाराज को बुलाने के लिए उसी समय लौंडी भेजी और जब वे आ गए तो कहा, "लीजिए सब भेद खुल गया, रम्भा के सिर पर चुड़ैल-परी कोई भी नहीं आती, यह सब धोखा है।"

राजा—हाँ! तुम्हें कैसे मालूम हुआ?

रानी—(सुन्दर की तरफ इशारा कर के) इन्होंने कहा।

रानी—(सुन्दर से) तुम्हारा नाम क्या है?

सुन्दर—सुन्दर।

राजा—मकान कहाँ है?

सुन्दर—पटने।

रानी—तुम्हें कैसे मालूम हुआ कि रम्भा नकल करती है?

सुन्दर—नरेन्द्रसिंह के दोस्त बहादुरसिंह ने यहाँ पहुँचकर यह सब बखेड़ा मचाया है। उसी ने आपके लड़के को सिद्धजी बनकर धोखा दिया, उसी ने आपकी चमेलादाई को मिला लिया और इस पाखंड का बन्दोबस्त कर लिया कि रम्भा के ऊपर चुड़ैल आती है। उसने सोचा था कि आप जब यह हाल सुनेंगे और जानेंगे तो उसे निकाल देंगे और तब रम्भा उन लोगों के पास पहुँच जाएगी जो उसके लिए इतना उद्योग कर रहे हैं। आपकी चमेलादाई का लड़का इन सब बातों की खबर पहुँचाने महाराज उदयसिंह के पास बिहार गया है, रास्ते में मुझसे मुलाकात हुई। वह मुझे अच्छी तरह पहिचानता था, उसी की जुबानी यह सब हाल मैंने सुना है और अब इनाम के लालच में आपके पास आई हूँ।

राजा—बेशक यह इनाम का काम है! (लौंडियों की तरफ देखकर) चमेलादाई कहाँ है? जल्द हमारे पास बुला लाओ।

हुक्म पाते ही कई लौंडियाँ चमेलादाई को बुलाने के लिए दौड़ गईं मगर चमेलादाई कब हाथ आने वाली थी। वह इन सब बातों की सुनगुन पाते ही वहाँ से निकल भागी। लाचार लौंडियों ने वापस आकर अर्ज किया कि चमेलादाई तो भाग गई!

चमेलादाई के भागने की खबर सुनकर महाराज को सुन्दर की बातों पर विश्वास हो गया। महल के बाहर चले आए और चमेलादाई के लड़के की खोज की, पर उसका भी पता न लगा। क्रोध के मारे महाराज का शरीर काँपने लगा। अपने लड़के को बुलाकर सब हाल कहा। धीरे-धीरे यह बात तमाम शहर में फैल गई।

छब्बीसवाँ बयान

हाजीपुर से कोस भर की दूरी पर आम की एक बारी में कई आदमियों को साथ ले नरेन्द्रसिंह टहल रहे हैं। इनके साथ जितने आदमी हैं सभी घोड़ों पर सवार हैं केवल नरेन्द्र सिंह पैदल टहल रहे हैं। और इनके सवारी के घोड़े की लगाम एक सवार के हाथ में है। चाँदनी अच्छी तरह छिटकी हुई है मगर इस आम की घनी गाछी में उसका बहुत कम हिस्सा जमीन तक पहुँचता है, हाँ पत्तों में से छनी हुई चाँदनी कहीं-कहीं जमीन पर पड़कर सफेद बुन्दकियों की सी दिखाई दे रही है।

नरेन्द्रसिंह को धीरे टहलते और सोचते हुए दो घंटे बीत गए। अपने विचार में यहाँ तक लीन थे कि इस बात का ज्ञान बिलकुल जाता रहा था कि वे कहाँ हैं या किस लिए आए हैं, लेकिन यकायक घोड़ों के टापों की आवाज ने इन्हें चौंका दिया, सर उठाकर उस तरफ देखने लगे जिधर से कई सवार आ रहे थे।

नरेन्द्रसिंह के साथी एक सवार ने कहा, "आप भी घोड़े पर सवार हो जाएँ, क्या जाने ये आने वाले सवार हमारे दोस्त हों या दुश्मन!"

नरेन्द्रसिंह अपने घोड़े पर सवार हो गए और साथ ही एक आवाज हलकी बिगुल की सुनकर बोले, "ये तो हमारे ही आदमी मालूम पड़ते हैं, शायद हमीं लोगों को ढूँढ़ रहे हैं।"

सवार—जी हाँ, हमलोगों को भी बिगुल का जवाब देना चाहिए।

नरेन्द्र—अवश्य।

इधर से भी बिगुल की हलकी आवाज दी गई जिसे सुनते ही वे लोग तेजी के साथ नरेन्द्रसिंह के पास आ पहुँचे और बहुत जल्द मालूम हो गया कि नरेन्द्र सिंह के छोटे भाई जगजीतसिंह कई सवारों को साथ लेकर आए हैं।

नरेन्द्र—तुम क्यों आ गए?

जगजीत—पिताजी की आज्ञा से।

नरेन्द्र—देर हो जाने के कारण उन्हें चिन्ता हुई?

जगजीत—नहीं, बल्कि विश्वास हो गया कि जिस काम के लिए आप आए हैं उसमें विघ्न पड़ गया।

नरेन्द्र—बेशक ऐसा ही हुआ।

जगजीत—तो क्या बहादुरसिंह से मुलाकात नहीं हुई?

नरेन्द्र—बहादुरसिंह से तो मुलाकात हुई, बल्कि रोज ही होती है मगर महल में एक दुष्ट औरत ने पहुँचकर बिलकुल काम बिगाड़ दिया। उसने बहादुरसिंह और चमेलादाई की कार्रवाई का हाल खोल दिया। न मालूम उस हरामजादी को कैसे पता लग गया। डर के मारे चमेलादाई भी कहीं भाग गई, बहादुरसिंह की खोज हो रही है, एक हिसाब से काम बिगड़ ही गया।

जगजीत—फिर आप यहाँ क्यों अटके हैं? अब तो घर चलना चाहिए और लड़ाई का सामान दुरुस्त करना चाहिए!

नरेन्द्र—बहादुरसिंह भी आता ही होगा, जरा उससे राय मिला ली जाए।

जगजीत—हमारी समझ में तो अब इस तरह की कार्रवाइयों से काम न चलेगा।

नरेन्द्र—क्या कहें, बना-बनाया काम बिगड़ गया!

थोड़ी देर तक बातचीत होती रही, इतने में बहादुरसिंह भी आ पहुँचे। देखते ही नरेन्द्रसिंह उनके पास गए और व्याकुलता के साथ पूछा, "कहो कुछ काम होने का रंग है?"

बहादुर—जी नहीं, अब हम लोगों को यहाँ से जल्द भागना चाहिए, आपके आने की खबर यहाँ के राजा को हो गई। गिरफ्तारी के लिए फौज आती होगी। (जगजीतसिंह की तरफ देखकर) अच्छा हुआ जो छोटे कुमार भी आ गए।

नरेन्द्र—तो क्या क्षत्री हो कर डर के मारे भाग जाएँ!

बहादुर—जी बस, इस वक्त बहादुरी को तो रहने दीजिए! ऐसे मौके पर क्षत्रीपना नहीं दिखाना चाहिए। बहादुर आपसे भी ज्यादे बहादुर हैं मगर मौका देख के काम करता है!

जगजीत—बहादुर भाई का कहना ठीक है, ऐसे मौके पर अटकना न चाहिए।

बहादुर—अभी घर चलकर तुरन्त फौज लेकर लौटेंगे। देखिये तो क्या होता है, हाजीपुर के राजा को सुख की नींद कभी जो सोने दिया तो बहादुर नहीं!!

नरेन्द्रसिंह—बस शेखी की बातें रहने दीजिए, आप लोगों से न कुछ हुआ है न होगा, आप लोग जहाँ जी चाहे जाइए, मैं नहीं जाता।

जगजीत—(हाथ जोड़कर) इस समय ठहरने का मौका नहीं है, आप बस यह एक बात मेरी मान लीजिए।

नरेन्द्र—(कुछ सोचकर और लम्बी साँस लेकर) खैर!!

ये लोग वहाँ से बिहार की तरफ रवाना हुए और सुबह होते-होते दस-बारह कोस के लगभग निकल गए। इसके आगे रास्ते ही में एक सुन्दर तालाब देखकर नरेन्द्रसिंह ने स्नान-ध्यान से छुट्टी पाने का इरादा किया, आखिर दो घंटे के लिए वहाँ ठहरना पड़ा।

उसी जगह मौका मिलने पर एकान्त में जगजीतसिंह ने बहादुरसिंह से हाजीपुर का हाल पूछा।

बहादुर—(चारों तरफ देखकर) कोई सुनता तो नहीं?

जगजीत—कोई नहीं सुनता आप कहिए।

बहादुर—बड़ा ही गजब हुआ।

जगजीत—(चौंक कर) सो क्या?

बहादुर—बस कहने लायक बात नहीं है, देखें नरेन्द्रसिंह अब अपना क्या हाल करते हैं।

जगजीत—तुम्हारी बातें तो हौलेदिल पैदा करती है; ईश्वर के लिए जल्द कहो क्या हुआ?

बहादुर—अभी हमें उस बात पर पूरा विश्वास नहीं है।

जगजीत—तो भी कहने में देर न करो।

बहादुर—एक औरत ने महल में पहुँचकर काम बिगाड़ दिया यह हाल तो आपने सुना ही होगा?

जगजीत—हाँ भाईजी ने कहा था।

बहादुर—हाय, सुना है कि उस औरत ने बेचारी रम्भा का काम ही तमाम कर दिया और भाग गई।

जगजीत—हाय यह क्या गजब हुआ!!

बहादुर—अभी हमें इस बात पर पूरा विश्वास नहीं होता मगर महल से एक लाश निकाल कर गंगा किनारे जलाई गई इससे विश्वास भी करना ही पड़ता है। यह बात नरेन्द्रसिंह से अभी मत कहिएगा नहीं तो गजब हो जाएगा।

जगजीत—हाय, बुरा हुआ! मगर तुमने कैसे सुना?

बहादुर—हमारी दोस्ती वहाँ के एक बजाज से हो गई, राजदरबार से उसका घना सम्बन्ध है, उसी की मार्फत यह सब बातें मालूम हुई हैं।

बहादुरसिंह की बातें सुनकर जगजीत सिंह के चेहरे पर उदासी छा गई और आँखों से आँसू की बूँदें गिरने लगीं, मगर इस खयाल से कि नरेन्द्रसिंह को पता न लगे, उन्होंने बहुत जल्द अपने को सम्हाला और मुँह-हाथ धोकर दुरुस्त हो गए।

नरेन्द्रसिंह अपने घर पहुँचे और फौज दुरुस्त करके हाजीपुर पर चढ़ाई करने की फिक्र में पड़े। मगर यह बात मुश्किल थी, क्योंकि जगजीतसिंह और बहादुरसिंह ने रम्भा के मारे जाने का हाल महाराज से कह दिया था। महाराज को भी इसका भारी गम हुआ मगर खुलकर कुछ कर या कह भी नहीं सकते थे, क्योंकि इस बात का खयाल था कि अगर नरेन्द्रसिंह सुनेंगे तो अपना बुरा हाल करेंगे और उनसे छिपाया भी जाए तो कब तक? नरेन्द्रसिंह लड़ाई की तैयारी किया चाहते हैं, उन्हें रोका जाए तो क्योंकर? क्योंकि जब रम्भा ही न रही तो लड़ाई किसके लिए? इत्यादि बहुत सी बातों को सोचते हुए महाराज बहुत ही विकल हो रहे थे, साथ ही इसके बहादुरसिंह का यह कहना भी अजब

तरह का खुटका पैदा कर रहा था कि अभी रम्भा के मरने का हम निश्चय नहीं कर सकते ताज्जुब नहीं कोई चालबाजी की गई हो।

चाहे कितनी ही कोशिश क्यों न की जाए मगर जिगर में घाव करने वाले गम की हालत किसी तरह छिपाए नहीं छिपती। रम्भा के मरने की खबर अभी तक यहाँ सिर्फ तीन ही आदमी जानते हैं और तीनों ही उस खबर को छिपाने की कोशिश कर रहे हैं, मगर उदासी उनके चेहरे का साथ नहीं छोड़ती जिसे देख-देख नरेन्द्रसिंह भी बेचैन हो रहे हैं लेकिन उदासी का सबब उन्हें किसी तरह मालूम नहीं होता।

रात के समय नरेन्द्रसिंह मोहिनी से मिलने के लिए उस मकान में गए जहाँ पहिले उससे मिले थे। इन्हें देख मोहिनी बहुत खुश हुई और बड़ी खातिर और मुहब्बत से पेश आई।

मोहिनी—आप तो कह गए थे कि बहुत जल्द लौटेंगे!

नरेन्द्र—हाँ उम्मीद तो ऐसी ही थी मगर देर हो गई।

मोहिनी—रम्भा को ले आए?

नरेन्द्र—नहीं।

मोहिनी—सो क्यों?

नरेन्द्र—वह तरकीब जो बहादुरसिंह ने की थी दुरुस्त न उतरी, अब फौज लेकर जाना पड़ेगा।

बहुत देर तक इन दोनों में बातचीत होती रही। जहाँ तक हो सका मोहिनी ने मुहब्बत जताने में कोई बात उठा न रक्खी। अपने हाथ से कई चीजें खाने की बना नरेन्द्रसिंह को भोजन कराया और नित्य मिलने का वादा करा के बिदा किया।

सत्ताईसवाँ बयान

आधी रात से ज्यादे जा चुकी है। एक सुन्दर सजे हुए कमरे में पलंग के ऊपर बेचारे नरेन्द्रसिंह बीमार पड़े हुए हैं। महाराज उदयसिंह और कुँअर जगजीतसिंह सुस्त और उदास उनके पास बैठे हैं। बहादुरसिंह भी एक तरफ बैठे रो रहे हैं। कई हकीम और वैद्य भी दवा इलाज की फिक्र में लगे हुए हैं, मगर बीमारी क्या है इसका पता ही नहीं लगता। जाहिर में तो पेट और कलेजे में जलन की शिकायत करते हैं। चेहरा जर्द पड़ गया है, घंटे-घंटे बाद कै होती है मगर सिवाय खून के और कुछ नहीं निकलता। सभी के चेहरे पर उदासी छाई हुई है। लोग दौड़-धूप कर रहे हैं। इस समय किसी के आने-जाने की रुकावट नहीं है, जिसका जी चाहे आवे-जावे कोई कुछ नहीं पूछता। ऐसी ही अवस्था में लोगों ने देखा कि हाथ में कागज का एक मुट्ठा लिए हुए मोहिनी उस कमरे में घुस आई और राजा उदयसिंह के हाथ में कागज का मुट्ठा देकर दूर खड़ी होकर बोली, "मुझे ऐसी अवस्था में इस ढंग से यहाँ पहुँचे हुए देख आपको आश्चर्य होगा मगर मैं इसका सबब और इसके अन्तर्गत जो-जो बातें छिपी हुई हैं जुबानी न कहकर यह कागज का मुट्ठा आपके हाथ में देती हूँ। इसे किसी ऐसे के हवाले कीजिए जो शुरू से आखिर तक ऊँची आवाज में पढ़ के सुना दे। मैं पुकार कर लोगों से कहे देती हूँ कि सब लोग ध्यान देकर सुनें कि इस कागज में क्या लिखा है और मालूम करें कि मोहिनी कौन थी

और इस दुनिया में आकर उसने क्या किया! अफसोस, आज वह दिन है कि हजारों आदमी रोवेंगे और मोहिनी को अर्थात् मुझको गालियाँ देंगे। खैर मैं इसी को गनीमत समझती हूँ, क्योंकि ये सब काँटे मेरे ही बोये हुए हैं और सब के पहिले इसका फल भोगने के लिए मैं तैयार हूँ।"

इस समय मोहिनी की अजीब सूरत थी, सर के बाल बिखरे हुए थे, आँखें सुर्ख हो रही थीं, और बोलते समय होंठ काँप रहे थे, पर उसकी विचित्र बातों ने सभों का ध्यान अपनी तरफ खेंच लिया। राजा उदयसिंह, नरेन्द्रसिंह, जगजीतसिंह और बहादुरसिंह के दिल में इस समय क्या-क्या बातें पैदा हो रही थीं उनका समझना मुश्किल है।

राजा उदयसिंह ने वह कागज का मुट्ठा मोहिनी के हाथ से ले लिया और पहिले स्वयं खोल कर देखा। यह मुट्ठा बहुत लम्बा और जन्मपत्री के तौर पर लपेटा हुआ था। इसमें कई बन्द लिखे हुए कागज के गोंद से नंबरवार चिपकाये हुए थे। इसमें पहिला बन्द कागज का जो सब से ऊपर था स्याह रोशनाई से और इसके बाद कई बन्द लाल रोशनाई से लिखे हुए थे। राजा उदयसिंह ने वह कागज का मुट्ठा एक मुंशी के हाथ में दिया और ऊँचे स्वर से पढ़ने के लिए कहा। मुंशी ने पढ़ना शुरू किया।

पहिले जो कुछ स्याह रोशनाई से लिखा हुआ था, यह था—

"इस कागज के पढ़ने से आप लोगों को मालूम होगा कि मैंने इस राज्य के साथ बड़ी भारी बुराई की है। ऐसी अवस्था में आप लोगों को पहिले यह मालूम होना चाहिए कि मैं किसकी लड़की हूँ और मेरे बाप ने इस दुनिया में अपनी करतूतों का क्या बुरा फल उठाया था। इसके बाद आपको मालूम होगा कि मैंने औरत होकर क्या-क्या किया! मेरे बाप ने अपनी जिन्दगी का हाल स्वयं लिखा था, उसके बाद जो कुछ कसर रह गई थी उसे मैंने पूरा किया और उसी में अपना हाल भी मिलाकर यह मुट्ठा पूरा किया। इसमें जहाँ तक लाल रोशनाई से लिखा हुआ है वह मेरे पिता के हाथ का लिखा है और पहिले उसी को पढ़ना मुनासिब होगा, तथा उसी ढंग से मैंने इस लेख का सिलसिला दुरुस्त भी किया है।"

लाल रोशनाई से जो कुछ लिखा था वह यह था—

"मेरा नाम हजारीसिंह है। मैंने अपनी करनी से जो कुछ तकलीफें उठाईं संक्षेप में लिख कर एक ठिकाने रख देना चाहता हूँ। इसमें सन्देह नहीं कि इस कागज के पढ़ने वालों पर मेरी बुराई खुल जावेगी और मैं बदनाम हो जाऊँगा मगर यह समझ कर कि मेरे इस हाल को पढ़कर लोगों को नसीहत होगी और वे वैसे काम न करेंगे जिनकी बदौलत मैंने तकलीफें उठाईं और अभी तक जान का खौफ बना ही है, मैं ऐसा करता हूँ। मैं नहीं कह सकता कि मेरी जिन्दगी का आखिरी दिन आज होगा या कल।

"मेरे पिता मेरे लिए पचास हजार की आमदनी की जमींदारी और बहुत कुछ दौलत छोड़ गए। मेरी शादी उन्होंने अपनी जिन्दगी ही में कर दी थी, मगर मेरी औरत बदसूरत थी इसलिए मैं उससे मुहब्बत नहीं करता था। मेरी अवस्था उस वक्त बीस वर्ष की थी जब मैं अपने बाप की दौलत का मालिक हुआ। मेरे यहाँ कई लौंडियाँ थीं जिनमें से एक लौंडी जिसका नाम शिवकुँअरी था, बहुत ही खूबसूरत और हसीन थी। मैं उसे बहुत प्यार करता और यही समझता था कि विधाता ने मेरे ही लिए उसे इस दुनिया में भेजा है और यही सबब था कि मेरी बदौलत उसे गहने, कपड़े की परवाह न थी।

"शिवकुँअरी किसी दूसरे शहर या इलाके की रहने वाली थी। हमारे यहाँ वह केवल अपनी बूढ़ी माँ के साथ आई थी और रहती थी। जब उसकी माँ मर गई, मैं बहुत खुश हुआ और शिवकुँअरी को अपनी जोरू के समान मानने लगा। हाँ यह कहना मैं भूल गया कि शिवकुँअरी भी मुझसे मुहब्बत रखती थी और हरदम मेरे खुशी के सामान में लगी रहती थी।

"शिवकुँअरी का हाल सुनकर मेरी स्त्री को बड़ा ही रंज हुआ और उसने मुझे यह कह के धमकाया कि अगर तुम इस लौंडी को यहाँ से न निकालोगे तो मैं बिरादरी में तुम्हारी करतूत का हल्ला मचवा दूँगी। मेरे लिए यह धमकी बहुत भारी थी क्योंकि मैं अपनी बिरादरी का पंच था।

"शिवकुँअरी की मुहब्बत मैं किसी तरह कम नहीं कर सकता था। मैं चाहता तो अपनी स्त्री को जहर दिलवा कर तय कर देता मगर ऐसा करने से

जब बिरादरी वालों को मालूम होता कि मेरी स्त्री मर गई है तब जबरदस्ती मेरी शादी कर दी जाती जो मुझे मंजूर न था। मुझे तो शिवकुँअरी ही को अपनी औरत बनाकर रखना था इसलिए यह कार्रवाई न कर सका, हाँ तीर्थयात्रा का बहाना करके अपनी स्त्री को बाहर ले गया और तब ऐसे ठिकाने खपा आया कि किसी को खबर न हुई और तब उस नेक औरत की जगह मैंने हरामजादी शिवकुँअरी को दे दी। कई तरकीबें ऐसी की गईं कि बिरादरी वालों को मेरी औरत के मरने का हाल मालूम नहीं हुआ और वे लोग बिलकुल न जान सके कि मेरे घर में मेरी ब्याहता पत्नी है या कोई दूसरी। मगर अफसोस, थोड़े ही दिन बाद कम्बख्त शिवकुँअरी ने जहर उगलना शुरू किया और अपनी बदचलनी का तमाशा अच्छी तरह दिखाया जिसका हाल मैं आगे चलकर लिखता हूँ।

"गयाजी से थोड़ी दूर पर अपनी अमलदारी में मैंने एक बाग और एक मकान बनवाया और उसका नाम 'ऐशमहल' रखकर उसी में शिवकुँअरी के साथ खुशी-खुशी दिन बिताने लगा।

"सात वर्ष के अन्दर शिवकुँअरी से तीन लड़कियाँ पैदा हुईं। बड़ी का नाम केतकी, मझली का नाम मोहिनी, और सब से छोटी का नाम गुलाब रक्खा गया। धीरे-धीरे शिवकुँअरी की बुरी चालचलन मेरे दिल में खटकने लगी और मुझे मालूम हो गया कि वह कई नीच लोगों से मुहब्बत रखती है जिसका हाल खुलासे तौर पर यहाँ लिखना पसन्द नहीं करता।

"शिवकुँअरी को आजमाने के लिए एक दिन देहात पर दौरे जाने का बहाना कर मैं घर से निकल गया और रात को बेमालूम तौर पर लौट आया। नौकरों में अपने आने की चर्चा न होने दी। सीधा मकान के अन्दर चला गया और सीढ़ी पर धीरे-धीरे पैर रख ऊपर की मरातिब को चला। यकायक मेरे कानों में किसी के बातचीत की आवाज आई जिसे मैं अच्छी तरह समझ नहीं सकता था। धीरे-धीरे कदम दबाये हुए ऊपर पहुँचा और कमरे के पास जिसका दरवाजा बन्द था जाकर खड़ा हो कान लगाकर सुनने लगा। अब साफ मालूम हो गया कि शिवकुँअरी किसी से बातें कर रही है। पहिली बात जो मैंने सुनी यह थी—

"जो कुछ तुमने कहा मुझे मंजूर है मैं खूब चिल्लाऊँगी जिसमें मुझ पर कोई शुबहा न हो, फिर तुम्हारे साथ इसी महल में ऐश करूँगी..."

"इससे ज्यादे मैं कुछ भी सुनने न पाया—गुस्से से काँपने लगा, एकदम किवाड़ खोल अन्दर जा घुसा और अपने पलंग पर एक आदमी को लेटे और शिवकुँअरी को उसके सिर में तेल लगाते देखा। मगर मैं उस दृश्य को अच्छी तरह देख न सका। मैं नहीं जानता था कि मेरे लिए यहाँ बहुत सामान इकट्ठे हो चुके हैं। चौखट के अन्दर पैर रक्खा ही था कि पीछे से आकर किसी ने मेरे गले में कपड़ा डाल दिया और एक झटका देकर इस तरह खैंचा कि मैं बदहवास होकर पीठ के बल गिर पड़ा। घबराहट और चोट के सदमे से एक दम बेहोश हो गया और जब होश में आया अपने को एक तहखाने में बन्द पाया। मैं नहीं कह सकता कि वह समय रात का था या दिन का।

"इस तहखाने की दीवारें संगीन थीं और इसकी महराबी छत बहुत नीची थी। एक तरफ आले में चिराग जल रहा था। मेरे हाथ-पैर खुले थे। मैं घबड़ाकर उठ खड़ा हुआ और धीरे-धीरे टहलने लगा। इस कोठरी में दो तरफ दो दरवाजे थे जिन्हें खोलकर बाहर निकलने का इरादा किया। पहिले एक दरवाजे की तरफ गया और खोलने की कोशिश की, मालूम हुआ कि बाहर से बन्द है क्योंकि अन्दर की तरफ कोई जंजीर या सिटकिनी बन्द करने के लिए न थी, लाचार लौट आया और दूसरे दरवाजे की तरफ गया।

"यह दरवाजा अन्दर से बन्द न था जिससे मैं आसानी से खोल सका मगर उस तरफ झाँकने से बिलकुल अँधेरा पाया, लाचार फिर लौटा और हाथ में चिराग लेकर उसके अन्दर गया। छोटी सी कोठड़ी नजर पड़ी जिसमें नीचे उतर जाने के लिए सीढ़ियाँ बनी हुई थीं। मैं नीचे उतर गया मगर वहाँ की कैफियत देख एकदम काँप उठा और थोड़ी देर के लिए बदहवास हो दीवार से ढासना लगा के बैठ गया। थोड़ी देर बाद अपने को सम्हाल कर फिर उठा और घूम-घूम कर देखने लगा। यह कोठड़ी बहुत लम्बी-चौड़ी थी, चारों तरफ हड्डियों के ढेर लगे हुए थे, बीच में एक संगमरमर का चबूतरा था जिसके ऊपर लोहे की एक मूरत आदमी के कद से बड़ी बनी हुई थी। उसके दोनों

हाथ अन्दाज से भी ज्यादे लम्बे थे। यह मूरत बड़ी भयानक थी और इसके चेहरे की तरफ निगाह करने से डर मालूम होता था। इस मूरत के तमाम बदन में दोरुखे धारवाले नुकीले चाकू लगे हुए थे।

"मुझे विश्वास हो गया कि यह जरूर ऐसी जगह है जहाँ आदमी बड़ी बेदर्दी के साथ मारा जाता है। इस ख्याल के साथ ही मेरा सिर घूमने लगा और मैं सोचने लगा कि क्या मैं भी यहाँ इसीलिए लाया गया हूँ! बेशक ऐसा ही होगा। इसमें कोई शक नहीं कि यह काम शिवकुँअरी के लगाव से किया गया है। इसके साथ ही मैं उस समय की बातों को सोचने लगा, जब अपने मकान पर जबरदस्ती और बेबस करके गिरफ्तार किया गया था।

"इन्हीं सब बातों को बैठा सोच रहा था कि सामने वाला दरवाजा खुला और दो आदमियों के साथ शिवकुँअरी आती दिखाई पड़ी। उन दोनों आदमियों की सूरत से बदमाशी और बेदर्दी साफ मालूम होती थी। उनका काला रंग, स्याह चढ़ी मूँछें, सुर्ख आँखें और उलझे हुए घने बाल उनकी दुष्टता का परिचय दे रहे थे। ऊपर लिखी बातों के सिवाय कमर का जाँघिया और हाथ की भुजाली उन्हें साक्षात् काल रूप ही बनाए हुए थीं।

"मगर आश्चर्य यह है कि ऐसे समय में उन दोनों आदमियों के साथ रहने पर भी शिवकुँअरी के चेहरे पर डर, घबराहट या उदासी का कोई निशान नहीं पाया जाता था बल्कि वह एक तरह पर खुश मालूम होती थी! तीनों आदमी मेरे सामने आकर बैठ गए और शिवकुँअरी मुझसे बातें करने लगी।

शिवकुँअरी—अफसोस कि मैं आपको ऐसी अवस्था में देख रही हूँ!

मैं—मगर तुम्हारी सूरत से किसी तरह का रंज नहीं पाया जाता।

शिवकुँअरी—ठीक है, मैं आपको इस कैद से छुड़ा सकती हूँ, मगर एक शर्त पर।

मैं—वह क्या?

शिवकुँअरी—तुम्हारे बाप का लिखा हुआ जो वसीयतनामा है वह मुझे दे दो और अपने हाथ से एक वसीयतनामा दूसरा मेरे नाम का लिखकर मुझे दे दो जिसके जरिये मैं तुम्हारी कुल जायदाद की मालिक बन सकूँ, क्योंकि

तुम्हारे बाप ने जो वसीयतनामा लिखा है उसके जरिये से तुम्हारे बाद तुम्हारा लड़का और लड़का न हो तो तुम्हारा चचेरा भाई मालिक बन सकता है, तुम्हारी औरत या तुम्हारी लड़की को सिवाय खाने-पीने के और कुछ नहीं मिल सकता।

मैं—(क्रोध से) क्या तुमने इसी मतलब से मुझे ऐसी हालत में डाल दिया है?

शिवकुँअरी—बेशक।

मैं—हाय, मुझे तुझसे ऐसी उम्मीद कभी न थी! मैं तुझे अपना समझता था! अफसोस!!

शिवकुँअरी—रंडियों या सुरैतिनों को अपना समझना बिलकुल नादानी है और उनसे किसी तरह की भलाई की उम्मीद रखने वाला पूरा बेवकूफ है!

मैं—(जोश में आकर) चाहे मेरा सिर काट लिया जाए मगर मैं ऐसा कभी नहीं कर सकता! साथ ही अगर जिन्दगी है तो जरूर तुझसे इसका बदला लूँगा!!

शिवकुँअरी—(हँसकर) अभी जिन्दगी की उम्मीद तुम्हें बाकी है! मेरा कहना न मान कर तुम कभी जिन्दा नहीं रह सकते!

"इसके साथ ही उन दोनों आदमियों में से एक ने मुझसे डपट के कहा, "यह न समझो कि तुम सहज ही में मार डाले जाओगे, तुम्हारी जान बड़ी तकलीफ से जाएगी। अच्छा देखो मैं तुम्हें मौत का मजा दिखाता हूँ!!

"इतना कहकर उन दोनों ने मुझे मजबूती से पकड़ लिया और घसीटते हुए तहखाने में ले जाकर उस तेज चाकुओं से भरे हुए मूरत के सामने खड़ा कर दिया जिसका हाल मैं ऊपर लिख चुका हूँ और जिसे मैं तहखाने का दरवाजा खोल कर खुद ही देख आया था। उन दोनों ने कहा—

"देखो, एक पेंच के घुमाने से इस मूरत में इतनी ताकत आ सकती है कि तुम्हें हाथों से अपनी छाती के साथ लगा ले और ये सब तेज चाकू तुम्हारे बदन में घुस जाएँ। हम लोग ऐसा कर सकते हैं और करेंगे कि तुम्हें उसी हालत में छोड़कर चले जाएँ और तुम इस मूरत के साथ लगे हुए तड़प-तड़प कर मर जाओ। कोई तुम्हारे चिल्लाने की आवाज भी नहीं सुन सकता। अब तुम्हीं सोच लो कि अगर तुम मारे जाओगे तो किस तकलीफ से जान जाएगी!!

"मैं यह बात सुनकर बदहवास हो गया और थोड़ी देर तक अपने आपे में न रहा, लेकिन यकायक मुझे एक बात याद आ गई जिससे मेरी बदहवासी जाती रही और मुझे अपनी जिन्दगी की कुछ-कुछ उम्मीद हो गई। मैंने कहा, "खैर, जो कुछ तुम लोग कहोगे मैं वही करूँगा।" इतना सुन वे लोग कुछ खुश हुए और मुझे फिर उसी कोठड़ी में ले आए जहाँ मैं पहिले था।

शिवकुँअरी—अच्छा, अब बताओ तुम्हारे बाप का लिखा हुआ वसीयतनामा कहाँ है? उसे पाने के बाद मैं कागज, कलम, दावात लेकर तुम्हारे पास आऊँगी और तुम दूसरा वसीयतनामा लिख देना, बस फिर तुम छोड़ दिये जाओगे।

मैं—यह वसीयतनामा मेरे पुराने खिदमतगार रामदीन के पास है, तुम उससे ले लो।

शिवकुँअरी—वह मुझे कभी न देगा जब तक कि तुम एक पुर्जा उसके नाम न लिख दोगे।

मैं—तुम उसे कहना कि वह वसीयतनामा दे दो, जिसके साथ तीन सौ तैंतीस रुपये तेरह आने की थैली तुम्हारे सुपुर्द की गई है।

शिवकुँअरी—अगर इतना कहने से भी वह न दे तब?

मैं—तो जो चाहे मेरी सजा करना।

शिवकुँअरी—अच्छा आखिर मेरे कब्जे से निकल कर कहाँ जाओगे! यह भी करके देख लेती हूँ!

"इसके बाद वे तीनों वहाँ से चले गए और दरवाजा बन्द करते गए। भूखे-प्यासे मुझे फिर उसी तहखाने में रहकर सोचने और ख्याल दौड़ाने का मौका मिला।

"मैंने सोच लिया था कि अगर वसीयतनामा न दूँगा तो बेशक बेदर्दी के साथ मारा जाऊँगा और वसीयतनामा देने और दूसरा लिख देने पर भी ये लोग मुझे जीता न छोड़ेंगे क्योंकि बिना मुझे मारे वे लोग वसीयतनामे का सुख नहीं भोग सकते यही सोचकर मैंने दूसरी चालाकी खेली थी कि शायद इस तरकीब से जान बच जाए।

"रामदीन खिदमतगार मेरे पिता के समय का था। वह बहुत ही नेक, होशियार और दूर अंदेश था। मेरे पिता उसे बहुत ज्यादे चाहते और मानते थे। अपनी जिन्दगी में मेरे पिता ने उसे एक भेद समझा रक्खा था। उस भेद अथवा इशारे की बदौलत कई दफे पिताजी की जान बच चुकी थी, क्योंकि भारी जमींदार और अमीर होने के सबब उनके बहुत से दुश्मन थे। वही इशारा रामदीन ने मुझे समझा रक्खा था और ताकीद कर दी थी कि तुम्हारी चालचलन अच्छी नहीं है और मेरी नसीहत भी नहीं मानते हो, ताज्जुब नहीं कि कभी किसी आफत में फँस जाओ। ईश्वर न करे अगर ऐसा मौका पड़े तो तुम भी अपने बाप की तरह हमारे साथ उसी इशारे का बर्ताव करना। वही बात मुझे याद आ गई, जिससे जिन्दगी की कुछ उम्मीद हुई और वही तरकीब मैंने की। साथ ही यहाँ मैं यह भी लिख देना चाहता हूँ कि रामदीन मेरा सब हाल जानता था और किसी समय भी मेरी तरफ से बेफिक्र नहीं रहता था।

"इसके बाद शिवकुँअरी और रामदीन से जो बातें हुईं और रामदीन ने अपनी कार्रवाई का जो कुछ हाल मुझसे कहा वह लिखता हूँ—

"जब मैं इलाके पर जाया करता था तो शिवकुँअरी अक्सर तीन-तीन, चार-चार घंटे तक सिर्फ दो-तीन लौंडियों को साथ ले ऐशमहल के आस-पास जंगल और मैदान में घूमा करती थी। अबकी दफे भी मैं मामूली तौर पर इलाके पर गया हुआ था मगर मेरे चुपचाप लौटने का हाल किसी को मालूम न हुआ और यकायक शिवकुँअरी के जालिम पंजे में फंस गया। मैंने शिवकुँअरी को (जब ऐशमहल में रहने लगा था) घोड़े पर चढ़ना अच्छी तरह सिखाया था, क्योंकि वहाँ एकान्त में और मंडली या बिरादरी से दूर उसे घोड़े पर अपने साथ लेकर घूमने-फिरने में कोई हर्ज नहीं समझता था।

"मेरी गैरहाजिरी में शिवकुँअरी घोड़े पर सवार हो हवा खाने के लिए बाहर गई और सात घंटे के बाद लौटी। उसका यह काम रामदीन को बहुत ही बुरा मालूम हुआ सो भी ऐसी हालत में जब कि वह बराबर ही उससे बुरा मानता था और उसे मेरे लिए एक कलंक समझता था।

"सुबह के वक्त शिवकुँअरी अपने कमरे में बैठी कुछ सोच रही थी।

थोड़ी देर बाद उसने लौंडी भेज कर रामदीन को बुलवाया और उसे अपने पास बैठाकर इधर-उधर की बातें करने लगी। थोड़ी ही देर में एक लौंडी ने अर्ज किया कि सरकार का एक आदमी देहात पर से आया है और एक खत लाया है मगर मुझे नहीं देता।

शिवकुँअरी—(रामदीन से) तुम उसके हाथ से खत ले लो।

रामदीन—बहुत अच्छा।

रामदीन बाहर गया और सरसरी निगाह से उस आदमी को सिर से पैर तक देखने के बाद चिट्ठी लेकर शिवकुँअरी के पास आया। शिवकुँअरी ने चिट्ठी पढ़कर रामदीन से कहा—

शिवकुँअरी—सरकार ने हमें वहीं बुलाया है!

रामदीन—वहाँ बुलाने की क्या जरूरत थी?

शिवकुँअरी—क्या मालूम! और तुमसे एक चीज लेते आने के लिए भी लिखा है।

राम वह कौन सी चीज?

शिवकुँअरी—वसीयतनामा, जो उनके पिता ने लिखा था।

रामदीन—वह वसीयतनामा उन्हीं के पास है! मुझे उन्होंने कब दिया जो माँगते हैं!!

शिवकुँअरी—नहीं तुम्हारे ही पास है। लो चिट्ठी पढ़ो देखो उन्होंने लिखा है कि तीन सौ तैंतीस तेरह आने की थैली के साथ जो वसीयतनामा रामदीन के पास है सो उससे लेकर चली आओ।

'तीन सौ तैंतीस तेरह आने' का नाम सुनते ही रामदीन काँप उठा और एक दफे गौर से शिवकुँअरी की तरफ देखकर बोला, "अच्छा ठहरो, मैं वसीयतनामा लाकर तुम्हें देता हूँ मगर यह चिट्ठी मुझे दे दो, जिससे सरकार यह न कहें कि हमने वसीयतनामा नहीं मँगाया था!" शिवकुँअरी ने चिट्ठी रामदीन को दे दी, चिट्ठी लेकर रामदीन बाहर आया और उस आदमी को जो चिट्ठी लाया था साथ लेकर एक तरफ चला गया।

"दो घंटे बीत गए मगर रामदीन न आया। शिवकुँअरी ने उस आदमी

को जो चिट्ठी लाया था, अपने पास बुला लाने के लिए लौंडी भेजी। लौंडी ने वापस आकर जवाब दिया कि वह आदमी बाहर नहीं है, रामदीन उसे अपने साथ ले गया। यह सुनकर शिवकुँअरी सोच में पड़ गई और देर तक गौर करती रही, आखिर कमरे के बाहर निकल आई और एक लौंडी को हुक्म दिया कि बहुत जल्द घोड़ा कसवा कर ले आ। लौंडी घोड़ा कसवाने के लिए चली गई मगर बहुत जल्द वापस आकर बोली—

लौंडी—साईस का तो आज दिमाग ही नहीं मिलता, वह कहता है कि मैं इस समय घोड़ा कसकर न लाऊँगा।

शिवकुँअरी—(लाल आँखें करके) क्या उसकी इतनी हिम्मत हो गई!!

लौंडी—जी हाँ!

शिवकुँअरी—अस्तबल के दारोगा को तैने इस बात की इत्तिला की थी?

लौंडी—की थी मगर वे भी कुछ नहीं सुनते, कहते हैं कि बिना हुक्म रामदीन के घोड़ा नहीं कसा जा सकता।

शिवकुँअरी—(दाँत पीसकर) रामदीन कौन है जो...!

"इतना कहते-कहते वह रुक गई जैसे उसे यकायक कोई बात याद आ गई हो।

"शिवकुँअरी दूसरे कमरे में चली गई और हवाखोरी की पोशाक पहिन कमर में खंजर छिपा मुँह पर नकाब डाल कर एक लौंडी को साथ ले हाते के बाहर चली मगर दरवाजे पर रोक दी गई। वे आदमी जो उसका हुक्म मानते थे और उसके नाम से काँपते थे इस समय मुकाबला करने को तैयार हो गए और साफ कहने लगे कि आप इस फाटक के बाहर नहीं जा सकतीं। लाचार शिवकुँअरी वहाँ से लौटी और अपने कमरे में आकर बैठ गई। थोड़ी ही देर बाद एक लपेटा हुआ कागज हाथ में लिए रामदीन भी आ पहुँचा।

रामदीन—वसीयतनामा तो मैं ले आया हूँ।

शिवकुँअरी—(हाथ बढ़ाकर) मेरे हवाले करो!

रामदीन—मैं आप साथ चलता हूँ अपने हाथ से सरकार को दूँगा।

शिवकुँअरी—क्या मेरा एतबार नहीं है?

रामदीन—नहीं, बिलकुल नहीं! (कुछ सोचकर) खैर बात बढ़ाने की कोई जरूरत नहीं, अब साफ-साफ बता दो कि सरकार कहाँ है?

शिवकुँअरी—(कुछ घबड़ा कर) मैं क्या जानूँ सरकार कहाँ पर है?

रामदीन ने जोर से ताली बजाई जिसकी आवाज ऊँचे छत वाले कमरे में गूँज गई और इसके साथ ही हाथ में कुछ लिए दो आदमी उस कमरे में घुस आए जिन्हें देखते ही शिवकुँअरी ने पहिचान लिया कि ये दोनों रामदीन के लड़के हैं।

रामदीन—(शिवकुँअरी से) देखो अब साफ-साफ बता दो नहीं तो तुम्हारी दुर्गत की जाएगी। तुम यह न समझना कि तुम इस घर की मालिक हो। मैं बखूबी जान गया कि तुमने मेरे मालिक को धोखा दिया। जो आदमी खत लाया था उसे मैंने कब्जे में कर लिया और सजा देकर सब हाल मालूम कर लिया।

शिवकुँअरी—रामदीन! मालूम होता है तुम पागल हो गए हो!!

"इतना सुनते ही रामदीन ने अपने दोनों लड़कों को कुछ इशारा किया। उन दोनों ने शिवकुँअरी की मुश्कें बाँध लीं और बेंत से मारना शुरू किया।

"मैं अपना हाल बहुत मुख्तसर में लिखा चाहता हूँ इसलिए इतना ही लिखना बहुत है कि शिवकुँअरी और उस नकली चिट्ठी लाने वाले आदमी को मारपीट कर रामदीन ने मेरा कुल हाल मालूम कर लिया और जिस तरह बना मुझे उस कैद से छुड़ाया।

"मैं उस तहखाने में कसम खा चुका था अगर यहाँ से बचकर किसी तरह निकलूँगा तो शिवकुँअरी से बेतरह समझूँगा। घर पहुँचकर मैंने अपनी कसम पूरी की।

"ऐशमहल में मैंने एक तहखाना बनवाया था जिसमें अपना खजाना रक्खा करता था। शिवकुँअरी को उसी तहखाने में ले गया और कुत्तों से नुचवा कर उसे यमलोक की तरफ रवाना किया। साफ कराकर उसकी हड्डियों का ढाँचा उसी तहखाने में रखवा दिया जो उम्मीद है कि बहुत दिन तक रहेगा और किसी न किसी को मेरे हाल की खबर दे कर कुलटा स्त्रियों

से बचने के लिए नसीहत करेगा क्योंकि यह कागज भी मैं उसी के साथ रखता हूँ।"

यहाँ पर मोहिनी के बाप का हाल जो उसने अपने हाथ से सुर्ख रोशनाई से लिखा था समाप्त हो गया। अब उस लेख का वह हिस्सा पढ़ा जाने लगा जो स्याह रोशनाई से मोहिनी ने अपने हाथ से लिख कर पूरा किया और तब चिपकाया था। इस जगह महाराज ने उस मुंशी को जो पढ़ रहा था, दम लेने के लिए कहा क्योंकि हजारीसिंह के विचित्र हाल ने उनके कोमल कलेजे को दहला दिया था। नरेन्द्रसिंह भी पलंग पर पड़े-पड़े इस अनूठे किस्से को सुन के बहुत परेशान हुए। मोहिनी की तरफ से उन्हें नफरत हो गई यहाँ तक कि मुँह फेर लिया और दूसरी तरफ देखने लगे। तकलीफ से बहुत ही बेचैन हो रहे थे, दमदम भर पर दवा दी जा रही थी मगर नब्ज कमजोर ही होती जाती थी, फिर भी उन्होंने मुंशी की तरफ देखकर आगे पढ़ने का इशारा किया और मुंशी ने पढ़ना शुरू किया—

"मेरा नाम मोहिनी है। मैं हजारीसिंह की मझली लड़की हूँ। मेरी बड़ी बहिन का नाम केतकी और छोटी का नाम गुलाब है। यों तो माँ के मिजाज का असर हम तीनों बहिनों पर पड़ा मगर केतकी उन ऐबों से अच्छी तरह भरी हुई थी जो दुनिया में भले लोगों के हिसाब से बुरे गिने जाते हैं। हमारे बाप हजारीसिंह को मुनासिब तो यही था कि हमारी माँ के साथ-साथ हम तीनों बहिनों को भी मार डालता क्योंकि बुरों की औलाद और हरामी पैदाइशों से किसी तरह की भलाई की उम्मीद नहीं हो सकती, मगर हमारे बाप ने हमलोगों पर रहम किया और परवरिश कर के बड़ा किया। थोड़े ही दिन बाद केतकी जवानी पर आई और उसकी शादी की गई मगर उसकी चाल-चलन ने हमारे बाप को होशियार कर दिया और उसने निश्चय कर लिया कि इन तीनों लड़कियों से भी सिवाय बुराई के भलाई की उम्मीद किसी तरह नहीं हो सकती, इन तीनों को भी खपा ही देना चाहिए।

"न मालूम किस तरह से अपने बाप का इरादा केतकी ने मालूम कर लिया और वह अपनी जान बचा कर उनकी जान लेने पर मुस्तैद हो गई,

मगर यह समझ कर कि उनके मरने के बाद जायदाद का मालिक उनका भाई या भतीजा होगा, रुकी और पहिले उन्हीं दोनों की जान लेने पर मुस्तैद हुई। आखिर उन लोगों से मेल और दोस्ती बढ़ाकर जिस तरह हो सका एक ही दफे जहर दिलवा कर उन दोनों का काम तमाम किया और इसके दो ही चार दिन बाद अपने खसम को मारा, तथा तब रसोइए ब्राह्मण से मिल के अपने बाप की जान ली।

"हम तीनों बहिनें अपने बाप के जायदाद की मालिक हुईं, मगर केतकी अकेली ही सुख भोगा चाहती थी इसलिए हम छोटी बहिनों का रहना भी उसे नापसन्द हुआ और उसने बदमाशों के हाथ यह काम सुपुर्द किया। मेरी और गुलाब की जान जिस तरह नरेन्द्रसिंह ने बचाई उसके लिखने की कोई जरूरत नहीं क्योंकि यह बात बहुत मशहूर हो रही है और महाराज भी उसे अच्छी तरह जानते होंगे। नरेन्द्रसिंह का अहसान मुझे मानना चाहिए था, मगर नहीं, अब मैं उनका अहसान नहीं मान सकती। अपनी बड़ी बहिन केतकी से तो बदला ले ही लिया और उसे जहन्नुम में पहुँचा ही दिया मगर नरेन्द्रसिंह को भी अपनी आँखों के सामने दम तोड़ते देखना चाहती हूँ।"

मुंशी ने यहाँ तक पढ़ा था कि सभों की हालत बदल गई, क्रोध के मारे बदन काँपने लगा, आँखें सुर्ख हो गईं, तलवारों के कब्जों पर हाथ जाने लगे और दाँत पीस-पीस कर मोहिनी की तरफ लोग देखने लगे। बड़ी कोशिश करके महाराज ने अपने को सम्भाला और आगे पढ़ने के लिए मुंशी को इशारा किया। मुंशी ने फिर पढ़ना शुरू किया—

"नरेन्द्रसिंह की मुहब्बत देखकर मुझे उम्मीद थी कि मैं उनके साथ ब्याही जाऊँगी क्योंकि मैं भी उन पर जी से मरती थी मगर मैंने सुना कि वे रम्भा के लिए मर रहे हैं तो वह उम्मीद जाती रही, क्योंकि मैं अपने साथ किसी सवत का होना पसन्द नहीं करती और न मुझे यह मंजूर ही है। जब मैं स्वयं नरेन्द्रसिंह से मिली और बातचीत की नौबत आई तो मुझे निश्चय हो गया कि रम्भा से ब्याह करेंगे, लाचार मुझे भी कसम खानी पड़ी कि रम्भा और नरेन्द्र दोनों ही को इस दुनिया से उठा दूँगी।

“अपनी बड़ी बहिन केतकी से बदला लेकर और उसे जान से मार कर जब मैं बिहार में अर्थात यहाँ आई तो गुप्त रीति से नरेन्द्रसिंह से मिली। उनकी बातचीत से यह तो जरूर मालूम हुआ की वे मुझे भी चाहते हैं और मुझसे शादी करने पर राजी हैं, मगर साथ ही इसके यह भी निश्चय हो गया कि पहले वे रम्भा से ही शादी करेंगे और तब मुझसे। खैर अपनी कसम पर मजबूत रहना पड़ा।

“नरेन्द्रसिंह की जुबानी मालूम हुआ कि रम्भा हाजीपुर में कैद है और बहादुरसिंह भी हाजीपुर में बिराज रहे हैं और वहाँ उन्होंने चमेलादाई पर अपना कब्जा करके गप्प उड़ाई है कि रम्भा के सिर पर चुड़ैल आती है—इत्यादि, जिसमें वहाँ का राजा रम्भा को निकाल दे और वह सहज ही में नरेन्द्रसिंह के हाथ लग जाए।

जब नरेन्द्रसिंह रम्भा को लेने गए तो मैं भी भेष बदल कर हाजीपुर पहुँची। अपना नाम सुन्दर रखकर महल में गई और बहादुरसिंह और चमेलादाई का भेद खोल दिया। वहाँ मेरी बड़ी खातिर हुई और रम्भा के बगल ही में एक कोठड़ी मुझे रहने को मिली। महल भर की लौंडियों पर मेरी हकूमत कायम की गई जिससे मुझे अपना काम करने का बहुत कुछ मौका मिला।

“रात के समय मैं अपनी कोठड़ी से बाहर निकली, महल में सभों को सोता पाया। रम्भा की कोठड़ी में घुस गई मगर वहाँ बिलकुल ही अँधेरा था। टटोलती हुई रम्भा की चारपाई तक पहुँची और उसे नींद में बेहोश पाकर खंजर से उसका काम तमाम किया। यह खबर उसी रोज चारों तरफ फैल गई बल्कि बहादुरसिंह ने सुना हो तो ताज्जुब नहीं।

“मुझे महल से बाहर निकलने में किसी तरह की तकलीफ न हुई। मैं तुरन्त वहाँ से भाग निकली। और नरेन्द्रसिंह के पहले यहाँ आ पहुँची। जब नरेन्द्रसिंह यहाँ आए तो मुझ से मिले। मैंने अपने हाथों से कई चीजें खाने की बनाई और उन्हें खिलाया जिनमें ऐसा जहर मिलाया हुआ था कि जिसका असर किसी तरह और किसी भी दवा से दूर नहीं हो सकता। मेरी मुराद पूरी हुई, नरेन्द्रसिंह भी घंटे दो घंटे में इस दुनिया को छोड़ा चाहते हैं, अब मैं भी

मरने के लिए तैयार हूँ, जिस तरह चाहे मेरी जान ली जाए कुछ परवाह नहीं।"

॥ इति ॥

इस आखरी लेख के पढ़ने और सुनने पर सभों का अजब हाल हो गया। जितने लोग वहाँ मौजूद थे सभों के मुँह से 'हाय-हाय' की आवाज निकलने लगी और सभों के मुँह पर उदासी और मुर्दनी छा गई। महाराज ने अपने दोनों हाथ सिर पर मारे और 'हाय बेटा नरेन्द्र!' कहकर बेहोश हो गए।

जगजीतसिंह की आँखों से आँसुओं की नदी बह चली। दीवान मुत्सद्दी और मुसाहब लोग जो वहाँ मौजूद थे सभी रोने और चिल्लाने लगे। सब तरफ हाहाकार मच गया। बिजली की तरह यह बात चारों तरफ फैल गई। हर तरफ से रोने और चिल्लाने की आवाजें आने लगीं। धीरे-धीरे नरेन्द्रसिंह के चेहरे पर भी मुर्दनी छाने लगी और नाड़ी ने जगह छोड़ दी।

पाठक, यह मौका बड़े ही रंज और गम का है। ऐसे किस्सों का लिखना मुझे पसन्द नहीं और न ही मेरे कलेजे में इतनी मजबूती ही है। इस समय जो हालत है मैं अपनी कलम से लिख नहीं सकता, तो भी उम्मीद है कि यह भयानक समा अवश्य पाठकों की आँखों में घूम जाएगा और वे जान जाएँगे कि यह कैसा नाजुक मौका है। बहुतों को दुःखान्त नाटक और उपन्यास पसन्द हैं। उन लोगों से मेरी प्रार्थना है कि बस इसके आगे न पढ़ें और इस उपन्यास को दुःखान्त समझ कर इसी जगह छोड़ दें!

मगर उन लोगों के लिए जो कोमल कलेजे रखते हैं, जिन्हें दुःख की कहानी पसन्द नहीं, थोड़ा और लिख देता हूँ।

आधे घंटे में बाहर-भीतर सभों में यह बात फैल गई और सायत-सायत में 'हाय-हाय' की आवाज बढ़ गई। महाराज दुहत्थड़ मार-मार कर रोने लगे। नौकरों ने मोहिनी की मुश्कें बाँध लीं और राह देखने लगे कि जरा इशारा हो और इसकी बोटी-बोटी काट कर कुत्तों को खिला दें।

इसी समय दो आदमी सिपाहियाना ठाठ से ढाल तलवार और खंजर लगाए मुँह पर नकाब डाले बेधड़क भीड़ को चीरते हुए वहाँ जा पहुँचे जहाँ

नरेन्द्रसिंह की आखिरी हालत देख लोग चिल्ला और रो रहे थे। इन दोनों में से एक ने अपने दोनों हाथ उठाए और चिल्लाकर कहा—

"आप लोग चुप रहें, किसी तरह का गम न करें, और विश्वास रक्खें कि नरेन्द्रसिंह किसी तरह नहीं मर सकते! मैं आ पहुँचा हूँ। आप लोगों के देखते ही देखते इन्हें आराम करूँगा और थोड़ी देर में यहाँ खुशी के बाजे बजते होंगे!!"

इस आदमी के यकायक पहुँचने और इस तरह चिल्लाकर ढाढ़स देने से सभी चौकन्ने हो गए। एक उम्मीद की झलक सभों के चेहरों पर मालूम होने लगी। महाराज उठ खड़े हुए और ताज्जुब के साथ उम्मीद भरी निगाहों से उस आदमी की तरफ देखने लगे। इस समय मोहिनी की मुश्कें बँधी हुई थी और वह हर तरह से बेबस एक कोने में खड़ी थी मगर किसी तरह की परेशानी उसके चेहरे से मालूम न होती थी। इस नये आए हुए आदमी के मुँह से निकली हुई बातों को सुनकर वह हँस पड़ी और बोली—

"अगर ब्रह्मा भी उतर कर आएँ तो नरेन्द्रसिंह को आराम नहीं कर सकते! दुनिया में ऐसी कोई दवा ही नहीं जो मेरे जहर को दूर कर सके!"

मोहिनी की इस बात ने फिर सभों को परेशान कर दिया। जो थोड़ी सी उम्मीद बँधी थी वह भी जाती रही, महाराज दोनों हाथों से कलेजा थाम 'हाय-हाय' करके बैठ गए और आँसू भरी आँखों से उस आदमी की तरफ देखने लगे। उस आदमी ने फिर हाथ उठाकर कहा—

"आप लोग मोहिनी की बात सुनकर निराश न हो और दिल लगाकर सुनें कि मैं क्या कहता हूँ। एक समय रम्भा और उसकी सखी तारा को केतकी के यहाँ रहने का अवसर मिला था। केतकी उन दोनों से इतना हिल-मिल गई थी कि उसने अपनी रत्ती-रत्ती हाल इनसे कह दिया था। केतकी की एक सखी की जुबानी रम्भा को मालूम हुआ कि केतकी को एक वैद्य ने एक विधि ऐसे जहर के बनाने की बात बता दी है कि जिसके खाने से आदमी किसी तरह नहीं बच सकता। कोई दवा उस जहर के असर को दूर नहीं कर सकती थी, मगर साथ ही इसके उस वैद्य ने यह भी कह दिया था कि अगर उस आदमी को जिसे जहर दिया गया हो आराम करने की जरूरत पड़ ही जाए तो उसे

एक रत्ती संखिया खिलाना चाहिए। जरूर है कि इस उल्टी तरकीब से लोग हिचकेंगे मगर उस जहर को दूर करने के लिए दुनिया में सिवाय इसके और कोई तरकीब ही नहीं है। मुझे यह हाल खास रम्भा की जुबानी ही मालूम हुआ है। मोहिनी केतकी की बहिन है, यह उस दवा को बखूबी जानती होगी और इसने बेशक वही जहर नरेन्द्रसिंह को खिलाया होगा। अब आप बेधड़क इन्हें एक रत्ती संखिया खिलाएँ। इसमें कोई शक नहीं कि ये आराम हो जाएँगे। जब इनकी तबीयत कुछ ठहर जाएगी तो मैं रम्भा का भी हाल आप लोगों से कहूँगा जिसके मारने में मोहिनी ने धोखा खाया।

इतना सुनते ही मोहिनी का रंग उड़ गया। चेहरे पर मुर्दनी छा गई और उसने चीख कर कहा—

"हाय! अब नरेन्द्रसिंह के मरने की उम्मीद नहीं। अब मुझे अपने मरने का बेशक गम होगा!"

उसकी इस बात के सुनने से लोगों को बहुत कुछ उम्मीद हो गई। महाराज ने कहा, "आखिर तो मेरा बच्चा हाथ से जाता ही है! अब इस बेचारे नेकमर्द के कहे मुताबिक संखिया खिलाने में मैं किसी तरह का हर्ज नहीं समझता!" नरेन्द्रसिंह में बोलने की ताकत न थी मगर आँखें बन्द किये पड़े-पड़े सब कुछ सुन रहे थे।

हुक्म की देर थी। संखिया लाकर नरेन्द्रसिंह को खिलाया गया। उसने तो अक्सीर दवा का काम किया। पेट में जाते ही नरेन्द्रसिंह की आँखें खुल गईं और नब्ज भी उमड़ आई। उन्होंने घूम कर उस आदमी की तरफ देखा और चाहा कि उसके मुँह से अब रम्भा का हाल सुने, जिसका उसने वादा किया था मगर बाप के लिहाज से खुल कर कुछ पूछ न सके। महाराज जिनकी निगाह बराबर नरेन्द्रसिंह के चेहरे पर पड़ रही थी इस भाव को समझ गए और उस आदमी की तरफ देखकर बोले—

"तुमने मुझ पर जो अहसान किया उसका बदला मैं किसी तरह नहीं चुका सकता। मैं अपना राज्य, अपना घर, और अपने लड़कों को भी तुम्हारी नजर करने पर सन्तुष्ट नहीं हो सकता क्योंकि तुम्हारा एहसान इससे भी बढ़ा-

चढ़ा है। अब उम्मीद है कि रम्भा का हाल भी कहकर तुम रहे सहे तरद्दुद को भी दूर करोगे।"

इसके जवाब में उस आदमी ने एक दफे अपना सर झुकाया और तब इस तरह कहना शुरू किया—

"नरेन्द्रसिंह जब केतकी के यहाँ गए थे तो उसे मोहिनी समझ कर भुलावे में पड़ गए थे क्योंकि दोनों बहिनों की सूरत-शक्ल एक ही सी थी। जब हाजीपुर राज-महल में मोहिनी पहुँची और रम्भा की निगाह उस पर पड़ी तो वह तुरन्त पहिचान गई कि यह केतकी की बहिन है। इसके बाद मोहिनी ने जो कुछ वहाँ किया उससे तो रम्भा को उसकी दुश्मनी का और भी पूरा-पूरा सबूत मिल गया। जब मोहिनी का डेरा रम्भा के बगल वाली कोठड़ी में पड़ा तो रम्भा चौंकी और उसने सोचा कि यह जरूर कोई न कोई उत्पात करेगी। रम्भा के घर में दो चारपाई थीं, एक पर रम्भा सोती थी और दूसरी पर एक दूसरी औरत जो असल में रम्भा की निगहबानी पर छोड़ी गई थी सोती थी। रात के समय जब रम्भा की निगहबान औरत सो गई तो रम्भा ने अपनी चारपाई धीरे से उठाकर एक कोने में खड़ी कर दी और दीया बुझा कर आप उस चारपाई के नीचे जा पड़ी जिस पर उसकी निगहबान औरत सो रही थी। यह काम रम्भा ने मोहिनी के डर से किया था। रम्भा की आँखों में नींद न थी और वह बराबर जागती रही।"

उस आदमी ने यहाँ तक कहा था कि मोहिनी चिल्लाई और बोली, "हाय हाय! बेशक धोखा हुआ! मेरे हाथ से दूसरी ही औरत कत्ल की गई और हरामजादी रम्भा चारपाई के नीचे छिपकर बच गई! अफसोस मेरी बिलकुल कार्रवाई मिट्टी हो गई और जीते जी मुझे अपने कर्मों का फल भोगना पड़ा!"

इसके जवाब में उस आदमी ने मोहिनी की तरफ मुँह करके कहा, "बेशक ऐसा ही हुआ और तेरे पीछे रम्भा भी महल से निकल भागी जिसके लिए वह तेरा एहसान मानती है। (महाराज की तरफ देखकर) अब थोड़ा सा हाल और कहने को रह गया है मगर उसे मैं इतने आदमियों के सामने नहीं

कह सकता। उम्मीद है कि आप कुँअर जगजीतसिंह, बहादुरसिंह और मोहिनी को छोड़कर और सभों को यहाँ से बाहर चले जाने का हुक्म देंगे।"

यह सुन महाराज ने सभों की तरफ देखा। इशारा पाते ही सब लोग बाहर चले गए और बहादुरसिंह ने भीतर से दरवाजा बन्द कर लिया।

अपनी इच्छानुसार निराला पाकर उस आदमी ने मुँह पर से नकाब उतार दूर फेंक दिया और दौड़ कर महाराज के कदमों पर गिर कर बोला—

"मेरा ही नाम रम्भा है। वह कम्बख्त मैं ही हूँ, और मेरे साथ यह मेरा चचेरा भाई अर्जुनसिंह है जो अकस्मात हाजीपुर में महल से बाहर निकलने पर मुझे मिला था।"

महाराज, नरेन्द्रसिंह, जगजीतसिंह और खैरखाह बहादुरसिंह की खुशी का भी अब कुछ ठिकाना न था!!

यह सब हाल सुनते ही मोहिनी ने इस जोर से अपना सर दीवार पर मारा कि दो टुकड़े हो गया और उसकी आत्मा अपने पतित देह को छोड़कर नर्क की तरफ रवाना हो गई।

अन्त में इतना और कह देना मुनासिब है कि यह हाल सुनकर महल में गुलाब ने भी छत पर से कूदकर अपनी जान दे दी।

चारों तरफ खुशी के बाजे बजने लगे और दो ही चार दिन में बड़े धूमधाम से नरेन्द्रसिंह की शादी रम्भा के साथ हो गई।